少年的脸谱

——留加中学生熊轲小说选

熊 轲⊙著

羊城晚报 出版社

·广州·

图书在版编目（CIP）数据

少年的脸谱：留加中学生熊轲小说选 / 熊轲著. —广州：羊城晚报出版社，2014.10

ISBN 978-7-5543-0137-1

Ⅰ. ①少… Ⅱ. ①熊… Ⅲ. ①短篇小说—小说集—中国—当代 Ⅳ. ①I247.7

中国版本图书馆CIP数据核字（2014）第231780号

少年的脸谱——留加中学生熊轲小说选

Shaonian de Lianpu——Liu Jia Zhongxuesheng Xiong Ke Xiaoshuo Xuan

策划编辑　喻　彬
责任编辑　喻　彬
责任技编　张广生
装帧设计　友间文化
责任校对　雷小留　张灵舒
出版发行　羊城晚报出版社（广州市东风东路733号　邮编：510085）
　　　　　网址：www.ycwb-press.com
　　　　　发行部电话：（020）87133824
出 版 人　吴　江
经　　销　广东新华发行集团股份有限公司
印　　刷　佛山市浩文彩色印刷有限公司（佛山市南海区狮山科技工业园A区）
规　　格　787毫米×1092毫米　1/16　印张15.25　字数250千
版　　次　2014年10月第1版　2014年10月第1次印刷
书　　号　ISBN 978-7-5543-0137-1/I·197
定　　价　32.00元

献给我的亲人

和翻开这本书的你

男孩是个不喜争辩的人。所以当父母每每说起"学习是当前首要任务，不要分心去做其他事情"的时候，他只是点头，应声好。

男孩也从来不觉得自己有什么梦想。他只是每天坐着车放学的时候，看着窗外匆匆掠过的行人、车流、建筑，会有一些散漫的遐想。对于他来说，写作是个陪伴在身边多年的老习惯。

他倒真应该感谢自己那不错的学习成绩，让自己那一点儿平淡的爱好也能保存下来。

2011年，十四岁的他决定只身前往加拿大。他突然发现自己有了那么多的自由，终于可以在这个世界上随意地奔跑。没有束缚的同时，也没有了指引。他却一点儿不迷茫，向着他来时的方向奔去了。这不是倒退，而是终于捡起了真正的自我。

他开始讲故事。在这片晴天白云的自由原野上，他描述自己见到的西方爱情，改编莎翁的戏剧，复写蒲松龄的狐仙传说，讲述自己出国的经验，回忆和朋友创业的故事，还有2011年那个深冬的梦。

那些好长的手稿啊。十七岁的他终于圆了他长久以来的梦想，是的，他终于有梦想了。他以为书成之后他会哭泣，但是他没有。他抱着这本他写了三年的书默不作声。

熊轲于广州
2014年8月1日

十六岁的复活

朱复融

　　真正地认识熊轲，是在办公室看了他的书稿，并和他有过几次深入地交流之后。这个少年的儒雅清秀的外形、矜持沉稳的性格与敏感善思的才情，让我对脸上还留有稚气的少年着实"另眼"了一回。

　　熊轲只身来出版社谈《少年的脸谱》这本书的出版意向，沟通的环节细微而生动，显现了一个少年智慧与可贵的独立性。十六岁是少年向青年过渡的年龄，在国人的眼中，依然是一个孩子，一个正在埋读教科书，紧张备战高考，无关任何世态人情的中学生。

　　但熊轲显然做了另类，做过初中校刊主编的他，在攻读学业之外，牵手缪斯，点燃躁动不息的青春之火，远航于文学的海洋。与其他少年作家相比，熊轲的特点是，小小的少年就有着广泛的知识面与在外独自漂游求学的丰富阅历。他在多伦多留学的高中兼做了许多事务，既任低年级宿舍监护人、高年级宿舍层长；又任食物募捐协会会长、爱丁堡公爵奖申请会会长；还是羽毛球队队员。在国外积极参与改建当地的儿童中心，为经济困难的国内初中生募集善款，组织华人中学生社团，以及先后两次前往湖南贫穷地区支教，这些经历，不仅拓展了他的视野，人生观也随之发生了变化。

　　熊轲七岁就开始给自己讲故事，十二岁时正式接触写作，十三岁就独自一人拿着写了一半的稿子去找出版社寻求出版。虽然那次出书的计划成了一个少年文学之舟初航的搁浅，却更坚定了他写作的意志与凸显了他的个性气质。

　　从二〇〇九年到二〇一四年的五年间，他断断续续地写着自己心中的故事，如一个心灵孤独的歌手，自弹自唱一个少年心中的快乐与忧思，虽听者寥寥，但对于这些自己内心精神世界的描绘，他都当成自己的心灵浏览器里梦幻与现实并存的青春备份。

这部《少年的脸谱》是熊轲从二〇一二年开始创作，两年多时间写成的短篇小说集，共收录了他的六篇小说。

　　《木人偶》是作者初到加拿大时写的，故事的灵感是在他军训时看到一篇田野的时候突然产生的。这篇小说描写的是西方社会两代人（奶奶和孙女）的爱情故事。奶奶成长于乡下，青梅竹马的男友因为家庭原因要去大城市读书，两人的感情渐渐疏远。两人的后代却相遇于城市中，孙女喜欢上那人的孙子，两人认识了，整个故事情节充满戏剧色彩，反映了西方社会两代人不同的爱情观。

　　《新写娇娜》的创作冲动来源于一次他在智利徒步登山活动，长时间的山道负重徒步，让作者肉体疲苦的同时又让精神得以释放，让作者有了将古代民间故事改写给现代人看的冲动。这篇小说脱胎于中国古代小说《聊斋志异》里的《娇娜》，他原本打算原汁原味地将这个古代故事放到现代社会的背景下重写。但不知不觉加入了大量的个人感情，添加了一些作者自己幻想的情节，完完全全改变了最后的剧情。这个故事可以清晰地让我们看到他和蒲松龄隔着时空，对一个故事的不同解构，这也正是这篇作品的新颖之处。

　　《留学手记》的故事主要基于作者与朋友的真实经历。他们在异国他乡不断探索外在世界，认识不同的人，讲述自己的成长经验，展现了少年内心真正的想法与情感冲动。故事前部分重写事，后部分主要写感想，这些都是作者真实生活的情感符号，没有添加任何主线之外的情节来丰富剧情。

　　《这悲惨的世界》写的是一群人被投入《麦克白》的世界。主角是追随和自己冷战的女友而来，投入了三女巫之一的身体内（故事里称为巫师）。费尽心思找到了女友的他却发现女友的精神投入男人的体内。他不敢相信这个事实，于是一直不愿相认。结果两人却被卷入权力斗争中，结局是女友回到了现实世界，他却永远留在了《麦克白》里。故事背景完全沿用《麦克白》的剧情，有少许对白也沿用了原话。故事的主题却是在写《麦克白》主要故事线之外，是作者幻想出的故事剧情。

　　《一起搭档的日子》是一个相当私人化的故事，也是完全基于作者和一些朋友之间经历过的真实故事，一些角色也被作者赋予了某种期待和幻想的特质。一个留学生社团里的几个人，他们各自有各自的个性，他们之间发生了一些不出彩又不平淡的故事，都是年轻人之间的事情，写作重点在于突出角色的性格，表达了作者对过去日子的怀念。

《记一门春水》是作者在出国之前的暑假所写的故事，是六个故事中最早，也是结构最完整的一篇原创故事。这个故事发生在幻想的世界里，世界里的人有中国古代传说中翻手为云覆手为雨的修真能力，还有着各种各样的异族传说。故事男主角的母亲是被称为"胡"的异族，在主角年幼的时候被捕，沦为两个国家争斗的武器。男主角逃出生天以后来到故事的发生地，长大成人。男主角邂逅了家境殷实的女主角，两人之间生起朦胧的男女情愫。男主角的身份被人暗中识破，被人利用成为国家之间政治斗争的工具。最后死于非命，死前对曾经与女主角一起的幸福生活怀念不已。这个故事作者试图写出一种另一个世界的感觉，于是自己编造了些故事中的书籍和典故。笔风与《木人偶》相比完全不一样，一个东方古典的表达，一个西方现代的展现。

熊轲的这本小说集的出版，只是他文学之旅一个开始。在这些作品中，他写作技巧的相对稚嫩与思想的相对成熟成了鲜明的对比，又让人为之惊叹地组合在一起。对于十六岁的少年来说，文学之路还很漫长，既充满了期待，又蕴含着艰辛。这不仅仅是人生的历练、知识层面的展示，更是灵魂深处一个伟大信仰的复活。或许写作只是熊轲生活的一部分，但我相信这部分必将是他终身坚守的闪耀着光芒的精神家园。无论是他写完的，还是他写完没有拿到台前，甚至半途搁笔、还在构思的故事，这些都是他在记述着自己的梦，正如本集中从一个或者几个片段衍生而成的一个个完整的故事那样，既是对他写作力的考验，也是对他所要表达的感情品读。

世间万事万物万象皆因因缘合和而生且发展变化的，熊轲的文学之缘也是如此。每次生命的漂泊与际遇都将会是一场美丽的意外，让他体验着写作的快意与责任。

文学漫旅，祝福熊轲！

2014年9月18日

C O N T E N T S 目录

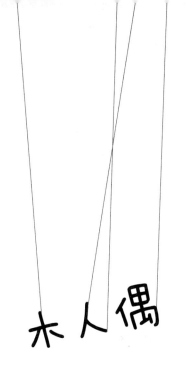

木人偶

第一章

"你对那个小伙子感觉怎么样。"老妇人把目光从窗外慢悠悠落下的雪花上收回来，微笑着对窝在对面沙发里的孙女说道。

"他挺好的啊，帅气又很聪明。"十六岁的玛丽抱着膝。她青蓝的双眼虽然对着奶奶，却迷离得像是在看着数里之外的一个大男孩。

"如果你喜欢他，就大胆地和他接触吧，告诉他你的感受，也许你们会有一段好的感情。"老妇人说。她的语调软绵绵的，像大地上慢慢落下的雪。

"感情……"玛丽一字一顿地吐出这个词，思绪飘着。

"奶奶，"她突然说，"可以给我讲讲你的感情经历吗？"

"感情经历吗？"老妇人说着，微笑，"那可真是很久很久以前的事情了呢。"

*　　*　　*

"那可真是很久很久以前的事情了呢。"

"当橘黄色的太阳光芒逐渐消失在远方的山脉时，本赤着脚，从一棵棵光滑笔直的树后走出。他看见一个小女孩站在路边。风把她的头发和裙摆吹得不断抖动。当他从女孩身边走过的时候，他放低了呼吸，走得轻巧。"

"夏天的下午，本第一次遇到我的时刻，这些年在我的心中被无比清晰地刻画出来，也会铭记下去。"……

　　我有一个从十三岁就相识的朋友。他叫本，有着健硕而颀长的身材。他的头发总是被梳在两边。他喜欢嚼口香糖。我们一直都是好朋友，两小无猜。

　　我还记得他告诉我他要离开的那天。

　　光线糊住了我的眼睛，我听见头上有啪啪的清脆响声。我努力睁开眼。太阳已经照亮了卧室里几乎每一个角落。一颗又一颗小石子撞击在窗上。投掷者很是小心。石子轻轻地撞击，不会刮花我的玻璃窗。

　　"嘿，本。别扔，我醒啦！"我把窗子推开一条小缝——这样石头就不会砸在我的脸上了——对着窗子下面的男孩喊道。

　　"简妮。"本仰起头看我。他嚼着口香糖，咧着嘴，眼睛眯成一个好看的弧度："下来吧，我昨天就把草坪修剪完了。今天可以一起出去走走。"

　　"我还要洗漱，你会等我的，对吗？"

　　"当然，我就在这里等你。"我看见本金得有些发白的头发从前额披散在脸颊上。

　　我合上窗。当我在浴室的镜子里看到自己金黄的头发和丰满的身材时，我心里忽地有了一种被幸福填得满满的充实感。

　　"这会是美好的一天。"我对着自己说，"美好的一天。"

　　我离开家，向本走去。他就倚坐在我家的草坪白色木栏上。

　　"要口香糖吗？"他掏出一盒Dubble Bubble，扔给我。

　　"当然。"我拿出一粒，把剩下的还给他。

　　我们走向田野，就像我们往常做的那样。

　　在汤姆叔叔的农场后面，是一大片草地。不是牧场里那种矮矮的草，而是小腿高，淡褐色，带有穗子的草。它们并不浓密，所以时常可以在其中找到夹杂着的紫色矢车菊。本总是会找出最完整鲜嫩的一朵，别在我的耳朵上。那时候我可以感到他呼出的气息。没有味道，只是湿湿热热的，但是又像有着一种奇特的香味，让我心醉。

　　我们走到那处向着牧场的小坡上。本把他的外套扔在地上，阻隔露水。我们坐了下来。

我们靠得很近，我的肩膀挨着他健壮的上臂。

我看着远处的汤姆的马。它们低着头，像是在吃草，尾巴不时地摆动一下。除了它们，我眼中唯一在动的就是天上的白云。

"简妮。"我听见本在叫我，扭回头看着他。

坚挺的鼻子，深邃的双眼。即使我在过去的三年里几乎每周都能看到它们，可我也不曾有过一丝一毫的厌倦。

"简妮，你昨晚睡得如何？"他顿了一顿，才说道。

"睡得很好。"我觉得自己可能有些脸红。昨夜睡觉前不自主地想到他，很快地就入眠了，安稳地睡到今天早晨。

"但是我睡得不是很好。"他揉了揉鼻子，"我睡不着。"

"怎么了吗？"我眨着眼。我想我当时看起来一定是有些迷糊的样子。以至于本看着我有那么一小会儿没说话。

"我要走了，简妮。"我敏感地察觉到本微微抿了抿嘴唇。

我没有理解他的意思，于是我问道："什么？"

"我的爸爸要去多伦多了，他的朋友在那里开了一家贸易公司。公司很大，可以给爸爸很多薪水，我们要在那里定居。"本看向身侧没有我的草地。

感到心里有些酸涩。我也不知道这究竟意味着什么。我只是感到鼻子有些酸，恍惚了一下。我皱皱鼻子，问："你还回来吗？"

本摇摇头："车程太远了，也许一年才能回来一次。"

我突然有种想哭的冲动。我用舌头紧紧抵着上颚，试图忍住泪水，做着最后的努力："你会记得我吗？"我想我的声音一定带了哭腔。

"会的，我会一直记得你的。"

本回答得坚定而有力，就像他一直以来的样子。

还记得一年前的深秋。我们在河边散步，风吹飞了我的绒帽。帽子落在河里往下漂。

"那帽子对你重要吗？"本当时这样问我。我着急地点头。那时我的眼眶蓄满了泪水。于是我看见本踩掉鞋子，跳进河里，飞快地打着水。

当我在下游看见他的时候，他平时柔软干燥的发丝已经变成一缕一缕的，湿淋淋地贴在他的皮肤上。他的脸上还有水珠，嘴唇被冻得紫青，但还带着笑。

"简妮，你的帽子。"他把手上紧紧攥着的绒帽递给我。

我接过帽子，当时不知道是该哭还是该笑。

那天本没有穿鞋，拉着我跑回了他的家里。洗了澡以后又裹着一条毛毯在炉火边坐了一个小时。

本躺下，我就倚在他的怀里。像我们平时做的那样。我闻着他的味道，听他的喃喃细语。

可是那天的我睡不着。

我永远不会忘记那天。

"我永远不会忘记那天。"

老妇人的声音一直都是软绵绵的。眼睛里昏昏地映着窗外的银光。

"好棒的故事啊……"玛丽听着老妇人的叙述，傻傻地微笑起来。

老妇人一直在安详地微笑着。她看着孙女，稍稍吸了口气，有些勉强地站起身来："我先去睡觉了。宝贝，做个好梦。"她挪着小步子走回了房间，关上了门。

没过多久，玛丽便换了一个舒服的姿势窝在沙发里，从牛仔裤里拿出手机。她拨通了一个号码："丹尼尔，是我……足球比赛结束了，累吗……嗯……我想讲个故事给你听。我奶奶年轻的时候的故事……"

室外的空气比房间里冷很多。在不很远的草坪上，一只灰色的松鼠停下了脚步。借着窗子中透出的灯光，他看见在草坪的另一端，一只褐色的松鼠看着自己。

他们对视着，他留意到她有一条蓬松而舒展的尾巴。她的鼻头微微地抽动了一下。四五秒的样子，他们就扭过头向最近的灌木跑去，离开了被光照耀着的平整草坪。

半夜的时候，雪停了。云散开，露出一整个天空。天上有发光的小孔，它们松散地组成一个又一个的星座，遍布整个天空。

地上有发光的小点，它们紧紧依偎在一起，组成一座又一座的城市。

真奇怪，在漆黑寒冷的天上，星星们不愿意靠得太近。它们也许是清冷孤傲的吧。地上的光点呢，明明自己足够温暖，明明地上一片安宁，可也要待在一起。它们或许很怕孤单呢。

天和地交接的地方，是一片片灰色的蒙眬。

隐约间有一种令少年人向往，青年人渴求，中年人不舍，老年人追忆的摄入心魄的美。

第二章

"他刚刚毕业，现在已经进入一家金融企业工作了。他说他会供我上大学。"

回家的路上，玛丽的身边是她的朋友，明年就要上大学的米歇尔。她正在讲着自己的新男友，一个大她五岁多的亚裔男子。

"那你呢，你有喜欢的男孩子吗？"

"嗯。"玛丽突然显得有些兴奋："他和我差不多大，在全省最好的学校读书。他在学校里很受欢迎。最近呢，他准备申请美国常春藤联盟里的大学。"

玛丽顿了顿，又说："他家里做生意，他有一辆新的车子。他很帅气……对我很好。他看起来喜欢我……哦，天哪。"

米歇尔没有和玛丽一起微笑，而是问道："但是，他爱你能持久吗？他这么优秀，当你青春不再了，他还能爱你吗？"

玛丽愣了一下，她从来没有想过这个问题。

"我没有怀疑你的意思，只是让你谨慎一些啊。"

"没关系的，如果我们确立关系了。他不会背叛我的。"玛丽勉强笑笑。

是啊，你知道他的很多，但是你知道他的感情经历吗？你知道他怎么对待感情吗？

玛丽在心里暗自不安了起来。

"外公，我去上学了。再见。"

丹尼尔摸了摸口袋，确定手机已经带上以后，进了车库。

车库里停了两辆越野车，以至于显得有些拥挤。丹尼尔坐进了他的车——一辆宝马X3，用三万元买的新车。本来三万块可以在二手市场买一辆更好的车子，可是他不愿。丹尼尔觉得，宁愿自己开出去不吸引别人眼球，自己的车子上也不应该有别人的烙印。

丹尼尔在一个小镇的私立男子寄宿中学学习，学校虽然地处偏僻，却是全省数一数二的学校。他正在读十一年级。会魔术和橄榄球的他在学校里有很多朋友。甚至因为他的阳光帅气，上课的时候连老师都多看他一眼。

路过一家名为木人偶的玩具连锁店的时候，丹尼尔侧头看着里面挑选玩具的大人和孩子们，心里很是充实。

"这就是我以后要做的事。"丹尼尔看着路面，无框镜片后的眼睛眯着。长长的黑色睫毛挡不住眼中的使命感和骄傲。

祖父从他妻子的父亲那里继承来了一家小零售店。结婚两年以后，他卖掉了零售店，用剩下的钱开了一家玩具店。后来生意做遍了整个城市。

可祖母以四十岁的年纪却意外去世。祖父在葬礼后又回家乡休养了一个月。还是没有振作起来。事业也止步不前。父亲对商业没有丝毫兴趣，倒是时常带着画布和颜料出门游历。想要画出一幅名画。现在倒也是小有名气。

丹尼尔励志要重振祖父的玩具事业，从小就以严格的标准要求自己。现在在读的学校，在全州都是数一数二的了。

"对了。下周六晚上有一个舞会。不如邀请玛丽来我们学校。"丹尼尔突然自言自语着。玛丽是他半年前在Facebook上认识的一个女孩子，两人住得很近。丹尼尔开车十分钟就可以到达。两人也有过几次独处的经历。彼此之间的感觉还是很好的。

丹尼尔打开了蓝牙，拨通了玛丽的电话。

玛丽正对着镜子化妆的时候，奶奶走了进来。

"你要去？可以帮我带些蛋糕回来吗？"

"我可能要晚上十二点才回来，那时候蛋糕店已经关门了。奶奶，恐怕你得自己去一趟了。"奶奶看到玛丽一边化妆一边微微笑了起来，"我要去丹尼尔的学校。"

"他邀请你去跳舞吗？"

"嗯。"玛丽把眼影又描得修长了一点，放下笔。

学校很大，室内的灯光装饰称得上是华丽。舞厅的入口就在前台旁边。

"好啦，进去吧。"丹尼尔在一个志愿者那里签了名以后，和玛丽并着肩走进了学校的舞厅。

"我不用签名吗？"玛丽有些紧张地说。

"没关系啦，只有男孩子才要买票的哦。这个舞会对于女孩子是免费的。"

舞厅里很暗，除了一面墙是入口和DJ台以外，三面墙上都挂了大屏幕。DJ台上面悬着十余盏不断闪烁旋转的灯。灯和歌的节奏混在一起。玛丽看见很多蹦跳的人群。

舞会刚刚开始，气氛还冷着。两人就坐在角落的黑色皮沙发上，看着那些挥舞的手。

大概过了三首歌光景吧，进来的人越来越少，舞厅也半满了。丹尼尔拉着玛丽走进人群，两人牵着手开始跟着节拍跳了起来。

当聚光灯照在丹尼尔和自己身上的时候，玛丽突然觉得自己是一个幸运无比的人。

一首Adele的*Rolling in the deep*把气氛炒到了高点，全部的人都直起身，举着手疯狂地跳着。地板震动得让人站不住脚。

"喜欢这儿吗？"丹尼尔看着身前的玛丽，兴奋地大吼着。

"当然！"玛丽激动得要疯了。

丹尼尔一把搂过玛丽，两人拥抱在一起，挥舞着手。

歌曲结束的时候，玛丽双臂环上丹尼尔的脖颈，两人深深地吻在一起。

"做我女朋友吧。"丹尼尔在玛丽准备下车的时候，突然说道。

玛丽愣了一下。

窗帘缝隙里透出的光芒照亮了玛丽的双眼。她睁开眼，轻轻地眨眼。她的头枕着丹尼尔强壮的右臂。

她把头深深埋进丹尼尔的怀里，在他强壮的胸口上印上一吻，便站起来，从床下拾起昨晚丢下的衣服。

在她穿衣服的时候，丹尼尔放在床头的手机响了起来，是久石让的*Summer*，一首在沉重下扬起了明快的钢琴曲。

"丹尼尔，"玛丽推醒了丹尼尔，把手机递给了他，"你的电话。"

丹尼尔接过电话的时候，玛丽看见屏幕上一个女孩子在阳光下的照片。

"嗯好，嗯。知道了。我会去的。嗯。晚点联系。"丹尼尔的回答很简单。

"那是谁。"玛丽突然有些酸酸地说。

"我的朋友。"丹尼尔挂了电话以后，把手机握在手里，呆呆地看着床铺。

"只是朋友而已吗？"玛丽又问。

"你管那么多干什么。我告诉你了那是我的朋友！"丹尼尔突然显得有些烦躁。

玛丽看着丹尼尔生气的样子，有些想息事宁人。可脑子里不知道怎么突然想起米歇尔的话。

"我没有怀疑你的意思，只是让你谨慎一些啊。"

"把你的手机给我。"玛丽的声音变得尖利，"我要看你们的短信。"

"你别那么急躁，安静下来。"丹尼尔开始穿衣服，依旧没有看玛丽一眼。

玛丽快步走到丹尼尔身边，想去抢手机。丹尼尔猛然发力站起身来，让玛丽扑了个空。

"把手机给我！"玛丽瞪着丹尼尔。

"怎么了，宝贝。"丹尼尔愣了愣，好像才回过神来，"抱歉，刚才我说话太强硬了。"

丹尼尔伸出双手想抱住玛丽的肩。玛丽向前走了半步，咄咄逼人地说："你是不是想瞒住些什么，你们到底是什么关系？"

"朋友啊，我告诉你了是朋友。"丹尼尔咧着嘴，抓着头发，很苦恼的样子。

"那为什么不能让我看你的手机！"玛丽说着，"如果没有不能让我看的东西，为什么不给我看！"

"这是我的手机！不说你是我女朋友，就算以后你成为我妻子了，你也要尊重我的隐私！"丹尼尔好像被玛丽尖锐的声音吵得无法思考，对她大吼道。

玛丽被丹尼尔的声音震得呆住了，等她反应过来，眼泪开始不断往下掉。

"这是我们确立关系的第一天啊，我们就……"玛丽没有抹眼泪，任由泪水从下巴摔在丹尼尔卧室的深色原木地板上。

"我的第一次怎么会给你。"玛丽看了一眼丹尼尔，穿上一件外套，抱起其他衣服就往外走。

"等等啊，甜心。"丹尼尔扔下手机，在门口抱住了玛丽。

"甜心？你还叫我甜心？"玛丽用力挣开丹尼尔，"你什么都瞒着我你还想让我接着当你的女朋友？你不如幻想你是全世界女人的王好了！"

丹尼尔愣在那里。

多伦多的早晨很冷，只穿着一件长外套的玛丽被风吹得发抖。眼泪不断从她的眼眶里滑下来，但是她还是看着前方，向前走着。只是把怀里的衣服搂得紧了些。

走了半个多小时，玛丽才看见自己家那平整的草坪和在草坪上使用剪草机的奶奶。本来停息的泪水又开始啪嗒啪嗒地往下掉。

"奶奶，他不要我了。"玛丽扔下衣服，扑进奶奶的怀里，"他有别的女孩子了。"

天上堆积着乌云，天和地之间被这无形的，却又确乎存在的屏障隔断了。

过了一会儿，雨滴开始落下。和着风，把树林里的叶子打掉，打得哗哗响。

一只灰色的松鼠在树下跑动着。它小心翼翼地躲避砸下的树枝，眯起眼睛以防止沙子进入。

它看见不远处的一个身影盲立着，看身形是另一只松鼠。那松鼠看见它以后转身像要钻回自己的洞里，可是又在洞口停下来看着它。

它飞快地跑过去，紧跟在那只松鼠的尾巴后面进了洞。

它认出来，这是那天自己在草坪上遇到的松鼠。

它用鼻子拱了拱她的后腿。

第三章

　　玛丽醒来的时候，已经是那天的下午了。她摇摇晃晃走下楼梯，看见奶奶坐在那里吃着晚饭，她通常坐的位置上同样摆放了食物和刀叉。

　　玛丽坐下，吃了一顿沉默的晚饭。晚饭结束以后，她躺在松软的沙发上，呆呆地看着天花板。又有哭泣的冲动，可这一天里她流了很多泪水，多到她现在一伤心都会头疼。疼得她连伤心的力气都没有了。

　　"玛丽，亲爱的玛丽。"奶奶从厨房里走出来，坐在玛丽的身边，抚摸着她额头前朱红色的发丝，"你和丹尼尔吵架了，对吗？"

　　"嗯。"玛丽点点头，抿着嘴。

　　"你们年轻人的事情，还是要你们年轻人自己解决。但是我可以接着给你讲讲我以前的故事，你也许会想到什么呢。"奶奶握住玛丽的手。

　　　　　　　　　　＊　　＊　　＊

　　本离开的那天，我站在他家门口，看着他和父亲把家里的物件搬上一辆大卡车。

　　"简妮，再见了。"本摇下车窗，伸出一只手摸着我的脸。

　　当他的手有些颤抖地碰到我的时候，我的整个世界里好像只剩下了他青蓝色的眼睛，他有力的手臂，他额头垂下的发丝。

　　于是我弯下腰，深深地吻在他的唇上。

　　我看着他家的车没有迟疑地开走，消失在街道拐弯的地方。我只能感觉到自己的身体。我只能感觉我站在那里。风吹过来，我开始摇晃。我想稳住身体，可是我做不到。

　　我坐在他家门口，背靠着铁制的大门。我以前从来不碰那个门的，我怕它的锈渍弄脏我的新衣服。可我现在不在乎了。这是属于本的东西。

本也有回来的时候，他会拉着我去汤姆叔叔家后面的田野。他会和我讲很多他在城里学校发生的事情，他会告诉我他未来的规划，他会给我带一两件小礼物，通常是一些城里特有的零食或者是小工艺品。我最喜欢的是他送给我的一个人偶玩具。我告诉他那是我最喜欢的玩具。他会笑笑不说话。

每次他离开的时候，我都会想，为什么他会变得越来越不一样。

为什么我觉得我越来越远离他了。

还记得他第四次回来的时候，他身后跟着一个身材娇小的女孩。女孩看起来不是很自信，但是一举一动都没有我的土气。

"这是我的朋友，简妮。"他对那个女孩说。

"这是我的朋友，朱莉。"他又看着我，眼睛和离开时候一样的清澈。

但是我感觉什么都不一样了。

本，你变了吗。你还是我所喜欢的你吗？我没有勇气去问他。

那天我没有和本、朱莉一起去田野。我并不是想让他们独处，而是我已经完全不知道怎么面对本。我没有什么可以和他分享的事情。我那些可笑的小心事，那些新生的牛崽，那些我所陶醉的音乐，好像都配不上现在的他。

他就这样远去了。虽然他回来得频繁，虽然他每次都会找我，虽然他再也没有带着他的朱莉，但我感觉他离我越来越远了。我闲下来的时候，总是听着收音机，看着天，想着他。我也只能想想他。

本大学快要毕业的那年，我和汤姆叔叔的儿子，也就是你的爷爷结了婚。他大我三岁，也知道我和本以前的感情。

于是他很努力地工作，最后我们也来到了多伦多。在这个两百万人口的城市，我和本没有再相遇，我们过上了不算富裕但却充足的生活。我们有了儿子，甚至孙女。

我和你爷爷在一起很幸福。但是，当你说你想听我的爱情故事时，我还是想和你说说本。

* * *

"爱情的美好总是会伴随着伤心的苦涩的，甚至还有失去爱情的风险。我们能做的只有去体验爱情的感觉，再把它紧紧抓在手里。"

奶奶说完最后一句话以后就再没动静。玛丽感觉奶奶的手无比温暖。

"我知道了。"玛丽说道，她直起身来。在沙发上又坐了一小会，"奶奶，我想回去和他说说话。"

"这就对了。"奶奶笑了，"我和你一起去，顺便看看'木人偶'玩具店建立者的家里到底是什么样子的。"

"啊？"玛丽皱起眉头，显得有些疑惑，"奶奶你要和我一起去？"

"嗯。"奶奶拿起桌上一个小手包，打开门，外面凉凉的空气灌进大厅里，"走吧。"

玛丽虽然很想问问奶奶为什么突然想去丹尼尔家，但是急于见到心上人的心情让她不愿再多问。

两只并肩立着的松鼠，看见街道上有车驰过。

"丹尼尔！"玛丽一头扎进穿着灰色紧身上衣的丹尼尔怀里，"我错了，我错了。我不该不信任你，我不该胡闹的！"

奶奶凝视着金属门牌上的一个名字，她的眼眶有些湿润。

敲开门，她看见一个白发苍苍的老头坐在一张矮窄的书桌前，灯光让他的金属镜架折射出耀眼的光。

"果然啊。"她笑着，说。

楼下隐约传来玛丽破涕为笑的声音。

"我还留着它呢。"她从手包里拿出一个陈旧的木人偶。

"你呢，你还记得吗？"

（全文完）

2012年9月24日
于多伦多

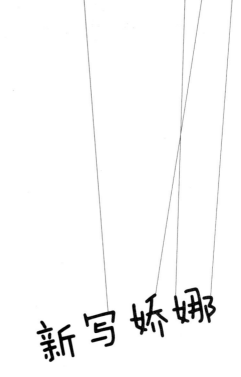

新写娇娜

第一节

广州夜深，华灯不减。

孔雪笠一人百无聊赖地在沿江道上散步，看珠江波澜微起。对岸暖色的灯光在各个建筑上驻留，又在水里跳跃，月亮的光好像也要被掩过了。

他长长地吸了一口气，开口吟道："手携江湾夜，"可仅仅半句，满腔诗情就卡在了肚子里，一时半会儿不知道该如何往下接。

"心牵万户灯。"一个稚嫩的声音从他背后传来。

孔雪笠心中灵光一闪，又接道。

"志比山川阔，身安陇亩村。"

孔雪笠转过身看着眼前这一身白衣，脸庞也清白如雪的少年，心里有些讶异，暗想："这是谁家的熊孩子，年纪小小就这样聪明。"

少年看起来也就十三四岁的样子，他也不害羞，开口就说："在下复姓皇甫，单名清。还没请教过阁下高姓大名。"说完，他还有模有样地作了个揖。

孔雪笠听他小小人儿，张口就是半文半白的话，感到有趣，就也照葫芦画瓢地还了礼，说道："我姓孔，名雪笠，号清山居士。"他却也不是临时捏造了这个号。这确是他闲来无事的时候拟的自号。

"阁下自号清山，所挟者却甚大啊。"皇甫清笑说。

"还不过是我的狗尾续你的貂。"

"阁下真是过谦了。"皇甫清笑着连连摆手。

两人就顺着江边一路慢行一路闲谈。越是和这名叫皇甫清的少年交谈，孔雪笠就愈发惊叹于这少年人的聪慧。如果不是皇甫清脸庞的确稚嫩，孔雪笠都快以为这是个十八九岁的青年人了。

殊不知皇甫清也是对孔雪笠钦佩有加。这年纪也就三十上下的人，不但腹中有诗书，更是对一切事物都有切实的看法。最为可贵的是他不仅有治国平天下的志向，更有淡泊名利、随遇而安的胸怀。于是当二人在一个广场坐下，孔雪笠提起他为了养活远在山东的母亲，不得不流落异乡，在大城市的小夹缝中挣扎求存的时候，皇甫清不解地问："孔兄满腹诗书，胸怀大志，更可能日后成就经天纬地之才，怎么会落魄到这个地步？"

"世风日下，人心不古。"孔雪笠苦笑着摇头，"本以为有才华就能一帆风顺，谁知道世界浮躁到了这个地步。不结党，不营私，就不会被人重视，更有人在背后做那些见不得人的勾当，抢夺属于别人的资源。你还在学校读书吧？怕是不会懂这些。"

"孔兄之才的确是让小生倾慕不已，如果就在这时间污浊中打滚，实是可惜。实不相瞒，下生自幼就没有在学校念过书，靠先祖余荫得以清净于世间。今日家父见我年长，便不时提起念书之事。不如这般，若是阁下不嫌寒舍简陋，便来盘桓几月半年如何？小生能做主给阁下一笔月俸，在供阁下开销之余也能供养令堂。指望阁下不嫌小生资质愚钝，能收小生为徒，日间指点一二，小生真是感激不尽了。"

孔雪笠忙摆手，苦笑着说："哪里话，哪里话。你天资过人，我所见过的少年人里没有第二个比得过你的。恐怕全天下像你这样的都找不到几个。我才疏学浅，是实在不敢作你的老师。但如果令尊不介意，我也的确不想再在这社会上受罪了。平日里如果能和你以朋友相称，并能以此养家糊口，那是再好不过了。不如有空时，拜访一下府上？"

皇甫清说道："放心吧，先生。我说了的话，自然是算数的。也不劳先生多做等候，不如就现在吧？"

孔雪笠却摇头，说："深夜时分有不速之客光临，总归不是一件令人开心的事。等到明天再作打算吧。"

皇甫清笑着说:"家父好广识人才,亦不拘小节。先生多虑了。"

说罢,皇甫清就掏出了手机,对着电话另一头说话,低语了几句。

此时已经是深夜。路灯还是照得广场通明一片。却一个人影都没有了。春天的风吹得孔雪笠有点冷,他下意识地紧了紧自己的灰色薄毛衣。一辆黑色的高级轿车缓缓地从街道尽头驶来。孔雪笠看着炽亮的车灯,心里却浮起了些不安。

皇甫清好像是看出了孔雪笠的顾虑,笑道:"先生还请放心。既然愿意与我结交,还无法相信我吗?"

孔雪笠听得这话,无端安心了不少,转念一想又觉得这一人一车确实不像非法之徒。自己全部身家抵挡了恐怕也买不起这一辆车,确实也无财可求,于是放下心来,还对自己先前的想法暗自感觉好笑。

两人上了车,便向市郊去了。

第二节

车一路开到离市区十多公里的地方才停下来。孔雪笠跟着皇甫清下了车,看见了皇甫清的家。

这只是市郊某别墅区一栋再普通不过的别墅罢了,四层楼高,大概每层有一百余平方米的样子,外表看起来毫不起眼。然而当孔雪笠进入别墅。他却愈发地对这皇甫一家感到好奇了。

初来乍到的他也不好私下里张望,但只说走过时候所看见的,构思房屋格局的人真是独具匠心。一路上都是各式各样的小间。小间里有放置连榻的,有茶室,有小书房。小间和小间若断若连,彼此之间用屏风隔断相分离,也见有用博古架作为隔断的。架上青瓷细腻,玉器温润。所走的路迂回不失明朗,让人不觉小气的同时,也不能把整个居室尽收眼底。

"我只听说过园林能移步换景,从来没想过居室厅堂也能如此。"孔雪笠感叹。

皇甫清笑笑,说:"家姐阿松闲时研习这些门道已经七八年了。我们新迁入这房子的时候,因为她所住离我们也不远,数百步的样子。就来帮忙布置。如果仔细解读，这居室布局，不仅让人感觉安适，更是暗合风水之道呢。"

孔雪笠心中暗自称奇。真是想不到当今世界居然还有这样的家族。想自己年轻时候对古代文明的向往，不由一阵感慨。

两人顺着楼梯而上。向上楼层的布局比一楼的更加精妙。只可惜孔雪笠对这些不曾研究，看不出其中的精巧构思。

登上四楼，又转过一道隔断，孔雪笠听见一声苍老的叹息。

"放眼皆华夏，何处是我家。"

孔雪笠正迷惑于声音的出处。皇甫清就停住脚步，站在隔断边说道："父亲，清儿共孔先生一道求见。"

那边的声音顿了一下，说道："快请进来吧。"

屏风后，是一间较为开阔的厅堂。一张八仙桌四平八稳地端立着。朝向入口的太师椅上赫然坐着一名身穿白色阿迪达斯休闲装的中年人。他有着和声音迥然不同的红润面庞，乌黑的头发，温和的眉眼。皇甫清在男人左手处坐下，孔雪笠坐到了男人对面的客位。

"请坐吧。"

"父亲大人。孔先生是儿在珠江边偶遇的前辈……"

刚一坐下，皇甫清就开始介绍起孔雪笠。从两人共作的那首诗开始。一直讲到孔雪笠所说的，不当老师，以朋友相称的话。

"小儿敬慕孔先生高才。还望孔先生愿屈就于此，对小儿日间指点一二。"中年人开口，那与外貌不协调的苍老声音让孔雪笠有些错位感。

"孔先生若愿委身于此，"中年人顿了一下，"每月让王管家从府里拨一万五千元打到孔先生户头上吧。"

孔雪笠听了，惊讶之下自然高兴不已，站起身来连连道谢。三人又坐着小谈了会儿。中年人就以就寝为名离席了。

皇甫清却也不困，带着孔雪笠简单地看了看这栋外表毫不起眼，内里却自有天地的小楼。一楼是花园以及日间的会客室。二楼是客房和家里护工，保姆居住的地方。三楼的皇甫清和一些不时来走访的亲戚们的房间。四楼是皇甫清父母的居室。

"这是……"孔雪笠走过一间房的时候，透过房门看见一个朴素的草编蒲团被摆在地上。

　　"喔。"皇甫清笑笑，"家姐阿松前些年烧香念佛，念了有四年有余，又说不念了，佛是念头，不是仪式。只是那些蒲团香炉不忍浪费。说什么'都是他人的心血，不好平白毁于我手。只等个有缘人相赠'。"

　　"是吗？"孔雪笠忽得对这"阿松"暗自好奇，却不表露，说，"其实我也是信佛的。只是一直没有恪守戒律清规，也从不烧香念佛。"

　　"原来先生是在家居士。失敬，失敬。"皇甫清听了这话，却有些过分吃惊。他慌慌忙忙地一揖到地。

　　孔雪笠忙把他托起，说："我也只是这么说。对佛法的认识还是很浅薄的。万万不要太当真了。"

　　皇甫清才唯唯诺诺地直起身来。孔雪笠对他的态度感到吃惊，却也不好相问太多。

　　当夜，孔雪笠就留宿在皇甫家中。接下来的几天里，皇甫家雇了搬家公司。把孔雪笠的家具财产从那廉租房里全部搬来了。孔雪笠作为皇甫清实际上的老师，不仅有一间独立卧室，还得到了一间古色古香的书房。书房里从电脑iPad，到笔墨纸砚一应俱全。

　　皇甫清也常带着点心、茶汤来和孔雪笠聊新闻时政、古今中外诸子百家和诗词歌赋。也多亏孔雪笠自幼聪慧过人，又对这些事情有着不知从何而来的兴趣，凭着自己的近三十年来的见闻思考，才能对聪颖异常的皇甫清侃侃而谈，指点迷津。

　　两个多月后的一天晚上，孔雪笠一个人躺在床上。突然想到这段时间来得到皇甫清一家的赏识，把自己从世俗吵闹的环境里救出来，在感慨之余又感觉不真实。一时间思绪纷乱，难以入睡。

　　突然听见笛声响起，从明净的玻璃窗外传来，把整间房间照得透亮。孔雪笠的双耳瞬间被这清亮又不失婉转的乐声洗得干干净净。孔雪笠舒展身体，躺在床上，任由笛声洗刷全身。

　　不很久，笛声戛然而止。孔雪笠如梦中惊醒，从床上爬起，光着脚跑到窗前。只看见相隔不远的一栋房子里，一位白衣女子在阳台处伫立了几秒，就转身回到了房中。

孔雪笠在窗前呆愣地站着，喃喃自语："阿松，这一定是阿松。"

第二天，孔雪笠就中了邪似的病倒了。

第三节

"姐姐你总算来了。"

"这便是孔先生么。"

迷蒙中，孔雪笠听见一男一女这样对话，似乎是提到了自己的名字。他想要作答，却感到一阵阵的燥热袭上头脑，陷入了昏睡。

再次醒来的时候，孔雪笠感觉自己浑身发烫，尤其是两腋两肋的位置，热得想要烧起来似的。他想要挣扎，四肢却沉重得和铁一样。他难受得想大吼大叫大哭大闹拂去胸中的淤郁，却连动一下都做不到。

孔雪笠正觉得生不如死的时候，突然感觉一股清凉之意在胸口蔓延开来。他顿时觉得身体缓缓放松。四肢虽依然无力，却已经不是沉重，而是酥软了。心中的烦躁之气也一扫而空，脑子清明不少。

他睁开眼，看见一个姑娘坐在床边，神态举止都依稀和那也所见的白衣女子相仿。她正用一颗枣子大小的红色圆球为他搓揉胸口呢。

她见孔雪笠苏醒，就微张了嘴，把那丸红丹放进口中，也不知是含着还是吞下去了。

"张口。"她端起一碗黑色的汤药，说道。

"语态矜持却不失窈窕。"孔雪笠心里暗道，乖乖地张开嘴巴。

那汤药闻起来腥臭无比，入口更是苦涩。孔雪笠却不曾察觉似的，只要那姑娘用勺送到嘴边的，都干净利落地喝下去。只是他忘却了礼数，呆呆地凝视着那端庄秀丽的面庞。

"孔兄！"皇甫清推门进来，见孔雪笠醒转，笑逐颜开地走到房边另一把椅子边坐下，对孔雪笠一番嘘寒问暖。

"多亏姐姐医术高明。"当皇甫清又一次夸奖那姑娘的时候，孔雪笠已经不知不觉中将汤药都喝完了。那姑娘也不多留，祝福了皇甫清几句有关饮食的细节，就转身掩门而去，说要向老爷家主告辞。

"那位姑娘，叫什么名字呢？"孔雪笠见她离去，忍不住问道。

"她叫娇娜。"皇甫清似乎还沉浸在孔雪笠的苏醒带来的喜悦中。

孔雪笠从那之后就不时梦着娇娜。时常是在广州城市里，两人独自在外嬉戏玩耍。有时候又是在孔雪笠出生的那个山东小镇。梦里的娇娜总是笑盈盈地不说话，陪在孔雪笠身边。孔雪笠平日间也不怎么多想，只在娇娜不时来访的时候放下手里的事情，出去和皇甫一家人喝喝茶，聊聊天。

夏天却过去得很快。孔雪笠看着皇甫清的读书频率愈发得高，看新闻时事，也常有"愿掌尚方剑，一斩世间冤。"的言论。孔雪笠总笑着不说话，心里想，我等你长大。长大一点，再大一点，我把我所有的信念和经验都教授给你。

可上天似乎不想给孔雪笠这个机会。就在皇甫清满十五岁那天，孔雪笠早早起来，打算写一幅字送给皇甫清。门外却一直人声嘈杂，静不下心来，只好推开门出去一探究竟。

本以为是举家上下为皇甫清这小少爷办束发之礼的，不了却是家主爷召集了所有的保姆佣人在说这些什么。气氛异样地沉重。所有人见到孔雪笠，齐齐噤声，只畏然地看着他。只有家主爷，叹了一口气。

"家中变故，不得不再次离开这里。感谢先生这些时日对小儿的教诲。但已经无力继续聘请先生，实在抱歉。"

孔雪笠听得，急忙说道："我愿意一直教导皇甫清。只望有衣以蔽体，食以果腹，不求其他了。"

"实是无能为力，我等连这处家宅都不能久待了，明天一早就要动身。还望先生谅解。"家主爷摆了摆手，孔雪笠见他态度坚决，一时间也不知道说什么好了。

皇甫清见场中僵局，只得拽着孔雪笠的袖子快步离开了正厅。

"先生，实在是太对不起了。家中有难言之隐，我也无法相告。"皇甫清把孔雪笠拉到一间偏房坐下，急急地说完，就跪下磕了三个头，"先生这半年来传授知识思想于我，感激不尽，无以为报。

22

知道先生尚未婚配，我有一位姐姐，今年才要二十二岁，见过先生面后仰慕不已。我已经征询过家父的意见。如果先生不嫌弃，就把她嫁于先生吧。这张便是她的自画像，神态肖容都惟妙惟肖的。还请先生过目。"

孔雪笠脑中"轰"的一下一片空白。哪里还顾得上为什么这是画像而不是照片。忙接过那幅画轴展开了来。

画上人着曲裾三重衣，杏眼丹眉，倚栏颦蹙。体态纤弱柔软，叫人乍一见就心生爱怜之意。

却不是娇娜。

"这姑娘是……"孔雪笠怔怔地问。

"这是我一个远方姨表姐，叫赵娥。"皇甫清答道。

"娇娜姑娘呢？"孔雪笠忽地意识到自己与他们一分别，可能就再没有机会相见，于是脱口而出。

"其实，我一开始所想的也是娇娜姐姐。"皇甫清面露难色，"但家父想娇娜姐姐年纪尚幼，不愿如此之早就让她离开家庭。"

"那……这位赵娥姑娘，就烦劳你引见了。"

"先生稍等，我去去就来。还请先生收拾细软。我们马上就动身。"皇甫清站起身来。

"这么急。"孔雪笠讶异道。

"实在是抱歉了。"皇甫清无奈地笑笑，掩上门离开了。

当孔雪笠大致整理好自己的小物件以后，便听到敲门声。

"进来。"门打开，皇甫清急匆匆走进来，身后跟着一位娟秀的女子。赫然便是那画中人。

"真与画卷中人丝毫不差，这姑娘好画功啊。"孔雪笠心中暗赞。

皇甫清却没有太多套词，只简单介绍后就带着孔雪笠与赵娥前往去了正厅。

说来也怪，正厅里方才还是一副忙忙碌碌的样子，现在却连一个人影都见不到了。只见家主爷一人坐在太师椅上啜饮着清茶，见三人前来，缓缓放下手中茶盏。那双丰满有力的手竟微微有些颤动。

"你们来了。"家主爷开口说到，苍老的声音似是有些悲凉的意味。他从口袋里掏出一只铁镯子，共一张纸片一起交给了孔雪笠，"先生怀经世之才，只是一直没有机遇施展拳脚罢了。家中与俗世中某人有过些来往。先生带着这只镯子去见他，他一定会尽心帮先生。先生此行回去不知何时才能再见。还希望日后保重。"

等他说完，皇甫清就带着孔赵两人离开了正厅，来到了后花园的一处开阔地。皇甫清让孔雪笠与赵娥两手相牵。赵娥也没有太忸怩作态，握住了孔雪笠的双手。

"先生请闭上双眼。"皇甫清说道。

孔雪笠闭上双眼，突然觉得自己在空中腾云驾雾一般，耳畔风声呼响，也不敢睁开双眼，只感觉赵娥握着自己的手稍稍紧了些。那细腻柔软的触感突然让他感觉无比安心踏实，就像那天娇娜用红丸为他祛热一般。

不一会儿，孔雪笠就感觉到双脚踩在了实地上。他忙睁开眼，松开手。他竟已经回到了自己在山东的老家，而皇甫清已经消失无踪，只有赵娥还站在他的身边。

孔雪笠看着那熟悉久违了的老房子，心里猛地有些发酸。心里也明白了皇甫一家并不是凡人。

他向家门走了几步，突然又转过头，对身后不知该跟着他一起走进去，还是留在原地的赵娥笑了笑，说："和我一起见见我母亲吧。以后总得一起生活的。"

赵娥愣了愣，孩子般的脸上顿时露出纯净的笑容，快步追上了孔雪笠。两人一起迈进家门。

第四节

"孩子他妈！快来看这个！"孔雪笠蹲在草丛边良久，突然一扑，像是捕到了什么，用两指捏着高高举起。定睛一看，原来是一只羽翅健全的蟋蟀。那只可怜的小东西，还在不停地扑棱着翅膀，像是还想飞回那长满青草，被阳光晒得出水的原野一样。

"讨厌，你。多大的人了，还拿什么促织。"赵娥笑嗔道。她的睫毛被阳光照得像两片袖珍的棕色羽毛，眼睛都笑得微微地弯了起来。尽管孔雪笠与她朝夕相处，却也快要看呆了。

赵娥怀中的人儿却无心欣赏近在咫尺的美丽面庞。他张开粉嫩的小手使劲地向不远处的父亲探去，口中还咿咿呀呀地说着什么。这戴着一顶湛蓝色瓜皮小帽的小人儿，便是赵娥两年前诞下的小郎君，名为孔宦，身边的人都喜欢"小宦小宦"地叫他。这孩子也总很配合地叫爷爷奶奶，叔叔阿姨。有时候逗他，他便憨态百出，很招人喜欢。

距离孔雪笠离开皇甫一家已经三年多了。孔雪笠与赵娥成了婚。孔母对这个儿媳很是喜欢，家庭关系和睦。孔雪笠依着皇甫家主所说的联系了那人。不料那人神通广大，真的为他在政府讨了个官职。还是个与大领导打交道的好差事。那领导因为这份人情，待他不薄，日常公务但凡有大事，都会与他商榷。

不多时，孔雪笠决定在县城租一套小房子，将年迈的母亲从村里接出。不料赵娥要求孔雪笠将母亲接到两人的住处，说如此一来也好陪侍左右侍奉，行孝道。就此事以后，孔雪笠家里这一位媳妇的贤惠名声也在附近传开了。后来又是孔宦诞生。全家上下都是一片欢喜。

不料时隔不久，孔母寿终正寝。刚坐完小满月的赵娥陪着孔雪笠守灵，又帮着把家里大小事务打理得有条不紊。这些年来，孔赵两人的感情愈发深厚。至于娇娜，孔雪笠偶尔也会想起。却不再有当年心驰神往的感觉了。

说起皇甫家，孔雪笠也曾与赵娥一道回去过广东皇甫故居探访。却只看见房屋残留下的地基，过去的精致家宅，莺燕花园都好像和梦一样，只存在于记忆之中了。当孔雪笠问起赵娥有关皇甫家底细的时候，赵娥都笑而不答。孔雪笠也只好作罢不再提。

孔雪笠看着孔宦粉嫩的面庞，不知怎的又有些怀念起四年前在珠江边邂逅皇甫清的那一晚了。他却也没有太纠结于这个想法，正要将蟋蟀拿到孔宦近前，就听见不远处马匹奔跑时的落地声，更是有个清朗的声音大喊着："先生，先生！"

25

孔雪笠猛地回过头，只见一个俊秀少年挥鞭策动着一匹棕褐色的威武骏马飞快地向他奔来。

而马上坐着大声喊叫之人，赫然就是阔别已久的皇甫清！

"不料自上次一别，竟能在此时此处再遇到先生你！不可不谓人生如戏啊。"皇甫清接过了女佣奉上的茶盏，将其中的茶水一饮而尽。一边微笑一边对身旁的孔雪笠说道。

孔雪笠笑着对那女佣示意不需要，赵娥则摘下了孔宦的小帽，接过了茶一点一点喂给他。

"这些年过去，你音容语态和以前不同了。我没记错的话你已经十九岁了吧，心性倒真是一点不变的样子！阔别多年，不知你读书如何？那天走得也是匆忙，该给你留点儿什么才是。"孔雪笠笑吟吟地问道。

"哈哈。先生，不这么说。"皇甫清大笑两声，眉眼间尽是青年人的英气，"跟随先生的那一年多，先生早把一切都交予我啦。真的该好好感谢一下先生才是。"

"而且，家父三年前因故去世，我执掌皇甫家这三年来百事缠身，学业也荒废了。"皇甫清面色一黯，又马上说道，"这是先生家的小公子吧？生得真是俊，不知先生取的什么名字？"

孔雪笠满腹经纶却不擅识人，到现在才发现皇甫清的改变，却也不好对此评论什么，只从身后一直默默跟着的赵娥手里接过了宦儿，说："他叫孔宦，快两周岁了。你叫他小宦就好。"

孔宦却不认生，伸出手要皇甫清抱，皇甫清爽朗一笑就把这粉雕玉琢的小人儿抱在了怀里。孔宦一双白乎乎的小藕臂就环上了皇甫清的脖子。

"你倒招他喜欢。"赵娥掩口笑道。

四人便到了厅堂做好，又细致聊了聊各自最近的景况。皇甫家似是在上次分别时遭遇了不小的打击。不仅老太爷逝世，就连老主母都闭门谢客，清心修养了起来。所幸皇甫清当时心智已经比同龄人成熟不知多少，艰难地带着全家上下几十口人度过劫难。皇甫清有关于那场变故的具体细节只字不提，孔雪笠也不好贸然相问。更有趣的是，皇甫家现在虽然已经稳定了下来，但对于孔雪笠回皇甫家继续任教一事，两人都默契地没有提起。

谈话的尾声，孔雪笠有意无意地提及了娇娜。

"是的。"皇甫清笑呵呵地一拍脑袋，"娇娜姐已下嫁到江西吴家，不过过些日子应该就会回家省亲。到时我通知先生来一块坐坐。娇娜姐如果知道我又联系到先生了，一定很高兴。"

"哈哈。那就烦劳清儿你了。"

又寒暄了片刻，孔雪笠起身告辞。皇甫清也没有多挽留，送孔家三人到了家门口。

送走三人之后，皇甫清回到自己的卧室，跌坐在榻上，手紧紧攥住绣着绿竹的锦被，眼中光芒闪烁，也不知在想什么。

第五节

不隔许久，皇甫清果真联系了孔雪笠，只是在电话中，他不仅提到娇娜已回，还要孔雪笠速到皇甫家新址，务必也要将赵娥与孔宦带上。孔雪笠心下察觉皇甫清语气有异，却依然带上了妻儿，驾车赶到了皇甫家新址。

远远地，孔雪笠就见皇甫家灯火尽灭，门户紧闭，心中不免一凝。

"你知道这是怎么回事吗？"孔雪笠沉声问赵娥。

出乎意料，赵娥点了点头："知道。"

孔雪笠一怔，他本只是随口一问，怎知赵娥真知道。

不等孔雪笠说话，赵娥就说道："夫君，不是我有意相瞒，而是个中原委实在非我三言两语就能说明白的。一会儿见到小清，他会给你详细解释的。"

孔雪笠无奈叹息一声。

"我所有都得自皇甫家，便是龙潭虎穴，去为皇甫家闯闯又如何。"孔雪笠如此想道，似是完全没有想到皇甫清可能加害于自己似的。

27

孔雪笠将车停在门前路上，左手牵着赵娥，右手牵着孔宦走向了那栋来过一次的别墅。

他们走到门口时，大门居然自己打开了，露出了上次见到过的一件镂空木屏风。三人绕过屏风，前厅一览无余。

是似曾相识的情景：一张八仙桌四平八稳地立着。而在上位坐着的，却已然不是老太爷，而是皇甫清了。

他的下手处，坐着一个身穿长裙的女子，仔细辨认之下，是已经长大的娇娜。她变化了发型衣着，又多年不见，孔雪笠几乎没将她认出来。

皇甫清身后却站了一众衣服雪白的人，莫名叫人觉得有些肃穆。他们似乎对孔雪笠的到来毫不惊讶，都用一种闪烁着的奇妙目光看着孔家三人，尤其是孔雪笠，像是在恐惧中又掺杂了股切。

"……少家主。"孔雪笠深深地看了皇甫清一眼，说道。

皇甫清端坐着，不动声色地做了个"请"的手势："先生请坐。"

孔雪笠便与赵娥一起，在八仙桌的另外两个位置坐下了。

"这次请先生来，也是迫不得已。"皇甫清叹了一口气，开门见山地说道，"实不相瞒，我皇甫家先祖本是一群深山中成精的狐狸……"

随着皇甫清不加娇揉造作的叙述，孔雪笠讶异地瞪大了眼睛。

原来，在昆仑山上曾生活着一群白狐。一名道人在它们生活的地方附近羽化成仙，却没有带走自己的洞府。这群白狐一次机缘巧合下误入了那座洞府，误打误撞地获得了这处宝地。

其中的一部分就着此处的天地灵气成了精，不仅有了人的灵智，还能口吐人言，幻化人形。于是这些成了精的雪狐来到了尘世间，过上了人的生活。那还是20世纪的事情。

好景不长，他们的行踪很快就被发现了。有一人自称观世音菩萨，说野生走兽是不该成精的，因为他们并不应得那人才能汲取的天地灵气。那人找上了皇甫家，几乎将全数的族人都屠戮干净。只有少许在外的族人得以幸免。自那以后，皇甫家这一支就一直东躲西藏。所幸老祖母有感应那人的能力，皇甫家才能几次从他手下逃过。此次老主母身体尚未恢复，如果再逃跑，老主母怕是会精力衰竭而亡。

"先生，"皇甫清说完，目光炯炯地看着孔雪笠，"不知此次先生是否愿意为我皇甫家挡下这一劫？"

孔雪笠听完，一方面震惊得无以复加，另一方面又感到了深藏其中的危险，一时踌躇着不知该如何作答。

良久，孔雪笠才迟疑着问："我若是帮你们，我……"

"凶多吉少。"皇甫清毫不犹豫地说道。

孔雪笠脸上一阵白一阵红，目光闪烁不定。

"小宧。"孔雪笠突然转头对着孔宧说，"爸爸问你。如果有一头大恶龙要吃掉你的朋友，你会怎么办？"

孔宧未必知道"恶龙"是什么，却奶声奶气地说："那我就去把那头恶龙打跑！"

"那如果他很厉害，你打不过呢？"

"那……"孔宧明显呆了一下，整间大厅都落针可闻，所有的人都看着歪着小脑袋思考的孔宧。

只见他像是想到了答案，很得意地说："那我就拿一把剑，把它砍死！"

孔雪笠苦笑，心道果然是孩子的回答，我如果有那把剑，又怎么会说打不过呢？

他突然猛地怔住了，就像一道闪电劈开黑暗一般。

剑在哪里？剑就在我心里，在我手里握着！我一直思考的问题是要不要保护朋友，而不是能不能为了朋友拼尽全力！

想通一切的那个瞬间，孔雪笠猛地站起来，大喊一声："生死与共！"

话音刚落，一扇不起眼的，通向侧厅的门突然被打开了。走出来的人竟是老主母！她带着一众女眷走出，什么都没说就跪拜下来。

老主母这一跪，一厅的人全都拜倒了下来，连皇甫清，娇娜和赵娥也不例外！一时间，偌大的厅堂只有孔雪笠和孔宧站着。

孔雪笠忙把老主母扶了起来。没有多寒暄，只直截了当地问："我要怎么做？"

"您只要站在门口，无论如何也不要退步，直到那人离开就行了。"皇甫清代为说道。

"何时？"

"现在！"

没有酒，没有动员，孔雪笠独自被所有人目送着大步走出门来。这才一炷香的时间，天上竟已乌云密布，阴沉得和晚上一样。风猛烈地刮着。孔雪笠的车子消失无踪，皇甫家宅竟然已经出现在了某处荒郊野外！

孔雪笠深吸一口气，扯下了自己的衬衫，赤裸上身冲天对着压城黑云大声嘶吼了起来！

"阿弥陀佛。"一个平静的声音响在了每一个人耳边。远处一人身着白袍，端坐于莲花座上，似缓实疾地飘来。那人不知性别，只觉得眉目间平和慈祥无比。这样一言不发地飘过来却给人很大的心理压力。

"你这妖人！休要再假冒观音大士！"孔雪笠却是指着那人破口大骂，"观音菩萨对众生，哪怕是花草石木都一视同仁，以慈悲心待之，又怎会像你这般残杀无辜！"

那人也不辩解，充耳未闻地继续飘近。

孔雪笠正想再开口说些什么。突然一阵黑风刮过，他的双眼像是被万千把刀子割剐一般。他痛呼一声闭上了双眼。

奋力将双眼睁开时，那人竟已逼近房屋，抓了屋里趴在床边窥视的一女子就要离开。孔雪笠见那女子身影像极了娇娜，又惊又怒，下意识地往身边的虚空一抓，竟抓到了一把雕龙嵌玉的宝刀！他也无暇多想刀从何而来，一纵身猛地扑了上去。

那人见到他拿着刀扑来，慈悲的面容毫无改变，可整个人连同莲花座都颤抖了起来。孔雪笠早已势若癫狂，对着那宝相庄严的金身就一刀劈了下去！

这一刀不偏不倚劈到了那人左手托着的净瓶上。那瓶登时发出"咔嚓"一声，应声而碎。紧接着，整座金身也寸断裂开来。一个浑身漆黑油腻的人形怪物从金身碎片中一跃而出，向孔雪笠扑将而来。孔雪笠大惊之下想要用刀格挡，却发现那刀早已不见踪影。眼见那怪物就要扑到孔雪笠的身上而孔雪笠无力抵抗，孔雪笠只见一道白光从那怪物头上亮起，耳边一道惊雷炸响，就完全失去了意识。

孔雪笠感到自己正在从地底往上浮。身边的黑暗愈发的松散。他逐渐感觉到了自己的四肢百骸。一团纷乱嘈杂的声音从极远处缓缓靠近，终于抵达了他的耳边。

一股清凉之意在胸口蔓延开来。他感觉身体慢慢放松下来，脑子也逐渐从迟钝变得清明了。

缓缓睁开眼，他透过层层云翳看见一个人正在他的身边，一股股清凉的气流正随着此人的动作在胸口发散开来。

醒转过来的孔雪笠瞪着眼睛木然了好久，才是又回过了神一样，缓缓得回了眼中的灵动。他深深地看了一眼吐出了妖丹，为他疗伤的娇娜，转身将身边泪水未干，又展笑颜的赵娥一把搂入怀中，轻拍着她的背低声安慰着。

众人忙上来道贺，皇甫清抱着孔宦挤到最前面，满面春风地说："先生！你醒了……阿松，你的好夫君又回来啦！"

"等等！阿松？"孔雪笠听得，猛地松开手抬起头，盯着皇甫清，"什么阿松？"

"就是赵娥姐的乳名啊，家里有时这样叫。"皇甫清看着表情大变的孔雪笠，有些不解，小心翼翼地说。

孔雪笠呆立半晌，惊讶，疑惑，失望，欢喜，庆幸的表情在他的脸上不断变化。突然他把赵娥紧紧地抱在怀里，号啕大哭了起来。

（全文完）

2014年7月2日
于多伦多

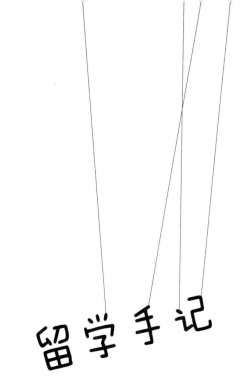

留学手记

第一章

第一节

"我不知道自己将要变成什么样的人，过什么样的生活。我甚至不知道自己究竟为什么要离开，又要走向哪里。可我已经在路上了，走向那个我看不清的未来。"

——摘自我的日记

我总感觉自己待在一辆充满魔力的火车上。时而穿梭在城市里，时而在野外呼啸着奔驰。有很多时候，明明身边坐着的是自己无比熟悉和信任的亲人朋友，自己仅仅是转了一下头，甚至只是眨了眨眼，他们就消失得无影无踪，一个陌生人取而代之。那时候心里总是失落而无力的。但是我从未想过，我也会在某一天成为那个脱离群体，离开亲人朋友的那个人。

飞机上挺冷的。我裹紧毛毯，看着机舱外橘黄色的巨大城市渐渐逼近我们。

飞机在下降。还有几分钟，我就可以结束这段痛苦的旅程了。

加拿大航空的飞机实在是糟糕之极。座位窄小，食物味道古怪。从上海一路坐来，十二三小时的旅程让我吃足了苦头。

飞机降落的时候，有点颠簸。几秒间就趋于平稳。

我站起身来，先帮邻座的阿姨拿了行李，再把自己的羽毛球球包取下。

我手提着球包，感受着提手处熟悉的手感。心里的紧张稍稍地缓解了一下。我有些自嘲地笑笑，想："看来无论走到哪里，这个球包都能一如既往地陪着我呢。"

然后我跟着人流走下飞机。

刚踏出舱门，我就看到黎扬，这个我认识了三年的大男孩背着包站在廊桥的转角处。瘦瘦高高的他只背着一个包，站在角落处，很不起眼，却让我有种恍如隔世的感觉。

"黎扬，"我在心里想，"你从前可不是这样的啊。"

"嘿，丁丁，"黎扬看到我出来，叫着我的外号，扬起嘴角笑了，"出来啦。"

"嗯，终于出来了。这次长途飞机……太可怕了。"我走过去，站在他身边。

我们俩等了没多久，就见一个穿着白色T恤，留着齐肩披发的清秀女孩从机舱门里走出。她看到我们便径自走来，未语先笑："黎扬，钉子。"

我们还没打招呼，就见女孩身后蹿出一个穿着红黑格子衬衫的长发男孩子。他二话不说就把身卜的大包小包塞到我和黎扬的手上。然后站在路边，对着女孩做出一个"请"的手势："陆纤小姐。"

陆纤无奈地笑笑。

"走吧。那个阿姨应该已经等急了……该死的……"黎扬却没有和两人交谈，倒是皱着细长浓黑的眉毛自言自语。他说话的声音越来越小，也不怎么看我们，就顺着廊桥往机场大楼走去。

我叫丁子俊。出生在广州。家中不算大富大贵，却也有些余钱。那个女孩子叫陆纤，穿着红黑格子的男生叫方济，他们与我和黎扬，都曾是在一所初中念书的。我与黎扬更是小学同学和邻居。

初二的时候，黎扬因为父母事业的一个巨大波折突然性情大变，更是离开了中国，独自踏上了前往多伦多留学的路途。而我因为畏惧来自于中考的大量作业和黎扬的影响，答应了父母让我出国读书的建议。来到了黎扬所在的学校。

说真的，当我前些日子第一眼看到回国的黎扬的时候，我甚至不敢和他相认。他的变化实在太大，曾经和我差不多身材的他长高变瘦，人变得沉默寡言，从前的亲切感荡然无存。他心里好像多出很多事情，时常皱着眉头发呆，以至于我担忧起自己出国以后的生活。我从未想过，奔赴异国他乡会给一个人造成如此大的影响。这也可能要联系到他家庭的变化吧。

陆纤是因为家庭里的移民手续即将办好，而不得不来到这异国他乡。她的父母在国内还有些事务缠身，要半年或者一年的时间才能过来。因此，即使她从未对任何人说过，黎扬和我也看得出来她对于独自出国有些许的不安。所以我们也和她，甚至是她父母有了一些联系，希望去了加拿大也可以在力所能及的范围里帮帮她。这也就是她这一年所在的学校和寄宿家庭离我的学校如此之近的原因。

方济出国留学的决定却和陆纤密不可分——方济可是一个不折不扣的情种。他对陆纤的感情之深，常让我感到不可思议。他从小学开始，就一直喜欢着陆纤。连初中都是让家里安排着和陆纤一起。当他知道陆纤要出国时，他求了他父母一个星期，终于得到跟着陆纤一起来加拿大的许可。他父母虽然平时惯着他，可在他的未来发展上毫不含糊。他们有个要求，方济一定要读当地顶尖的私立中学。

于是他成了我和黎扬的同学。

拿行李的时候，黎扬因为没有多余的行李了，便帮方济拖了一个大箱子。方济又很殷勤地帮陆纤拿起了行李——意料之中。

在飞机上的时候还不觉得，可一当我走出航站楼大门，进入半开放的停车场时，我顿时有了地处异乡的感觉。空气中有一股似曾相识的鸟屎味——五年之前，十岁的我曾驻足在同一个机场。

我们走了一小段路，就看见一个褐发的中年白人妇女站在一辆白色的面包车前。她看见我们，发出了很夸张地惊呼声。

"哇！你们就是黎扬的朋友吗？很高兴认识你们。"那个女人说话又快又急，让人很难听清楚。

"嗯。也很高兴认识你。"我笑着说。

她就是黎扬寄宿家庭的女主人，或者用英文说是homestay。黎扬通过中介找到了这个家庭，支付了几千加币，这个家庭也会提供食宿，和一些必要的监护。而这种寄宿家庭，也是每一个不住在学校的未成年留学生法律上必需的，他们提供食宿的同时也会起到监护人的作用。

那个加拿大中年女人突然看见了陆纤，眼睛一亮，快步走到她面前："好漂亮的小姑娘啊。你好你好，我是黎扬的宿主。"

"谢谢。很高兴认识你。"陆纤显得有些不知所措。

女人也没多看陆纤，走到黎扬面前："把行李都搬上车。"

我看着她一脸颐指气使的样子，觉得黎扬的运气真是糟糕，摊上这样一个住家。

上车以后方济让陆纤先坐进去，然后马上占了中间的座位。我有些哭笑不得地坐在了靠外面的座位。

女人开车驶向多伦多北边的一个小镇。路途上一反常态地一言不发。坐在副驾驶上的黎扬开始和我们介绍我们要去的城市。

"Aurora是大多伦多区域中的一个小镇。它的名字在北欧神话里是极光女神的意思。陆纤，你要去的学校是一间不错的公立学校。它的法语课程是学校最突出的特色。我记得有次路过那里，它深红色的教学楼很宽敞。你的homestay离你学校只有一街之隔。那一片算是富人区了，房子都很不错。"

"对了，你们一直在说homestay，那到底是什么意思呢？"方济突然开口问："两个词都懂，但是合在一起，不清楚具体是什么意思啊。"

"是寄宿家庭……"黎扬的话说到一半，突然被那个女人打断了。

"你们是不是在讨论我？"女人也不顾在开车，回过头来凶狠地看着三人。

我看到她盯着我们，额角微微冒出了冷汗。

黎扬倒是一副见怪不怪的样子："刚才提到那个女孩子的 homestay，有个朋友不懂 homestay 是什么意思，我正在解释。"

　　"哦，这样啊，"女人突然笑了，"那你们继续聊。"可她还是没有回过头去。

　　"留意路面。"方济想来和我一样，也是满额冷汗。他说道。

　　"我知道，不用你提醒。"女人收起笑脸，转头看路。

　　"哎。她的性格有点儿奇怪。"黎扬回过头，笑着用中文对我们说，"接着说刚才的话题。嗯……St. Andrew's College 的话，是一所很好的私立男子中学。它在整个加拿大都属于顶尖的几所私立中学之一。运动和学术都很强。这个学校的特色呢，一是他强调学生的关系。无论是正面的宣扬'兄弟之情'，还是反面的严禁欺负同学的行为。二是它有着自己的加拿大军训，这恐怕是整个加拿大都没有几个的。我们会通过这个军训中的一系列活动获得作为一个男人该有的品性和技能。当然，也不是每一个学生都能了解到自己的幸运，而积极参加并且从军训活动里面学到东西的。S.A.C. 是一个很好的资源，希望丁丁、方济你们能学到很多东西。"

　　此后，我和方济又问了黎扬一些有关学校日常生活的问题。黎扬一一解答以后，我用外套戴的帽子把自己的头包起来，靠在车窗玻璃上小憩。听见方济开始喋喋不休地和陆纤说起他到学校以后的计划，大概是想要进学校的足球队什么的。

　　我们来到了学校附近一个小旅馆。已经是夜里三点了。我们学校明天清早就是新生招待日，我们就干脆不睡了。陆纤就读于不同的学校，要过几天才开学，便先睡下了，倒时差。

　　方济本来想和她唠唠嗑，被我直接拉回了自己的房间。三个男孩子洗过澡以后就聚在一起聊天，打游戏。又过了会儿，三人都安静下来，想着自己的事情，毕竟这跨越半个地球的旅程实在让我们精疲力竭。

　　我躺在床上，看着窗外开始下起的小雨。不大的水珠零零碎碎地在玻璃窗上挂着。

　　"明天，第一天去学校……"我下意识地捏洁白的床单，想着。

第二节

"有的人来到了这个地方，在别人的生命里留下些什么。然后永远不会被忘记。"

——致Tom（Scott）

我和方济跟着黎扬，走在学校大大的足球场上。

微微有雨。我和方济学着黎扬不打伞，套上帽子遮挡。而当我们穿越过宽阔的球场以后，我的跑鞋已经粘上了不少的草叶和泥土了。

顺着球场边的台阶往上走，走了二十阶的样子。来到了一块修建整齐，四周有枫树环绕的草坪。

"那就是我们的宿舍楼。"黎扬指着草坪对面的一排房子，"那里一共有三栋宿舍。左边是自建校以来就有的，叫Memorial。中间的是最新的Sifton。右边的是Flavelle。再往右边去，那边的楼房就是我们的教学楼了……"

"奥斯汀！"草坪的另一端，Memorial的门前有个穿着西装的白人男子喊着黎扬的英文名字："可以过来帮我整理一下公共厅吗？"

"好的！"黎扬喊道，又对我和方济两人说："去教学楼那里。找到大堂，会有老师和学长接待你们。"

"嗯。那按我们说好的，麻烦黎扬你帮我们把行李从旅馆拿来学校，我们下午就来找你取。"我说着，冲黎扬挥挥手，和方济顺着草坪边的柏油路走向教学楼。

走进教学楼大门，就可以看见大堂了。那是一个大得像个广场似的大厅。厅的两侧摆放着红色皮沙发。厅里稀稀拉拉地站了十几个学生和老师。

在进门的时候，我把鞋底沾满湿泥和草叶的鞋子在灰色布艺地毯上蹭了几下，以免弄脏里面光洁的大理石地板。

"欢迎来到St. Andrew's College！需要帮助吗？"当我走下台阶时，一个站得离我最近的，身材高大的白人学生主动说道。

"嗯。我们是今年新来的学生，"虽然没有听清楚他具体说什么，但是我还是直接说，"可以帮助一下我们吗？"

"嗯，等等。我先喝完水。"学长笑笑，把手里的冰水一饮而尽。

"我带你们去宿舍好了。十点钟你们再来大堂。顺便提一下那里是校园商店，你们到时候来了要在那里买到你们的校服。"学长指指大堂的一个角落，那里有几个人在一个商店门口走来走去，"你们在这份名单上找自己的名字。然后我带你们去宿舍。"

我们在名单上找到了自己的名字。我在Flavelle，方济在Sifton。

"我先带你去Flavelle。然后再带你去Sifton……你们叫什么来着？"学长说。

"我叫迈克。"我说。

"我叫乔伊。"

"迈克，乔伊。"学长指着我俩念了几次我们的名字，像是要努力记住我们的样子，"走吧。"

他带着我们上楼梯的时候，我看到他穿着苏格兰裙。一条绿色的长袜上面有着红色的缀饰。皮鞋一尘不染。

"我叫汤姆，以后有什么需要帮助的可以来找我。"学长在路上和我们说。

大堂离Flavelle不远。学长在宿舍一楼大厅把我带给一个穿着深蓝西装的亚裔男子。

"你是迈克吗？"亚裔男子一抬头看到我，就露出很和善的笑容，说："我叫丹尼尔，是你的辅导员。以后在这里有什么问题都可以直接过来问我。我的房间就在这栋房子的一层。很高兴见到你。"

我听到他噼里啪啦说了一大串英文，许多陌生的单词夹着几个熟悉的字眼。只听懂了最后一句很高兴见到你，忙说："很高兴见到你……我的房间是哪个？"

"哦对，你还没有去过你的房间。"亚裔男人对着身后一个光着脚穿着背心的金发白人打了一个响指："带他去他的房间。"

我住的是双人房。门的两边各有一个私人衣橱。房间里有两个书桌，两张床。书桌和床都是木制的，有着好看的木纹。墙壁不像国内式的简单粉刷，或是贴上壁纸。而是用好几块白板贴在用白色油漆粗略刷过的墙上。椅子和桌子的主色调都是红色。我在许久以后才知道，红色在我们学校有特殊的地位。我们的校徽，所有建筑和室内装潢的主色调，乃至高年级学生穿的特殊服装，都是以红色为主。

"就是这里了。"白人学长说，又拿给我一个不大的袋子："这是学校送给你们的礼物，里面有一些食物和文具。你可以用这个袋子在运动时候装衣服和水壶。很方便。"

我大概听到有礼物和运动的字眼，就点点头，说谢谢。

室友还没有来。我便自己先选了靠近门的书桌和一旁的床。

看看表，才八点半。离十点还有很久。 我便打开了学校送的包。里面是一个白色的纸盒子，一些零食和铅笔，尺子。

我小心翼翼地顺着割开的虚线拆开纸盒，扉页上是校长写给我的一封信。我读了读，里面有很多不懂的词，大概是说要好好学习，认真向上一类的话。

"这种信估计除了抬头，每个学生收到的都是一样的。"我自言自语着。又接着拆。

里面是一条红底银斜纹的领带，手工缝纫的。我把它放在桌面上。

第三节

"多样性，多样性。我是世上最不同的唯一。"

"你们好。我是Prefect之一。欢迎你们来到圣安德鲁。我希望你们作为Flavelle宿舍的新成员之一，向其他的新成员简单地介绍一下自己……那么，谁想先说？"

开学第一天的下午，是各个宿舍的新生聚会。Flavelle的新生都来到了我们宿舍的休息室。坐在黑色皮沙发上的是一个有着黑色头发的白人。他卷曲的头发搭在额头侧面。他看着我们，说道："我是兰德。我来自墨西哥。我是十年级的学生。喜欢打橄榄球。"第一个说话的是有着西班牙语口音的"小坦克"。

"我叫菲利普斯，来自墨西哥，十年级，喜欢足球。"第二个说话的是我的室友，一个皮肤黝黑的人。他亦有着很重的西班牙语口音，"很高兴能来到这里。"

"我叫达里安，是本地学生，"坐在我左边，长得英俊无比的白人说，"我今年在十年级就读。我日常的爱好是玩星际争霸和踢足球。"

"我是迈克，来自中国，现在在读十年级。"我压下紧张，尽量让自己在说话的时候和每一个人都能有短暂的对视，"我平时的爱好是读小说和写小说。"

"哇。"那个白人学长赞叹了一声，"你是用英文写的还是中文写的？"

我舔舔嘴唇："是用中文写的。但是以后等我英文进步了，我也会用英文写小说。"

"如果你用英文写，我会读你的小说。"白人学长打了个响指，"下一个。"

自我介绍结束以后，白人又说了一些欢迎我们的话语。他告诉我们他的房间，说有什么困难都可以找他帮忙。随后，我们在圣安德鲁第一天的节目就这样结束了。大家站起来离开公共厅。在起身的时候，我看到达里安走到沙发旁的台球桌边，站着看着我们。我停下脚步，有些不解地看着他。

"你会打桌球吗？"他微笑着，一边抚摸着台球桌。

"什么？"我露出迷惑的表情。

"你会打桌球吗？"他又放慢语速问了一遍。

"桌球？"我问，"那是什么？"

他拍拍桌球桌："这个。"

"哦，原来这个叫桌球。"我微微点点头，说道，"我技术不好。但是我想和你打。你可以教我吗？"

"当然。"他笑笑，"来吧。我在美国的时候打了一年多。很厉害的。"

42

"我是让你的。"

十分钟以后，我把黑球轻轻撞进袋子。一脸郁闷的达里安对我说。

"啊哈哈。"我笑着拍了拍他的肩膀。

"Good Game。"他说，伸出拳头。

我有些不解地看着他。

"打它。"他微笑。

我伸出拳头，和他的拳头在空中相击。

第四节

"这是一个完全不同的世界。就像……我在电影里一样。"

我拿着盘子，走到拿食物的小站前。

"早上好。不说早安的孩子没有早餐吃喔。"站里穿着黑色衣服，画着口红的女人操着一口奇怪的英语向我打招呼。

"早上好。"我的声音不是很大。

她夹给我两根香肠。

"我可以多拿一根吗？"我问。

"不。"她摇摇头，"我们要保证每个人都能吃到香肠。所以如果你真的想要，吃完以后再来拿一次。"

"嗯。谢谢。"我点头。

离开饭堂的时候，外面的风把我的头发吹得立起来。我下意识地甩甩头，向教堂走去。

教堂的建筑风格和其他建筑的朱红外墙大不一样。白色的主体和淡绿色的尖顶让它看起来干净而精致。

两扇木门大开着。几名老师和学生站在门边。我留意到那几名学生的领带与我们红底银斜纹的领带正好相反，是银底红纹。

"你是新生吗？"有一位个头不很高的学生问道。他的眼睛碧绿清澈，"你在哪个宿舍？"

"我在Flavelle。"我眨眨眼，有点儿紧张。

"哦，Flavelle。"他向里走去，我连忙跟上。

"你看，在一排座位向着走道的这边，贴有各个宿舍的标志。你以后就找到自己的宿舍的标志。然后坐在那一排就可以了。"他指指座位旁边的贴牌。我听得不是很懂。但是可以猜得到是在说要坐在对应的座位上。

"嗯。谢谢你。"我对他笑了笑，坐了下来。

人越来越多，坐满了整个教堂的时候。教堂最前方的管风琴响起。人群逐渐安静下来。

六个戴着银底红纹领带的学生走上教堂前台，在神像两侧的红色拉绒质感的椅子上落座。

"第38页。"教堂后面的一个老师洪声说道。

我忙学着身边的人拿出前面座椅靠背上的红色书本。翻到第38页。

在前奏响起的时候，我和他们一起站起来。

"Go / tell it on the mountain / over the hills and everywhere..."大家开始唱起上面的诗来。声音肃穆而平静。诗的调子和管风琴洪亮的音质正好相和。我第一次见到这样的景象，不由得有些震撼和沉醉。

台上站立着的一个学生赫然便是汤姆。他低垂着眼帘，很认真地唱着。暖暖的光打在他金色的头发和专注的脸庞上，显得坚毅而稳重。

有人举着十字架走上前台。

结束。大家坐下，把书放回原位。

有学生在台前说："Let us pray."（一起祈祷吧）

我学着别人低下头，十指交叉放在双膝上。听见神父念着些什么。最后，他平静地说了一声阿门，我们又直起腰坐好。

一个学生从台上起身，走到话筒边念了一段圣经。学校的神父走上去讲了一个故事。我自己却听得不是很懂。我们又以一次祈祷和一次唱诗结束了早上的教堂活动。

"今天坐在教堂台上的是什么人？为什么和我们不一样呢？看上去好厉害。"我问达里安。

"那是Prefect。我们整个高中部四百人中最顶尖的六个精英。学生领袖。"达里安说道。

第五节

"很多时候你遇到一个人，然后他成为你生命中无可缺失的一部分。但当你回头看去，和他相遇的那次，依然只是一个平淡普通的下午罢了。"

开学的第一天，我和方济就被我的辅导员丹尼尔叫到了教学楼里。他告诉我们，我们马上要参加一个必须要考的考试。

"这是一个检测英语水平，以此确定你们要不要上ESL的考试。"他说。

我有点迷糊的时候，突然听见了"ESL"这三个字，大概就有了猜测。ESL我是听说过的。应该是一个为我们这样以英语为第二语言的学生准备的课程吧。我点点头，说好。于是他领着我和方济来到一间课室。我们看见一个老太太坐在课室里。里面已经有两三个同龄人在等候，他们是亚洲人。我很想上去搭话，考虑到考试快要开始了，还是忍住。

其实对于这个马上要考的考试，我不很在意。实话说我认为参加ESL课程还是很有必要的。毕竟我也觉得自己英语水平实在有限。如果有专门的课程以供补习也是好的。

看到卷子的时候却愣了一下，这是一套SLEP的卷子。我在国内的时候做过一次，然而那天我做完了却没有对答案。到了现在，就感觉有些懊恼。

"也许不上ESL，去修一门其他课也是很有意义的。"我在心里对自己说，心中有些不舒服。颇是后悔自己在国内的时候没有努力学英语。

而这样的情绪，在未来的一年里不时出现。或是我和别人无法正常交流的时候，或是我听不懂课的时候，或是我考试的时候看不懂卷子的时候，这样的情绪让我一次又一次地不舒服，却一次又一次地推动我努力。只有如此，未来的我才能摆脱它，再也不用责备过去的自己。

考完试以后的我们却没有了别的安排。课程还未正式开始，我便待在宿舍里，用QQ和国内的朋友聊天。就这样耗去了半天多的时间。直到下午的时候，黎扬带着方济敲响了我的门。

"去附近的超市买东西吧。我顺便带着你办一张电话卡。"

那个下午，我第一次见到安德烈。那时候的我还不知道他会在未来的一年里一直鼓励我，辅导我，安慰我，并指引我走上那条让人欣慰的道路。如果你在那时候告诉我他是我未来最重要的一个朋友，我是绝对不会认同的。

他穿着有些滑稽的大皮鞋。踢踏着从教学楼一路往宿舍这边走来。他看见了我们，便挤眉弄眼地对黎扬说："嘿奥斯汀，这周末的舞会要和我一起去泡妹子吗？"那一刻，我下意识地就要把他归到心里"纨绔子弟"的那个分类了。

所幸，黎扬的一句话挽救了他在我心里的形象。他说："啊？学霸也要去舞会啊？"

"怎么可能，"他用不大不小的声音嘟囔了一句，"舞会上的妹子都太骚了。"

我感觉冷汗从我额角冒了出来，用手一擦，的确是有些湿润。

"哎？"安德烈这时候注意到了我，露出他那如同小男孩一般的笑容，"你是今年的新生吗？你好，我叫安德烈。"

"我是Michael。"我伸出了手。

"喔，Mike你好。"他伸出手与我的相握。

"我叫Michael，不是Mike。"我愣了下，纠正他道。

他明显也有点惊讶的样子，但马上恢复了那温和的笑容："英语里每一个名字都有一个亲切的叫法。就好像Tom的亲切称呼是Tommy。Michael的就是Mike啦。"

"喔，这样啊。还没人这样叫过我呢。"我感到新奇，却也觉得有点不好意思。

"嗯，没事的。"他点点头，"我先回去倒时差了。再见了奥斯汀，再见Mike。"

看着安德烈越走越远，我问身边的艾尔伯特："他是学霸吗？"

"他两年前刚来的时候一句英语都说不出来，去年高一，学期总评的时候已经是全年级前十了。你说他是不是学霸。"

"真是厉害。"我微微咋舌。

第六节

"初来乍到。新鲜感，很快乐。"

说起人气，国外的宿舍和国内的宿舍有着鲜明的对比。国内的宿舍总能听见别人的笑声，打闹声，看见穿着校服的孩子们在楼道里迈着有力的步伐。而在加拿大的早晨，我只能在经过某间房间，听见里面隐约传出来的摇滚音乐时，才感到别人的存在。

我穿着白衬衫，手里攥着一条领带，看见一个挺脸熟的白人从房间里走出来，走进卫生间。我忙跟了进去。

"我不会打领带，你可以帮我吗？"我在门口耐心地等他洗完手，问道。

他愣了愣："哦，当然。我会帮你打好领带的，哥们儿。"

他拿过领带在自己脖子上打好结，摘了下来。我想伸手去接，他却没有给我的意思。

"你过来我给你戴上。"他说，带着一点点口吃。

我走近。他帮我戴上领带。我微微仰着头看着他。他专注地帮我调整好松紧度。

"超帅。"他笑着对我眨了一下右眼。

"Miss. Lee. 我觉得索姆河战役的意义不止你所说的，还在于分散凡尔登战役中巴黎方的防守压力。保证法国这个重要国家的首都不致陷落。"历史课上，Darrian突然说道。

"呃……"历史老师想了想，一脸笑容地说："没错。这的确是索姆河战役的一个重要意义。同学们，达里安提出了一个很重要的要点！"

"达里安，你好像很厉害的样子。"我就坐在他的右边，我用手肘捅捅他的胳膊，说道。

"哈哈。谢谢你。我喜欢历史，所以学得好。"他说。

我笑着点点头。继续听课。

一个瘦瘦的白人小子持着橄榄球向前跑去。我冲过去试图碰到他。在橄榄球的规则里，只要我扑倒接住球的对方球员，他们这一小阶段的进攻就告一段落了。

我冲过去。十米……八米……五米……距离越来越近。却见他一个急刹车。我试图停下脚步，可是惯性带着我向前直冲而去。他轻松绕过我。

"该死。"我用英文吼了一声。却看见他刚冲出去二十米远，就被一个白人壮汉直接撞飞，躺在地上一动不动。队友们也不理他，跑过去拿了球就开始说接下来的战术。

他们上一段的进攻胎死腹中，我们转为进攻方。

大家围起来讲战术的时候我却听得不是很懂，解散时忙问身边一名健壮的白人："我要怎么做？"

"往前冲就行了。"他耸耸肩。

我觉得他有点看不起我，但是也不好多说什么。只憋了一口气在心里。

"哈！"队长吼了一声，这一阶段的进攻开始。我向前冲去，绕开了对位我的球员往前冲去。

我回头，看见队里几个主力队员都被人防得死死的。我不是很清楚要怎么做，只尽力往前奔跑着。

我们掷球手飞快地寻找着可以接球的队友。他看到了我没有人防守，却没有直接把球给我，直到对方球员快要撞上他了。他才一脸无可奈何地把球用力地扔出来。球被他投得又高又远,直朝我飞来。

我这是第一次打橄榄球啊!

我跑着,跳起来稳稳地用双手把球接下。接着向前一路狂冲。

"迈克接到球了!"我听见有人在我的身后喊道,随后风声瞬间灌满了我的双耳。

周边的队友马上帮我挡住对方的球员,我使劲地向前冲去。

右边一个黑人很兴奋地跑着,长腿飞快地摆动。斜斜地向我冲过来。

眼看他就要碰到我了,我突然想起了刚才那个白人小子的动作,于是左脚伸出去的时候死死踏在地上,止住了身体向前冲的势头。那个黑人唰的一下就从我眼前冲过去,我刚好躲过。

前方一个人都没有,我右手把球夹在肋下使劲地向前冲。我可以感觉到有一个人跟在后面。于是愈发地跑得快。那脚步声越来越近,忽然听见身后"砰"的一声,再也没了脚步声。我奋力奔过了最后一小段距离,越过了底线。整个人不受控制地扑倒在地上,打了两个滚。

我爬起来,微笑着看着队友。我看见他们高举双手大声呼喊:"得分!"

那天下午。我坐在电脑前面,写着一篇有关爱情的小说。突然听见了走廊上同学嬉戏打闹的声音。看着阳光洒在被红色涂料覆盖的木桌上。心突然被一种莫名的感觉填满。

我坐在窗台上,看见外面天光灿烂。丝毫不见国内灰霾的影子。突然觉得这样的生活挺不错的。

没有压力,没有太多的作业,每天都能运动,打桌球。和朋友在一起。闲暇还能写写小说。

可是,为什么每当我想到国内的同学的时候,我会有一种歉疚感?

我摇摇头。正准备回到座位上把博文写完。门突然开了。达里安把脑袋探进来。

"来打桌球吧。"他眨眨眼。

"好啊。"我笑着说，"这次我也一样会赢你的。"

我心中之前的心情一扫而光，换以一种庆幸——在这样一个中国人不少的学校里，很少的孩子能像我这样交到一个算是密切的外国朋友的。

"美妙的一天。"我突然在心里这样对自己说。

第七节

"在这里生活，我似乎是独立自主的成年人。"

第二周的周四，所有十二年级的学长都穿上了开学第一天汤姆所穿的苏格兰裙和长筒绿袜子。

我们被告之，今天下午放学以后，我们会接受由十二年级学长和老师带领的军训活动。

三点四十分，根据老师发给我们邮件的指示。我们准时来到教堂。

台上站了一个短发的老师，他和我们简单讲了讲军训的意义，就开始说今天的安排："一队去爬高。二队去射击。三队去体能测试。四队去学习测绘知识。……然后再提醒一次，在两周以后的周三下午，我们去一个公园进行一次短途训练。大概就是这样。按照编号顺序依次由高年级学生带离场地。"

"爬高。"我念叨着那个词，"爬高。这个单词是什么意思？"

"这就是爬高？！"我站在架子下，抬头看着那三根二十几米高的木柱子，和柱子之间几根稀稀拉拉的木板和绳子。

我看着蓝天上白云飘动，一阵头晕。

"你在耍我么。"我念叨着，和大家一起取了一套防护装备。

"方济，有没有信心？"我抬头。

"我……我……"我的余光看见他在扭来扭去，记得这是他紧张时候的表现，"你怎么？"

"我，"他咽口唾沫，"我恐高。"

我拍了拍他的肩膀，有点幸灾乐祸。

当老师喊下一个的时候，我确认了一下自己的防护装备，就走上前去，说："我想试试。"

"嗯。"她把防护绳扣在我腰上的一个环扣上，拉了拉，确认稳固以后，说："去吧。"

我在木柱上踩着一些放置手脚的凸起，慢慢往上爬去。

规则很简单：从爬上一根木柱的中部，踩着木柱之间连接起来的一根长绳，抓着数根从上层垂下的绳子，达到另一根木柱。再回到两根木柱中间，利用安全绳和老师的帮助落下来。

不简单的是，那地方十几米高，绳子也松得晃晃悠悠。

我爬上木柱的中部以后，往地下看了一眼，有点儿哆嗦，忙深呼吸了一下，准备开始向另一根柱子进发。

离开稳固的柱子是有些不情不愿的，我下了好几次决心才把两只脚都放在半空中摇摇晃晃的绳子上。我一离开柱子，马上便有些重心不稳，两手紧紧抓住上面垂下来的绳子才控制住了身体。

重心慢慢稳定以后，我试着松开右手，去抓外面的另一根绳子。还好绳子之间的间隔不很大，还是比较容易抓住的。我就这样过了大概一半的距离。

"这也不过如此嘛，还不是很难。"我想，可转头一看下一根绳子，傻眼了。

那根离我两米远的绳子在风中微微摇摆着，像是在嘲笑我的自大。

"拼了！"我努力地够了好几次，都没有抓到那根绳子，于是心一横，双腿试着蹬了几下脚下的绳子，感觉足够稳固了，就用力一踩绳子，向前跨了一小步，纵身去抓那绳子。

当我死死抓住那根绳子，挣扎了一会儿稳住身体的时候，感觉都要虚脱了。

我碰到了对面的柱子，又返了回来。来到中部的时候，我对着下面的老师大喊："夫人，我做完了！让我下去吧！"

"好的！"她喊着，"身体慢慢往后坐。"

我照做了。她慢慢地放长安全绳，把我放下来。

可就在离地还有七八米的时候，一个老师突然过去和她说起了话。她停下手里的活，侧头和他交谈起来。

我被吊在半空晃悠着。

"夫人！"我叫道。

"你先等等！"她头也不回地说。

我听着下面同学的笑声，很是尴尬。

军训结束。我回到宿舍以后，没有一丝疲惫，倒是兴奋得很。

房间里有几个墨西哥人坐在我舍友菲利克斯的床上，用西班牙语交谈，大声地谈笑着。

"原来不止中国人出国以后抱团啊。"我想到，又对他们打招呼，"你们好。"

他们中有一个对我说下午好，另外两个都只是笑笑而没有说话。我打开电脑，用QQ告诉黎扬，就起身去饭堂吃饭了。

晚餐有牛扒，烤鸡腿和土豆泥，其实在学校已经是异常的丰盛。我盛了些牛扒和土豆泥。又去接了巧克力牛奶，拿了甜点。随便找了个没人的桌子坐下。

"黎扬，"我咽下口中的牛排，说，"我昨天遇到一个很恐怖的事情。"

"嗯？"黎扬正在吃东西，不方便开口。只好哼了一声。

"我的室友问我要不要药……"我说。

"要药？"黎扬有些迷惑的样子，"切克闹？"

"He asked me if I want some drug."

"哦，然后呢？"黎扬恍然大悟的样子。

我心里突然有种奇妙的感觉，想道："会两门语言还是不错的嘛。"

我回答说："然后他又给我看他朋友的视频，我看到他朋友把针管扎在自己手臂上。我就整个一下懵了。他说了什么我也没听见。我就只是把屏幕转过去，告诉他我不看。"

"我去。"黎扬差点把果汁喷出来，"他吸毒啊？"

"我一开始也是这么想的，一整个晚上睡不好啊。担心他在我睡觉的时候给我一针，以后我就惨了。"我回忆着昨晚我自己的经历，不知道为什么感觉有点儿害怕又有些兴奋，好像我终于看到了真实的社会一样，"今早他和我说，他吃的是维生素C。他朋友是发育不良，要经常打激素药剂。应该没什么大问题。说是开个玩笑。"

"那就好。"黎扬放松下来，"不比国内的学生，国外的吸毒学生更多。但是在我们学校应该很少。你室友是谁？"

"呃。就是那个头发梳得很整齐的那个。"

"哦。"黎扬突然咧开嘴笑了，"就是那个把头发梳成三七分，中间还能看到一条线的那个对吧。"

"对。"我也笑着，"每天早上晚上都梳十分钟头……用毕生精力把头发梳出一条线。"

我们埋头吃了一会儿东西。

黎扬突然说："陆纤她学校附近的一个社区中心在这周末要搞一个慈善会演活动，陆纤报名参加了。我们一起去看吧。"

"哦？这么厉害。"我惊讶道，"她表演什么？"

"应该是唱歌吧，不知道。"黎扬耸耸肩，"我打算去，方济那小子肯定也缺不了。到时候如果想去。我就开车来接你们。"

"我去……你还有车？"我瞪大了眼睛。

"嗯，停在学校呢。"他微笑，"我上学早，比你们大，你们也知道吧。"

"那也不至于能开车吧。你成年了？"

"加拿大十六岁就可以开始考驾照了。我认识一些朋友，所以考得比较快，弄七八个月就可以上路了。只是再过几个月，还要去复试一次。"他把碗里最后一块牛扒叉进嘴里。

"真厉害。"我感觉黎扬在加拿大留学一年变化真的很大。以前的他怎么可能说出"我认识一些朋友"这样的话，"你买的是什么车？"

"家里经济条件不是很好，买了一辆二手的吉普。"

"二手的？"我刚说完这句话就后悔了，这不是戳他痛处吗？我有些尴尬地坐在那里。

"是啊。"他看起来挺不在乎地耸耸肩，"这里的孩子，除非是大富大贵之家。第一辆车都是买二手的。就像《变形金刚》里山姆的大黄蜂就是二手车嘛……我再去装些菜。"

第八节

"别人问我爱情是什么，我想，无非就是看着一个人类，却又见到了其他的东西。"

"Mrs. Gold，三天后就是我的生日了。我可以请我的朋友来家里庆祝吗？"黎扬走出房间，对着坐在沙发上正在看电视的女人说道。

"是吗？你要过生日啦。"女人一脸惊喜的笑容："需要我们给你准备一个蛋糕吗？"

"谢谢你。但是我已经订好了一个蛋糕了。到时候也邀请你和阿曼达姐姐一起吃。"黎扬开心道，"那我出一下门，有个朋友要表演节目，我去看。"

"嗯。早点回来。"女人把视线移回电视。

我们刚进表演厅的时候，我看到很多走来走去的白人黑人。他们年岁大致与我相仿，看起来比起国内的孩子都要浮躁很多。男孩子追逐打闹，把脚放在前面无人椅子的靠背上。女孩子穿着短裙或是紧身长裤，踩着形形色色的凉鞋，聚成一团在说笑。光线昏暗。

座位比较靠前，我走在前面，后面是方济和黎扬。我不知怎的有些紧张，也许是不适应这样的环境吧。

前面有一个街舞表演和一个乐队演出。节奏感极强而震耳欲聋的音乐让我心跳不已，一阵阵的头晕，却在结束时收到了异常热情的尖叫和鼓掌。

"嘿，你看！陆纤来了！"方济突然用肘子捅了捅我的手臂，说道，"她今天好漂亮！"

她今天穿着一件宽松的白色卫衣，一条黑色的泛白瘦腿牛仔裤。本来很健康匀称的身形显得有些单薄瘦弱了。我看见她把袖子往上臂挽了挽，站在舞台中央静静地看着场下。

观众席还是很吵闹。学生们扫了陆纤一眼，就移开了视线，继续肆无忌惮地嬉笑怒骂着。也许在他们看来，这个中国女孩只是要上来怯怯地唱一首歌，然后逃下台。就和他们之前看到的那些中国人一样。

前奏还没有响起的时刻，我看到她站在台上，没有出声，没有动作，没有表情，只是看着昏暗的观众席。舞台的灯光懒洋洋地洒在她纤细的手臂上，她从耳边垂落的薄薄的鬓角上。突然有了一种走过去抱抱她的冲动。

听见短促的木吉他和弦。陆纤舔舔嘴唇，把话筒凑近嘴唇。

"满天星星对我说/我这里有一个梦/想到了你/就抬起头倾听"

是陆纤最喜欢的国内歌手陈绮贞的歌。轻柔的吉他伴奏和陆纤稚嫩干净的嗓音在这里却仿佛显得太奢侈了。

"马路上匆匆忙忙/小小灰色萤火虫/疲倦的心/关上了灯/不做梦……"

她唱着，嘈杂的声音小了些。

她的声音穿透层层喧嚣，直达我的脑海。我看着她，我看见了一个平凡的女孩子。有着自己的生活，微小却亮过了整个青春的梦想的女孩子。像山崖边际微微摇动的小白花，卑微，幼弱，美好，惹人怜惜。

"一个梦/一眨眼/我们都只不过是/感情过剩的花朵/除了快乐/别无所求"

当她唱完，台下响起稀稀拉拉的掌声。

看着她走下台，我脑子里有些稀里糊涂的，却站起身。我想去后台找她。

可身旁的方济噌地一下跳起来，在我的路上，向后台快步走去。

我愣住了，看着方济。第一次觉得方济对陆纤的殷勤是那么扎眼。

大概过了四五秒的样子吧，黎扬拍了拍我的背，说："怎么不走了？"

"呃，没事。"我突然清醒过来，回头看着黎扬说，有些心虚。毕竟，那是方济追了四五年的女孩子啊。

"那我们就去后台看看她吧。"黎扬笑着说。

在沉沉的光线下，我看不清他的眉目。

第二章

第一节

"慢慢地流入了这里真正的生活节奏。有时候觉得自己像是变成了另一个人。"

"这世界上有一种人。天生就与别人透着不一样。在中国就是聪颖异常，天降大任，眼光独到。在欧美就是沉浸在某事，对其他事情不闻不顾，天生就有领导质，可以通过任何手段做成自己想做的事情。而这种人总能获得巨大的成功。比如方才那本书里的乔布斯，还有故事里煮手表的牛顿。对于这种天赋异禀的人来说，要成功仿佛就如探囊取物，上帝早就把所有成功的种子埋在了他们的人格特质里。尽管这种人的数量很少很少，但是每一个都能取得一定程度的成功。"

"可惜，我不是。"

我推开宿舍的门，避开路上零零散散的几个同学，往教学楼奔去。装着电脑的书包在他的肩膀上一跳一跳。

"普利斯女士！"我莽莽撞撞地跑到了教室门口，一边微微喘着气一边叫着课堂里老师的名字。

"早上好，迈克尔。"普利斯女士看到我的时候就微笑了起来。见普利斯女士没有责备自己迟到，想来还是赶到点上了吧。倒是我隔壁的一个中国人，那个家伙叫梁兵健肯定又玩游戏玩得很晚了，不知道是不是又会被老师骂。我一边想着，一边走到教室里坐下。

我来之前的时候，四周的环境总是提醒我要做好心理准备。毕竟作为一个在中国生活了十五年的孩子，来到异国他乡以后无论是学习，饮食，还是人际交往，日常生活，都有或多或少的困难。可我丝毫没有放在心上，也许是有着在国内优秀的经历作为担保吧。我谦虚的外表下似乎总潜藏着一丝虚幻的自信。

事情却总不会像我想象的那样容易。自从我来到圣安德鲁以后，我眼中的世界却在瞬间就改变了。为什么他们的糖掉在椅子上还吃？为什么他们的地板明明没人打扫，却永远是光洁的？为什么他们的草坪在被那么多人践踏以后还是柔软如常？为什么他们离开房间的时候不随手关灯？为什么他们要早上洗澡？为什么他们刷牙不用杯子接水？

我也发现，自己以前引以为豪的，和他人交往的能力好像也销声匿迹了。开学的第一天，和一个学生家长聊天的时候，当那个男人说他从前在深圳采购了一批机器。我却脑袋一片空白，很想问一句"所以呢？为什么你要和我说这个？"但是却没好意思这样做。

所幸，学校对于学生的支持也给了我很大帮助。不仅仅是请了普利斯女士为所有英语上需要帮助的学生特地开设了一门ESL补习课程。还为学校里每一个学生都配给了一个老师兼职的辅导员。对学习或是生活上都能建议一二。我也庆幸地发现，我和老师交流的能力还没有变得无可挽救。在这段时间，我也能逐渐地进入学校的节奏，开始正常的作息了。

"好的！孩子们，那我们这节课接着讲过去分词……"普利斯女士看了看表，用她那特有的，听了让人开心的语调对大家说。

可她话音还未落，走廊里传来了咚咚咚的奔跑声。梁兵健，一个中国男孩出现在了门口。他一言不发，只喘着粗气，透过他圆圆小小的镜片看着老师，头发凌乱，领带不整，西装外套该扣的扣子没扣上，衬衫也从西裤里跑出来一小截。

"噢天哪克里斯，"普利斯女士一副难以置信的表情，"去把你的名字写在黑板上！"

我一阵窃笑。每当普利斯女士让你把名字写在黑板上的时候，证明她已经生气了。这下克里斯可又要倒霉了。

"笑什么笑。幸灾乐祸！"梁兵健坐在了我的身边，对着我恶狠狠地说了一句。

食堂里的松饼不再冒出热气，枫糖浆停止了流动，这安详宁静的枫叶之国才随着整个西半球一起享受起晨曦，每个人才开始了自己的一天。

第二节

"支撑着现实的有时候只是一个梦。"

"那好，我想参加这个活动去爬加拿大电视塔。"我发出了那封邮件，"我可以叫上我的朋友们吗？"

"当然。这个活动可是值五小时的社区服务时间哦。你只要做八次，就可以达到毕业底线了。"不多时，收到对方的回复。

"那好，谢谢你。"我微笑着打字，"要熄灯了。我先休息了。"

菲利克斯把窗帘拉上，挡住外面照进来的灯光。我关了灯，说晚安。

"晚安。"他还是那样的口音。

我把毛毯拉到脖子上，再把边缘压在身下。我听见菲利克斯在低低地念着西班牙文的祈祷语。

我侧躺着，面对着墙闭上眼睛，放松了身体。

"我和身边的女孩子走着。不是在早凉的加拿大，而是在我长大的城市。我们放学以后来到熟悉的超市，在快餐店里相对而坐，吃着午餐。

"什么都雾蒙蒙的，有乳白的光晕。我记不住她的脸。我们之间没有交流的片段。但是我知道她是谁，我能记得她笑的时候给我的感觉。

"迷蒙间，我们小心翼翼地陪在对方身边。"

"I'm so glad you made time to see me……"书桌上的手机放出音乐。我眯着眼睛爬起来，关掉了闹铃。

我坐回床边，看着被光线照得微微透亮的蓝色薄窗帘。

"是你吗……怎么是你。"我坐在床边，心里还残余着梦中的甜蜜。

我一直坐着，感受着。直到心中那些雾蒙蒙的美好不再存在。

我拨开窗帘，光照在我的脸上。

放学了的下午，我坐在窗台上，什么也不想地看着外面的风吹动树们。

电脑开着写小说的页面，光标在空白的页面上一闪一闪。我只出神地看着窗外。门突然开了。达里安把脑袋探进来。

"来打桌球吧。"他眨眨眼。

"呃，桌球？"我回过神来，抱歉地笑笑，"不好意思，今天我想学习。"

"夏花芬芳，白衣扬扬。暗藏情影，安在我心房。"

突然又想到了暑假写的小说里那些美好的歌谣。

第三节

"站在高处，就能一览美景。"

"祝你好运。"我站在塔底，看到几个志愿者在拐角处对我们喊着。

"不就是爬个三百多米的塔吗，怎么好像很严肃的样子？"我咽了口唾沫，问黎扬。

"我也不知道。"黎扬撇撇嘴，"怕什么，既然没有让你摘眼镜，就说明我们不是从塔的外壁用绳子上去。"

"啥？"我听得一头冷汗，"从外面爬？不至于吧。"

"谁知道。"黎扬耸肩，"我们进去吧。"

来爬塔的学生很多。因为参加这个活动我们可以获得五小时的社区服务时间。而高中毕业的条件之一就是拥有至少四十小时的社区服务时间。

我们拿了一个内有小芯片的塑料圆片，用纸条绑在手上。走进了一个楼梯口。

"是在这里爬吗？"我听见有人问。

站在楼梯上端，门边的一个黑肤女子笑道："哦，不。这只是热身而已。"

出了门，我看见一张桌子。桌上有一个机器。人们把手腕上的圆片在机器上感应一下，就冲进了对面的楼梯口。我便学着他们，把圆片放在机器上。听见滴的一声，就冲进楼梯间开始向上爬楼梯。

"跑！跑！跑！"我进楼梯间的时候听见工作人员热情激昂的声音。

楼梯很简陋，只是金属板的组合。楼梯的旁边，隔着一张铁丝网，铁丝网的另一边就是多伦多电视塔的电梯间。偶尔能看到电梯掠过，速度很快。大概十级台阶就有一个小小的平台以供休息，平台的墙壁上有着楼层数字。

起初的时候，我跟着黎扬，和方济并排跑着。一步两级地跨着。可越到后来就越累，看着黎扬的长腿唰唰唰地摆动，越来越远了。我也慢慢超过方济。

参加这个活动的人有很多，我甚至看到一个只有一条腿，装着义肢的大叔拄着拐杖奋力爬着楼梯。

大概一百三十层的时候，我停在拐角。背靠着墙壁休息。我透过铁丝网向下看。竟然已经看不见塔底。我不知不觉已经爬了这么高了。

"还有多少……层……才能到……塔的顶部？"休息了一会儿，

我用蹩脚的英语问着身边的一个志愿者。

"还有……"他看着我，眼中有笑意，停顿了一下，说，"还有三层。"

"什么？"我愣了愣，看见方济从我身边跑过。拔腿就往上冲。

——人就是这样，之前还气喘吁吁，觉得哪怕是一点也挪动不了了。现在感觉终点近在咫尺，就又生出了许多力气。我拔腿就冲上了顶楼。可是还是比方济慢了些。而黎扬早就已经等在上面了。

我们又在一个机器感应了手上的圆片，工作人员说，我们爬上塔所用的时间已经记录在圆片里了。在塔底我们可以用这个圆片拿到写有我们登塔时间的纪念T恤。

我们从志愿者那里拿了一瓶运动饮料。取下绑在腰间的外套，披在身上，就走到了外面的观景台上。

数百米高的天空上的风吹过我们的身体。爬塔产生的燥热慢慢平息。我们踱了几步，就在一处面向城市与安大略湖交界的台缘停了下来。不一会儿，背后突然传来人群响亮的欢呼。我先是惊讶了一下，随后马上反应过来应该是之前见到的那个残疾人选手登上了塔。

"我们在楼梯间跑了十多分钟，才来到了塔顶。看到这样的风光。"黎扬本来服服帖帖的刘海被风吹得翘起来，在空中不断摆动。他看着外面展开至天际的城市和平静不见波澜的湖面，"有些人直接坐电梯上来。自然是比我们快，比我们轻松。但是这样的景致，在他们眼里，和在我们眼里一样吗？"

"黎扬，不如说得直接一点。"沉默了一会儿。站在我右边，双手插兜的方济突然说，"你想说的是我们吗？为了你那种悲情式的优越感？"

这还是我第一次听到方济这么说话。

黎扬只看着塔外的风景，没有说话。

我隐约猜到了一点什么，站在他们中间感到很尴尬，连忙转移话题："我们爬楼梯的话……不就是人生中的奋斗吗？我奋斗呢……是因为了以后更好的生活。我想住很大的很现代的房子，吃各地的美食，去各个城市旅游。我为了更好地生活奋斗，你们呢？"

沉默。过了一会儿，黎扬开口了："从小我就对我的家族骄傲……我为了家族奋斗。"

短短的几个字其中包含了多少苦楚也许只有我知道——不，也许还有方济。

"那你呢，"我感觉空气越来越沉重，忙摆出一副贼兮兮的面孔对方济说，"你是为了陆纤奋斗吗？"

方济愣了一小下，便就笑着摇摇头。

又是沉默。这一次，没有人再开口。

过了几分钟，我们便下了塔去。和其他同学跟着校巴回到了奥罗拉。

第四节

"竹子有节，所以风吹他不倒。"

当我拿着那块巧克力来到他的房间时，我看见他眼睛里有眼泪

"安德烈。"我只走过去轻轻捏了捏他的肩膀。

"好烦啊。"他低着头，用手揩了揩眼睛，又伸了个懒腰。

窗外午后的太阳照进来。把他脸上的疲惫照得清晰透明。他只保持着伸懒腰的动作，没有动弹。

"我不知道怎么会这样，我给你投票了，真的。"我不知道该说什么。

他缓缓地放松了身体，冲我笑了笑，或者说，勉强地扯动了一下嘴角。

"我送给你一块巧克力。"我沉默了一下，从口袋里拿出了那板巧克力，"这是刚开学的时候父母送给我的。一直没有舍得吃。在我立志要自己开公司之后，决定在公司建立的时候和你一同庆祝的。也算是感谢你对我那么多的帮助。但是现在看起来没有希望了，也就送给你吧。"

"我不是在想这个。"他又看起了电脑屏幕，屏幕上是我们查阅

成绩的表格，"我英语平均分又掉了三分。"

我不禁哑然失笑。这果然是安德烈的一贯作风，真是一番心思都扑在学习上，即使是中国人联谊会主席的竞选失败，也马上抛到脑后，想起学习来了。我坐在了他的床上。

"何必呢，让自己休息一下，你又不是不学习。还不是为了准备SAT才把学校的功课拉下的。你可是拿过全级第一的啊。更何况A级在加拿大可只要求85分而已。你现在就算一两科成绩掉了，总成绩也还有95分左右吧。不用太着急的。"

"那怎么行，"安德烈站起来，"我这么努力，这么大压力，还不是因为我要去美国读大学。如果不去美国，学个90分，托福随便混个100分不就好了。我也不用每周去练球，不用把所有空闲时间花在课外活动上。我能每月和朋友出去旅游一段时间，也许我还能下午出去玩玩球。"

他捏着水壶，站在窗边，凝神往外看。窗外正对着的草坪上有几个白人孩子在互相传着橄榄球，扔着飞盘。即便在二楼，也能清晰地听见他们笑的声音。安德烈有点出神地看着，却把自己的脸隐藏在窗帘后面。

躺在上铺的特里突然说话了："那你为什么还要去美国？美国大学有什么好？加拿大大学也不是很差啊，真是搞不懂你们这种有美国梦的人到底看中了美国的哪里。"

熟悉的台湾腔调，带着一些散漫和不在意。特里今天下午成功获选，当时是一副意气风发的样子。现在倒变回了原来的他了。

安德烈听到特里的话，身体抖了一下，强抑着激动说："如果我不去美国大学。我不会有那么好的成绩。我不会有考SAT 2300的实力。我不会在学校校队打羽毛球，也不会当学校社务委员会的主席。但你知道吗，我们学校十年了，没有一个中国人当Prefect。但每年都有韩国Prefect。三年来，四个年级，四百学生，三十二次年级排名，只有五次是中国人当了年级第一。其他都是韩国人。无论是哪里都被压着。每次看表彰名单，满眼的Choi，满眼的Park，满眼的Lee。没有中国人，找不到。"

安德烈说完，拿着空空的水壶，低着头走出了房间。

"他这是怎么了？"我愣了一下，问特里。

"他就是逼自己逼得太厉害了。我甚至怀疑如果他把这周六的SAT考砸，他会去跳楼。"

"可是他为什么要这样呢？没必要吧？"

"他有自己的抱负啊。他要改革中国教育。"上铺传来了淡淡的一声笑。

"改……革，中国教育？"我怔怔地重复了一遍。

"对啊，你说这家伙。"

话音还未落，安德烈推开门进来了。他手里紧紧握着一个方才被装满了水的水壶。虽然他面色很是平静，但我还能感觉到他外表下潜藏的，如惊涛巨浪一般澎湃着的情绪。

"安德烈，你要改革中国的教育？"我问了一句。

"是的。"他踩着椅子坐在书桌上，面对着我。

"可，可是那不是以一个人能力就能改变的啊。而且，为什么要改？"

"如果中国的教育好的话，我也不用来到这个学校了。如果中国每一个孩子都能有一份质量好的教育，就不会有人来到国外进修了。至于改变，你也知道中国的教育需要改变，而改变须得是有人来做的。也许有人试过了，也许没有。但是我会成为一个做出改变的人，也许我能成功，真的做些什么事情。也许我也只是成为一名后辈的垫脚石而已。但无论如何我都要为之努力的。"

我一时间不知道说什么，却听得特里依旧是那副淡淡的腔调："那不一定，说不定你会成为教育系统的一名蛀虫呢。"

"不会的。我当官了绝对不会贪。"

"实话说，"我开口说，"人有欲望，对吧。"

这一次，上铺特里的声音却没有再传来。安德烈低下头，稍稍避开了我的目光而看着他的双手。

"可你怎么能改掉中国的教育制度呢？一人之力不可能抗衡这整个环境的啊。你要想清楚再去做吧。"我有点不安起来，又劝说道。

"有的时候呢，想得太清楚反倒不会有热情了。"特里的淡笑声又传来。

"就这样吧。"安德烈突然抬起头来，深深地看了我一眼，"我要学习了。"

"嗯，明天见。"

我走出房间，便要下楼。而楼梯下了一半，站在转角的窗边，看到门外有一辆光鲜亮丽的宝马X5开过。光洁的车体表面在太阳下熠熠生辉。

就在那个瞬间，我突然懂得了安德烈先前疯狂努力的原因，明白了临走时特里笑声里的对我的丝丝不屑，也懂得了安德烈那从未流露出过的，因为被质疑，被打击而受伤的目光。还有那让我不依不饶，试图说服安德烈放弃他抱负的深藏我心底的原因。

"扑哧！"我突然笑出声来，起先是压抑着的低低笑声，后来越笑越猛烈。我感觉我的肺部在剧烈地收缩，膈肌在抽搐。我的大笑回荡在整栋楼房里。

"这就是你疯狂学习的原因啊……安德烈你是蠢货吗？没有脑子的家伙！"

在大笑中我勉强说着，视线却越来越模糊。

笑声小了下去。我缓缓地跪在了地上，把脸埋进手掌里，跪在那里，像是失去了全身的骨头。

"我也想立志要改变这一切啊……但是这是不可能的，"低低的，低低的声音从我的指缝里透出，"你这个蠢货……"

第五节

"世间有人谤我、欺我、辱我、笑我、轻我、贱我、恶我、骗我、如何处治乎？"

——寒山问拾得

"嘿，你们看。那不是迈克么？"晚上去饭堂的路上，我听见

65

一个戏谑的声音传来，转过头，看见皮特一行五六人正不紧不慢地走着。他们踢踏着拖鞋。一些人面无表情地看着我，一些人低着头走路，看着自己的手机

　　"迈克你的全A大业怎么样了？"皮特说着露出笑容，"成功了没有啊？我们还等着你成功了请我们吃大餐呢！"

　　"哎呀，不急不急！"我说道，习惯性地做出些笑容来，心里却堵着不舒服。

　　你若是对我的事情不上心也就罢了，为什么要这样来开我玩笑？

　　我心里这样想着，却还是跑了过去，他们毕竟只是这样开了一下玩笑而已，他们应该还是好人的。书上看来的："海纳百川，有容乃大。"

　　"我一直努力，成为书上说的那种大德，一定能赢得他们的尊敬！"我想。

　　我在圣安德鲁斯的第一个集会是开学后的第五天，那天早上，我惊奇地发现所有的同学们都穿上了绿色的长筒袜和裙子，于是当我一出门满眼都是绿色的裙子在悠悠地摆动着。

　　"这是怎么回事，黎扬。"我看见黎扬从不远的地方走过，忙跑上前去问道。

　　"我们学校的特色之一啊。"黎扬笑嘻嘻地说着，露出洁白的牙齿，"我们学校在正式的场合穿的服装，就是这苏格兰裙配学校西装和领带。现在是你们新生还没有拿到裙子。你们以后也要穿的。"

　　说完，他就和他身边的几个白人朋友笑着聊天，向着集会的体育馆走去了。我却有一种非常兴奋的感觉，我以后也可以穿苏格兰裙了。虽然不知道为什么，但是还是感觉好厉害的样子。

　　我想了想，对着黎扬离去的背影拍了一张照，存在了手机里，打算以后发给朋友们看。

　　我便跟着人潮向体育馆走去，看到里面已经摆满了椅子，学生们坐在椅子上攀谈嬉闹。

　　"现在我就开始宣读至今为止，十一年级平均分前三的学生。第

三名是……马克！"

一名金发碧眼的白人从座位上猛地一站而起。他四周坐着的白人学生一起为他鼓起掌来。他们吹着口哨，欢呼，还有人站起来和他拥抱。好不热闹。我看了看身前的安德烈，有点微微替他紧张，不自觉地在苏格兰裙上擦了擦手心上的汗。

"第二名是……贾斯汀！"

一个把头发染成棕色的韩国人站起来。却没有尖叫和欢呼为他庆祝。仅有的稀稀拉拉的几声鼓掌，也在他怒气冲冲地开始走路以后戛然而止。

"第一名是……安德烈·刘！"

身前的安德烈猛地站起来，一脸激动和兴奋的表情。他高举双手，像是一副要接受大家欢呼和掌声的表情。可坐满了中国人的这块角落只响起了四五处掌声。反倒是有谁低语了几句以后，响起了一片笑声。我鼓着掌，看到他欢欣的表情凝固在脸上，一点点冷下来，冷成水，结成冰。

"呜呼！"倒是几个和他关系不错的白人看见了他的尴尬，为他欢呼起来。他们用力地鼓起了掌，还有人拼命地吹着口哨。其余的学生一看，也附和着一起为他庆祝了起来。这时安德烈的表情才好看了些。而不知道该讽笑还是该惋叹的是，之前所有应该为自己同胞庆祝，而没有庆祝的中国人也和所有学生一起鼓起了掌。

安德烈见他们鼓了掌，却像是放下了一个大包袱，一脸兴致勃勃地上台领奖去了。

"今天是我来了加拿大以后最高兴的一天。我不知道以后会不会有什么事情让我更高兴，但是我这次真的是开心坏了。"晚饭的时候，他咧着嘴，天真无邪地笑着，对餐桌上的我们说。

第六节

"一道光一样的人，还是人背后的一道光。"

"陆纤。"我用水笔在笔记本的首页上认真地写上她的名字。写完以后，我把笔放在一边，看着这两个字，看着字后面的人。

"虽然我还没有一个具体的目标。但是你总让我觉得我有力量。"我舔舔嘴唇。

我戴上耳机，点开了ESL的作业。把全部心力都投入这不大的屏幕上。

一小时，两小时。手上的作业换了一科又一科。最为困难的该是英语阅读注释作业，我们正读着莎士比亚的《麦克白》。中世纪的英语让全班人都头疼不已。可今天在某种力量的驱使下，我一口气补完了以前积攒的全部阅读作业。

"陆纤可是我深深爱着的人呢。"

不知不觉中，我这样想着。

"她在那里，我怎么能不努力！"

"钉子。"突然一个声音在我身边响起。我惊得一哆嗦，抬手把电脑旁的笔记本"啪"地合上。我抬头看向来人的脸。

是方济。

"干吗那么紧张？"方济笑道，"你小子是不是在笔记本上写了什么见不得人的东西了？"

我瘪了瘪嘴："没有啊。能有什么见不得人的。"

"少来了。"方济一脸贱笑地看着我，"哥们之间还有什么不能看的。说说吧，是武老师还是苍老师？"

他把手放在我的笔记本上，似是要翻开来看的样子。

"你少来！"我有些慌乱，忙把他的手拨开。不料用力太大，他来不及反应，手臂就撞倒了我的水壶。水壶摔在地上。晚饭时接的巧克力牛奶流出。弄脏了一大片的木地板。

"你真是。"方济把水壶捡起来，也不介意巧克力牛奶沾湿了他的手，"不就是思个春么。实话告诉你吧，我喜欢的可是波多野结衣——你可别和陆纤说啊。"

也不等我说话，他就转身离开了。我等了几秒，看见他走进洗手间。才关上了自己的门。坐在椅子前，长长地叹了一口气。

我没有管地上的牛奶，而是打开笔记本，翻到有陆纤名字的那一页。犹豫了一下，我还是飞快地用水笔把有陆纤名字的那一块纸面涂得漆黑。

"唉。"深深地叹了一口气，我抽出几张面巾纸扔在牛奶上。纸立时被浸得耷拉进牛奶里。

我有点心疼地看看自己的面巾纸盒，正准备多抽几张把牛奶都擦干净，却听见菲利克斯的声音："你和他还好吗？"

"什么？"我听得不是很清楚，转头看向房间窗子旁坐着的室友。

"我说……"我这位来自墨西哥的新生室友沉吟一下，检查了一下自己英语的语法，说道，"你和他还好吗？"

"挺好的，这只是个意外。"我耸耸肩，打算接着擦地上的牛奶。

"顺便说一句，"室友说，"你可以用浴室里的纸毛巾来擦。"

我猛然才意识到浴室有成卷的吸水性很好的纸毛巾。那是一种黄色的，用回收纸造的，介于书写纸和面巾纸之间的东西。这里的同学总一次扯一长段用来随便擦手。有点像是国内那种灰绿色的廉价试卷。

"嗯，谢谢了。"我点点头。走向厕所。

陆纤陆纤，我是怎么了？

第七节

"不管你走还是不走，墙壁都在那里。但是不去撞，它们会塌吗？"

"那么，迈克尔。来讲讲你为什么觉得你适合我们学术委员会吧。你说你这么多委员会里你只申请了我们这一个，但是我看了你的简历，和你谈了话，也没有觉得我们学术委员会是对你那么重要。"坐在我对面的灰色胡子大叔对我说道。

"我觉得嘛，我是亚洲人，那么亚洲人学习肯定会好的啦。虽然我现在平均分才72%……"我咽了一口口水，又不甘心地小声说，

"可是我的进步也是很好的啊。"

"喔，这样。"老师看了我一眼，又在纸上写了点什么，"迈克尔，谢谢你的到来。我们的决定会在五个学校日以后通过邮件发给你。"

"嗯。"我心稍微有点儿凉，以这样的对话作为最后的结束可不是个好兆头。可我依然识趣地站起来，离开了。自始至终，那名坐在老师身边的白人会长都冷着脸，没有和我说过一句话。

今年开学的时候，我就被安德鲁告知我们学校有七个学生委员会。成员和会长都是学生，然而和学生创立的兴趣爱好俱乐部不同，每一个学生委员会都会配备一名或两名的辅导老师。老师都是教务主任，英语部门部长等资历老的老师。这七个部门分管学校七个不同的部分，有慈善，学术，体育，生活，社区服务等等。它们相当于国内的学生会了。参加这些活动的经历在申请大学的时候也是极为看重的。

于是在年初的时候，我参加了专门针对新生的招收活动。看慈善什么的都不太熟悉，不怎么思考便申请了学术委员会。当初想来是因为自己在国内的时候数理化不差，又因为觉得外国人成绩都不好，才有这种自信去申请，就算成绩一时不好，也可以说"成绩的巨大进步也是一种学术精神，可以鼓舞身边的人"。

结果到了真正面试的时候才发现错漏百出，我不仅听不懂老师所问的问题，还因为紧张说话都是打战的。于是老师和委员会会长就看到了一个不时发抖，交流困难的亚洲小子。

在那个下午，我和安德烈一起吃着饭。尽管那天食物很鲜美，我却没吃很多东西，只是一杯又一杯地喝苹果汁。直到撑得一阵阵反胃。

"你竞选那个不顺利吗？"坐在我对面的安德烈却一眼看出了我的心思。

"嗯。"我点点头。

他放下刀叉，用餐巾擦了擦嘴，说："你大可不用担心的。我理解你的感受。前年的这个时候，我也一样落选了。"

"可是感觉自己好逊，好垃圾。"我苦笑了一下，双手相握支撑着额头，感觉浑身的力气随着呼气一点点被排出了体外。

"不用担心。我会帮你的。"安德烈笑着，"就算你今年一点这方面的活动都没有参加，只要你还热心于此，等明年我当上了社务委员会会长，我也会向老师推荐你的。你不用担心，只要你努力，无论是成绩，体育，学校活动。都会有很多人帮助你的。刚来的时候我什么都不懂，真的，完全对学校一无所知。但是我努力了，努力到我在电脑上打中文的时候都会习惯性地在拼音后面加上一个"ed"作为后缀，很多人帮助我。我进步了很多，也会一直进步下去。我会帮助你，你也会成为非常厉害的学生的。"

"真的吗？"我又被他所说的激励，稍稍有些心安了。

"真的，加油吧。我们都会帮你的。"又在他脸上见到那样和煦的，像春风一般的干净笑容。

第八节

"你不找到真正的自己，只会成为最优秀的平庸者。"

年级第一名，羽毛球一队队员，围棋社社长，社务委员会成员……安德烈的众多光环笼罩在他的身上。我一直以为他是只会在想象中才出现的优秀学生，抑或是像那些高考着的莘莘学子，把为数不多的空闲时间都全部投入到各方面的进取里，心无旁骛，没有一点其他的业余生活。直到那次假期，学校关闭，我和他一同住到了一间家庭旅馆里。

"啊啊啊啊啊我要女人！我要女人！"

我一脸震惊地看着在床上打滚的安德烈。

我嘴角抽搐了一下："这是安德烈吗？传说中的学霸到了假期就……发情了？"

"方济，把你手机借给我好不好。"安德烈突然一脸喜色地看向了坐在另一张床上的方济。

方济的身体不经意地抖了一下："为，为什么？"

"因为我的手机上没有软件，平时要学习。"安德烈一脸兴奋地看着方济，"我知道你手机里有微信对不对？我要摇一摇！摇一摇！"

从一脸无奈的方济手里接过手机之后，安德烈就在酒店那老旧的老板椅上摆出各种奇怪的姿势开始自拍。咔嚓咔嚓的声音不断响起。又过了好一会儿，他开始在屏幕上按来按去了起来。

安德烈啊安德烈，你还有这一面么。我想着。

"出来吃饭了。"

薄薄的塑料门被"吱呀"一声推开了。黎扬面无表情地探了头进来，说道。

今天下午，当我们一行人从地铁口里走出来的时候天已经全黑了。我抬头，从高楼间看到昏暗的天空。

高楼，这是在奥罗拉那个小镇不常见的造物。

每年十月中旬加拿大私立高中会有四天感恩节假期。事实上这类高中在几乎每个月都会设立一个假期。我父亲曾经在我来之前计算过，去掉假期和周末，我们上学的日子连两百天都没有，加拿大人生活的清闲懒散也可见一斑。

这种四天的小短假我们不能住在学校，大多也不愿住在监护人家里。于是就几个人跑出来，找到成年人在一个小宾馆里开了两间房，几个中国人住在一起。

"真是自由啊。"我抬起头看天，把双臂展开，长长地出了一口气，"比起广州还是这里凉爽。"

"看路，挡到人了。"大卫皱起眉头对我说，"别犯傻逼。"

我讪讪地笑了笑。放下了手和他们一起说着笑着，走向那家不知道是中国人还是日本人开的寿司店，花费二三十加币，吃一顿舒心晚餐。

那时候的我只是像父母所说的那样，"在外面，跟着大家行动。"

那时的我想，这样做对我很安全，没有风险。我也知道人是群居动物，中国人在外面应该团结。

我所不知道的是一年以后的今天，我从那个地铁口慢慢走出，看到了熟悉的景物，而抬头望着昏暗的天空，淡淡地叹了口气，双手插在牛仔裤的裤兜里。身边只剩下了安德鲁一个人和我一起。

我们两个没有多说话，而是有默契地向前走着。在一个咖啡店吃了一顿不到十加币的便饭。那时候的我会感叹我所拥有的自由。当一个人从舒适的小窝被放进了这样一个昏沉的冰凉的世界里，这样的自由自然伴随着无可避免地落寞、迷茫和不安。

然而这些都是当时的我所不知道的。现在的我只是和那行人一起走着，暗地里上下左右，颠前倒后地摆弄着自己的心思，努力地去贴合被称之为"大家伙儿"这块被镀了金的铁块。做着所谓合群的事情让自己显得优秀而平庸。

这是我来到加拿大的第六十天。

第九节

"如果做出错误的决定而无法回头，就骄傲地走下去。"

"找到你的搭档。把领带塞进衬衫里，我们去实验室。"站在讲台后的老师说，"记得带上你们的记录表格和元素周期表。"

教科学课的老师是一个半秃顶的老头，为人风趣，看起来蛮横不讲理，实际上却是一个很温和的人。

"当我搭档好不好？"我赶忙对梁兵健说，露出一副很期待的表情，生怕他不同意。

他有点奇怪地看了看我："好吧。"

我跟着走进化学实验室。经过开学这两月的接触我了解到，他已经在加拿大另外一间学校学习过了一年有余。故而无论是英语还是其他科目学习成绩都算得上优秀。加上他底子本来就好，即使是英语这门科目的成绩也不像大部分中国新生一样在及格线上苦苦挣扎了。这些天上科学课我都有意和他坐在一起，有不懂的问题就问他。他每次都会用中文给出一个简单清晰的解释，我便愈发庆幸我遇到了这样一个同学，不然身旁若都是外国人，我该怎么跟得上课堂进度呢？

实验室里，班上同学都随意坐着，老师详细地讲着接下来一个实验的步骤。这节课要做的是区分离子化合物和分子化合物的实验。一些样本和实验器材被摆放在桌上，每两个人就有自己的一份。

"可以自己用这些器材做实验，真好。从前大些的实验都是老师做，我们只有看的份。"我想到。

我看着梁兵健熟稔地把液体电阻感测仪插接到学校发的笔记本电脑上，将一份样本溶解到纯净水里，测试了这份样本的导电性，将电脑上显示的数字记录在Excel文档里。显然他做这种实验已经不是一次两次了。我在一旁看得有些心痒，自觉自己也可以如他一般完成这样的实验。他打算开始测试第二份样本的时候，我叫住了他。

"我可以自己试一次么？"我问道。

"当然。"他退开半步让出试验台。

在做实验的时候，我突然听见有个同学在谈论学校里的事情。他提及大卫的时候，我下意识地一缩脖子，打了个激灵。

自从我前些时候突然意识到大卫一群人一直没有真正把我当回事儿，自尊心强烈地爆发。再也不和大卫一群人说哪怕一句话，就连他们和我说话也佯装听不到。我有时候想这就是挫折吧，来到了社会上，终于是遇到了心怀恶意的人而被伤到了，之前初中的环境真是太单纯了啊。对人不得不防。

之后的我才知道，其实连这些同学关系，都是我应该去珍惜的美好青春里的一部分。那时候因为他们有时候取笑我，我就不和他们以及他们的朋友交流，真的是幼稚无比，而且给自己带来无数的麻烦。也许成长免不了走些弯路吧。

第十节

"小小年纪留学海外是要吃些苦头的。"

十一月中旬，多伦多的晚上已经越来越早。陆纤穿着那天演出时

74

候的白色卫衣，手掌缩在袖子里。黎扬穿着一件黑色的衬衫。

"就是这里了。"黎扬回头看了我们一眼，笑着说。

从外面看，房子不是很大，比较古旧严肃的风格，灰色外墙。

"哇，这房子真漂亮。"方济说了一句。

我们又与那个古怪的女人见了面。她一见到我们就很高兴地迎上来："你们来啦，欢迎！欢迎！这个小姑娘我认识。"

"嗯。我和他们吃完蛋糕，就出去走走。"黎扬说，向厨房的冰箱走去。女人走向一个房间，敲门，低声叫道："阿曼达。阿曼达。"

然而一直没有人回应。女人看着把蛋糕端到桌上的黎扬，有些歉意地说道："我女儿不知道怎么了一直没有回应。可能是休息了。你可以等到明天再吃这个蛋糕吗？"

"不好意思，毕竟今天是我的生日……"黎扬沉吟了一下，说道，"我们会留下足够的蛋糕给阿曼达的。"

当我们以为女人要丧气地离开的时候，她却皱起眉头，说："你这是自私的行为。"

听到那个女人的话时，我们感觉有些懵。脑海中的尴尬涛声澎湃。我在浪花轰鸣声中隐约听见黎扬说："这不是自私，我之前有邀请过阿曼达了。她没有来是她自己的决定。也许她不想吃呢？"

"我不管。"那个女人说。我突然感觉这个悬挂着昏黄吊灯的大厅摇摇欲坠。女人抓住蛋糕的托盘，一把抢了过去，"我不想和你讨论这个话题了！你现在送你的朋友回家！我们明天再吃这个蛋糕！"

黎扬站在那里看着那个女人，静了几秒钟，很平静地对她说："好吧。我这就送他们回去。"

他转向我们："我们回去吧。今天不好意思了。"

我们三个忙夹着肩膀，蹑手蹑脚地溜出了房间。方济很仗义地走在最后面。

一路上，较之之前的欢声笑语。我们都很沉默，一言不发。

我们先去了陆纤的寄宿家庭，可以看见宽大的房子的窗口间透出明黄色的光芒。突然觉得陆纤和黎扬正如他们所穿的衣服一样。一个生活在阳光下，一个站在无光的角落里。

"再见。"陆纤小声地对黎扬说。

回到学校以后，我没有马上下车，而是留在了车里，说："黎扬……"

"我知道你想表达什么。这点儿事对于我来说还是小意思啦。"他看我叫了他的名字就没有了后文，说道，"一个人的成长总要经历很多的失意和无奈的……倘若只是一帆风顺，就会像我以前一样，又是自卑又是暴躁。对于一块宝石来说，被打磨，丢失一些珍贵的东西，未必是件坏事。"

"哈。"我低笑了一声，右手放在车窗上轻轻抚摸，"现在倒是你来开导我了……下车吧。"

"嗯？"

我稍微抬起头看着黎扬的双眼，在微雨中用力地抱了他一下："兄弟，加油。"

"哈哈，兄弟。"他笑着拍我的肩膀。笑声越来越小，沉默了下去。

"兄弟。"他有点不清晰地咬着这两个字。我听得出来他努力地让自己的声音变得平稳，"下周周六晚上有一个学校组织的舞会，和我一起去吧。"

"呃，舞会啊？"我愣了一下，脑中浮现出一个穿着西装的男子和一个白裙女子翩翩起舞的样子，"可是我不会跳。"

"没关系，去了我教你。"黎扬露出阳光的笑容，"很简单的。来了加拿大不参加一下太可惜了。"

"嗯。那我就去看看吧。"我点点头，抿了一下嘴唇，"那我先回去啦。"

"好。"

走了几步，我又转过身，对着正在上车的黎扬喊道："方济去吗？"

"我问过了。他说他不去。"黎扬从车里探出头，喊道。

黎扬看着我的身影消失在门后，掏出了手机拨通了一个号码。

"我是黎扬……你下周周六晚上有空吗？我们学校有一个舞会，我想邀请你成为我的舞伴……嗯，我没有告诉他。也请你不要和他说，不然以他小孩子的脾气……嗯。这样就太好了。"黎扬说着。他的半张脸被宿舍的灯光照亮，双眼隐藏在车顶投下的阴影后，"那就这样说定了。到时候我来接你。"

黎扬露出纯洁无瑕的笑容："嗯，那说定喽。晚安。"

他就这样一路慢慢开着车回了homestay。女人一脸愤恨地盯着他，打开了门。黎扬却好像没有看见似的，跨进了房门里。他脱下鞋子，穿着干净的白袜子走向自己在地下室的那个房间。

那个晚上，他在一张废纸上给自己画了一个蛋糕，用锋利的裁纸刀一刀一刀地切成六份，口中还喃喃自语着："这一块是我的，最大的一块留给丁丁，然后把有草莓的给陆纤，再是方济……这两块。"

他突然停住不说话了，猛地抓起剩下的纸揉成团，扔到角落里。

深呼吸了几次平静下来，黎扬心满意足地笑了。他关上灯，合上双手默默地许了愿，一吹气。

黑暗里白纸纷飞。

第十一节

"你只需要早勇敢一点。"

"这个舞会到底是什么样子的？"我紧张地问道。

"大哥，你都问我十几遍了。"黎扬显得很无奈，"你能消停会儿么。到时候你绝对会懂的。"

"好吧。"我用力地嚼了嚼嘴里的口香糖。

我们来到学校一个体育馆的门口，看到了不多的几个人站在一个台子后面，聊着天。

"我们想进去。"黎扬和一个人说。我认得那个人，是一名学校中的Prefect。

我们在一个花名册上签了名字。那个Prefect在我们的手背上用马克笔画了个叉，就让我们进去了。

刚进入舞厅的时候，我有些不知所措。

平时亮堂的体育馆熄了灯，一片昏暗。工作人员立起了三块巨大的屏幕。唯一的一面墙前是灯架和DJ台。一个戴着耳机的男人操作着机器。灯架上的灯转动着，闪动着各色的光。

屏幕上播放着阿黛尔的*Someone like you*，算是比较安静的歌。可是经过DJ，变得与平时稍有不同，背景音乐更大声，节奏感更强。我看见一群身材高挑的女孩子衣着暴露，聚在一起谈笑。这和我想象中优雅的交际舞厅完全不一样。

"这里怎么好像和迪厅一样？"我对着黎扬大声地说，试图盖过音乐声，"接下来我们要干什么？"

"接下来你要好好观察其他人是怎么做的！"黎扬带着笑意对我大喊："我先离开一下！"

"啊？"我愣了一下，就看见他快步从来时的门离开了。

"这是什么情况……"我被震耳欲聋的音乐声包围，呆呆地自言自语。

越来越多的人从门口进来。

音乐突然停顿了一下，一个黑人的脸突然出现在屏幕上。他金属质感极强的说唱响起。引起了一段急促而更加震耳欲聋的音乐。一时间舞厅中灯光乱闪，厅中大概八十名的舞众像是得到了什么信号，纷纷尖叫了起来。我被吓了一小跳，向舞厅的边缘走去。我打算如黎扬所说的那样，先观察一下他们在干什么。

女孩子们聚成四五个圈，跟着节奏摇摆起身体，手在头上一下一下地拍着。离她们不远的男孩子们围在一起谈笑。男孩们在说话间总把眼睛往女孩身上瞟。

我走向一个认识的外国朋友，大声喊："我们现在要干什么？！"

"跳舞！"他吼。

"可是我不知道怎么跳！"我凑近他的耳朵。

"别担心!"他吼,用鼻尖指了指不远处的一组女孩,"过去找到一个,然后就说'认识你很高兴'!"

"什么?"我感到难以理喻,"就直接过去随便挑一个?我之前不认识她们!"

"是的!快去!"他用力拍了拍我的肩膀。

我走了几步,还没回过神。

"上!"我听见他的大喊。我看着那些金色头发,紧身装束的女孩子,心里一阵发虚。装作没有听见他的样子,躲进了人群边缘,舞厅边缘。

过了片刻,音乐诡异地转成了一段我熟悉的前奏。屏幕在上一首歌的画面和一个半裸的男人之间疯狂闪动。我听见有人在我身边跺脚。人群渐渐散开。女孩子和自己的女伴游走于舞厅的各个角落。男孩子穿梭在她们之间。

是*Call me Maybe*,最近大红的一段MV。现在听见的却是和原曲完全不一样的曲风,节奏精准的架子鼓和疯狂的变声让我感觉血直冲上喉咙。心脏随着歌曲跳动,让我喘不过气。

男孩子们开始进入女孩子的圈子跳舞。我看着他们夸张的表情,感觉很陌生。

那首歌还没完,我看见身前不远处的一个男孩子从一个女孩子的身后抱住了她的腰。两个人紧紧地贴在一起,扭动着腰臀。女孩子回头看了一眼男孩,媚笑着又转回去,把手搭在他的上臂上,扭得更欢了。

我一瞪眼:"他们本来是认识吧。"

我仓皇地到处乱走,可是随着一首又一首的新歌,我身边越来越多的男孩贴上了女孩的后背。女孩回头后,有些被朋友拉开离开,有些留下继续缠绵。我感觉整个场地充满了一种我闻所未闻的奇怪气氛。

我在一个边缘停了下来,看着一些人开始贴着面互相拥抱。他们摇摆着身体,微眯双眼,一副陶醉其中的样子。

达里安走过来,笑着拍着我的肩膀。可我还没来得及和他说一句话，他就离开了。

我停下了一小段时间，看着眼前一群疯狂的人群。我留意到一个身材纤细的女孩子看了我好几眼，也拒绝了好几个男生。

"加油。"我对自己说，"加油。"

我走上前去。可才迈了几步，她的女伴就对着她耳边叫了些什么，她们拉着手要离开。

我舔舔嘴唇，小跑过去。

"你好……"我从她侧面对她说。她没有反应的样子，继续往前小跑着。我无奈之下跟了几步，小心地用手碰了碰她的肩膀。

她回过头，看着我。

我紧张之下，对她喊道："你可以教我怎么跳舞吗？"

她皱眉，吼着："什么？"

"我说！"我用双手拢在嘴边，"你能教我跳舞吗？"

"不好意思！"她看着我，眯了眯眼睛，"我也不知道怎么跳舞！"

她拍了拍我的肩膀，和她的朋友消失在人群之中。

我回到边缘。

我看着人群，离开的念头不断滋长时，整个场面突然安静了一拍，一个戴着墨镜的胖男人的脸突然出现在屏幕上。一个熟悉的声音响起：

"Oppa Gangnam style!"

我听见全场无数人大尖叫。体育馆的天顶颤抖着。挥舞的手臂和跳动的金发抽打着疯狂闪烁的灯光。我的身体不由自主地战栗。

我快步走到离我很近的一群女生中，挑了一个长得最好看的长发女孩，从后面扶住了她的腰，整个人贴上了她的身体。她侧过头来看我，我冲她笑。

她不安分地扭动身体，想要脱出来的样子。我本想松开手，可突然看见不远处一个中国男生在人群中跳起了马步舞，引来围观的人一阵阵尖叫，就不知为何生起了勇气抱紧了她的身体。

"宝贝，给我一个机会。"我把嘴唇贴在她的耳垂上大声地说。

我感觉胸前的身体滞了一下，很快扭动起了腰肢。

女人的身体摩擦着我的身体，我闻着她头发上的香味，有了一种征服感，这让我愉悦。

我瞥见站在中心最高舞台上的Tom抓住和他跳着舞的女孩的肩膀，深深地吻了下去。各色的灯光打击着他们。满耳都是疯狂地尖叫和不息的音乐。

歌曲结束，女孩子转过身来，想要离开。

我抓住她的手臂，在另一首嘈杂的歌里冲她吼道："你的电话号码！"

她微笑着摇头，想要离开。我抓紧她的手臂，又吼："电话号码！"

她有些无奈地笑笑，把电话号码输进了我的手机。

"我叫缇娜！"走的时候，她对我说。

我走回角落边叉腰站着。看着舞厅中穿梭着的男孩女孩们。

突然两个女孩拉着手向我跑来。两人想要从我身体两侧跑过，却又没有松手的意思。于是她们的手臂撞在了我的肚子上。我下意识地一用力，停下了她们两个。

其中的棕肤女孩子在我面前跳起舞来，看着我笑。

我微笑着摇头。她皱了皱眉，突然跳近，用饱满的胸部狠狠撞了一下我的胸膛。

我往后踏了一步，愣愣地看着她牵着手和另一个女孩子狂笑着跑开。

舞会的尾声，也是被炒得燥热无比的气氛慢慢开始回落的时候，我看见了黎扬。他微低着头，站在一个比较靠边的地方。我看到他，露出了笑容，绕着一个弧线走过去。我想告诉他我和一个女孩子跳了舞。我看着他的身影露出笑容。

可没有机会了。当我看见他怀中抱着一个人，而黎扬在说了一句话以后，深深地对着那人的嘴唇吻下去的时候，我就知道，我怕是再也没有机会和他说我和别的女孩子跳了舞了。

熟悉的单薄身影，在黎扬坚实的胸膛里更显得惹人怜惜。她挣扎了一下，就没有再动。

我感到一股冰水从头灌到脚，把身体冲洗得空空荡荡。

很长的一吻。黎扬亲吻完以后看着陆纤娇羞的脸庞，对她咧嘴一笑。

多么阳光的笑容啊。

第十二节

"人生最重要的不是学会如何取得成功，而是如何接受失败。"

我好像是在想着什么，站在空无一人的宿舍休息室。

陆纤的影子忽然和黎扬的脸重合了。

我跌坐在红色的真皮沙发上。

还记得一月前忽然梦到的身影，还记得那天早晨起来时看到的蓝色窗帘，还记得有太阳的光越过远方的树林，亮了那深蓝色的帘布。那天下午我意外地没有和达里安一起玩，而是独坐在房间里认真地把每个作业做好做仔细。

多少次，我都看着她的名字自己学习。每当累了，倦了，揉着眼睛想睡觉的时候，就看看她的名字，想想她在舞台上单薄的身影，想想她在梦里给我的感觉，身体里就会升起无穷力量……可是。

可是她和黎扬在一起了。她在黎扬的怀抱里显得多么娇小。她只到黎扬的下巴，黎扬有力的手臂可以恰到好处地环住她，双手交叠在她的腰上。

真是完美的一对儿。不是么。

那我又算什么？

在一旁自作多情的配角吗？甚至，有人注意到我么？

我苦笑着闭上眼，眼角也许有温热的泪珠。

"喂，你小子在这睡大觉呢？"

不知多久，黎扬的声音传来，我不想睁开眼。但是心里还是有一种力量让我默默地这么做了。这是我从小做到的事情：无论自己心里怎么想，怎么感觉，都要让自己生活在一个良好的模子里。做应该做的事情。

"你和陆纤……"我苦涩地开口，不知道该怎么接下去。

"啊？"黎扬看起来很惊讶的样子，"你看见了？"

我点点头，看着他。

"是啊……我想，我爱上她了吧。"黎扬看着我，说道，"这件事……不要让方济知道，好吗。"

虽然是问询的内容，他却是以无可置疑的口气说出来了。我还能说什么呢。

"好吧。"

"谢谢。你……也不要太伤心。"

不让我告诉方济么……你是真的怕他么？黎扬，你变了啊，不仅变得更成熟了，没有以前的暴躁脾气了。也变得更难以捉摸了。

初二时候的那场家庭变故，对你来说是好还是坏呢？

第三章

第一节

"有时候脑子里突然出现过去的画面，感觉遥远得就像生活断了层似的。"

突然又想到了初中的日子。好像一个梦，就像我走在大学的水泥街道上。阳光会透过树叶之间的空隙洒下来。然而我把这个梦遗忘了很久，现在又想起来了。以前的记忆一股脑儿都涌出来，像是泉水融开了薄薄的冰层。那些美好的记忆和感情一下把我全部心里的每一个空隙每一个裂缝都填满了。我的初中是个每个孩子都穿着绿色长裤和白色上衣的学校。记忆中的每个人都带着笑容，我可以说大家都是朋友。我分享快乐，他们陪着我一起快乐。我如果谈起什么烦心事，也总有人安慰我。我在学校是学生会秘书长。我曾经犯了不少错，可是从来没有人责怪我。因为大家都是善良的啊。对啊，人都是善良的。但为什么在这里我没有任何温暖的感觉呢。甚至还有大卫那样的人让我不舒服。

我思索，没有答案。我想也许是因为他们原先所在的学校没有我的好。所以他们总是做讨厌的事情？或者是他们来自各个不同的地方，存在地域性文化差异？又或是因为我来到这里，英语说得不好，不讨人喜欢？还是说，身边的人长大了？

我得不到一个答案，但是我知道，总有人是善良的。我们学校的神父，为我辅导英语的普利策女士，为我说话的梁兵健，带我了解学校的prefect汤姆，安慰我引导我的安德鲁，和我一起上课打台球的达里安。他们都是好人，都是我值得用全心全意去认真善待和交往的人。

知道这些就够了吧？

"下周有军训。大家记得要带上水壶、手电、换洗衣物等必须物品。"

还记得上周末的宿舍会议，光头的舍管穿着黑色睡袍，拿着平板电脑坐在主沙发上，不紧不慢地说出了"下周四我们将要进行军训"这个重磅炸弹般的消息。我的英语不是很好，听不太懂。于是在会议结束后找到了梁兵健，问了问他。

"我们马上要出去军训一次，三日两夜。带上你的水壶，衣服什么的。然后……好好享受吧。"

他是这样回答我的。

我坐在校巴上，晃晃悠悠地一路向北。身边的方济睡着觉。我发现他在睡眠里偶尔有意识的瞬间，总试图闭上他无意中张开的嘴。可每次一睡着，咬合肌放松，嘴巴又张得圆圆的。一张一合，一张一合，像是咀嚼着什么。又像是明灭幻生的泡泡。我饶有兴趣地看着。

早上七点便起床，匆匆忙忙收拾好衣服手机。就踏上了旅程，甚至连要发生什么事情都不知道。

校巴晃晃悠悠，一路向北。

第二节

"有的时候，不是和外国人吃吃饭就能真正体验到外国的文化的。要去看，要去经历。"

我们营地在一个森林公园的空地上。二三十个帐篷在平缓的坡地上错落有致地形成两个半圆。

"好好享受吧。"黎扬笑着对我说，"每一个我们学校的学生，在军训过后两年三年都会时不时地和他们的朋友谈起这个。"

刚到的时候已经是下午。我们穿着跑鞋，和教官在附近简单绕了两圈，天就黑了。于是我们不再乱走，而是安静地待在营里，蛮有闲心地整理带来的衣服，还有教官发放的睡袋、睡袋里衬、头灯等杂物。虽然时间还早，但是我也没什么事情做，索性睡下了。

夏末的天气实在令人不敢恭维。我被捂在厚厚睡袋里，感觉身上的汗慢慢渗出来，双腿露出来的皮肤更是被睡袋里衬捂得密不透风。我试着挪了一下身子，碰到了身边那个不知道名字的白人。我想到这样一个小小的帐篷里挤了三个人，就感觉一阵阵莫名烦躁。于是我蹬掉里衬，把睡袋拉到胸口，顿时感觉湿热之气一扫而空。我伸手紧了紧帐篷的拉链，怕有虫子爬进来。

"明天就开始了，加油，加油。"我对自己说。

我下一次睁开眼睛的时候，却不是第二天的清晨。

一股股寒气从眼前的黑暗传来，这帐篷和身上的衣服好似形同虚设一般，没有丝毫隔绝寒气的作用。我哆哆嗦嗦地把自己整个儿塞进睡袋里，那粗糙的布料直摩擦着我的下巴。我又扯了一下被我当作枕头的衣服。才慢慢地感觉不那么冷了，昏沉沉地睡去。

"起床了！起床了！"

我感到有个人在用力地拍打着我所在的帐篷，以至于整个帐篷顶都在摇晃起来，微弱的光线透过蓝色的防水布料，在我眼前微微荡漾着。我勉强从睡袋里挣扎着爬出来。清早的森林公园很冷。我强迫着自己爬起来，披上了我用来当枕头的外套，穿上跑鞋爬出帐篷。

我们被划分为四个排。每个排都有一个成年教官带队。那时候我还以为他们是森林公园的工作人员，后来才知道是当地军训机构的正式教官。都是被授予军衔的有多年军训经验的长辈。

"孩子们，我们今天的第一步，你们把鞋子和东西放好，然后……我们把那些船都搬下来。"那个教官是个中年女人，她穿着军绿色的制服，踩着一双大大的黑色中帮靴子。她把我们带到湖边不远处，说道。

我们顺着她的目光看去，看到一辆巨大的卡车，装着六条五米长的小艇。最高的小艇已经被放到了离地快三米的地方。我怕是要用力跳起来才有可能摸到那小艇的了。

"来吧，弟兄们。"一个白人小子大喊道，用力拍着船，发出清亮的砰砰响声。说着，他就用力扯过了最底层的那艘船。他猿臂蜂腰的，隔着人群我都能看见他小臂上一条一条鼓起的肌肉。他一个人用力地扛起了一艘船，向不远处的河边走去。

"来吧，来吧。"我低声说着，鞋子和厚厚的登山防水防风外套脱下来，扔到不远处的一块平地。然后走到卡车边上。和另一个加拿大人一起扯下来了一艘船。那船看起来长长窄窄，没有想象中那么重。我和他各提着船的一头，用力把船扯了起来。

"没想到我有一天也能抬起一艘船。"我在心里自诩。

远远地能看见矮矮繁茂的植被中有一条白色石子铺成的小路。从这小平地一直延伸到不远处的小湖。

右手用力握着船缘，我踏上小路的第一步就感觉脚被路上那些棱角分明的小石子扎得生疼。就像是在走国内鹅卵石铺成的按摩脚的小道。不同的是这次我还提着一艘小艇。我能真切地感觉到船在我手上施加的重力从手臂传到肩膀，再把我整个人用力地往地上压去。

"真疼啊。"和我一起提着船的加拿大人倒抽了一口凉气。两个人艰难地往前挪着。

"让开，快让开！"听到身后有人大喊，我赶紧向路边靠去。走在前面的加拿大人一脸不爽地回头看去，却又半是惊吓半是大笑地往旁边让开了路。随后我看见两道黑影从我身边掠过。两个身高一米九，手长腿长的黑人提着船光脚在这石子路上大步跑过，横冲直撞，东倒西歪地到了河边。

上了船以后我们分头在头尾坐下。这时候因为下雨，我的衣裤已经湿得差不多了，但是最里面的内裤还是干爽，我蛮庆幸。因为我这次来根本没有带另外一条内裤。

加拿大人说他有经验，让他来指挥我。我点了点头，说了声好。

教官也和我们的学生领队登上了另一条船。

我们十四五个人在这片不大的湖上学习了基本的划船，转弯，倒退。教官却在之后没有说话，我们便就自己随意地四散开来独自划了起来。

突然听见"扑通"一声。我们回头望去，竟然是教官和随队学生领队一起落水了。所有人都开始哈哈大笑了起来。教官从水里浮起来，大喊了一句什么。我就看见每个人的表情瞬间从幸灾乐祸变成了惊慌失措。

"快划！快划！"坐在前面的加拿大人回头对着我大喊。我也看见教练开始飞快地向我们游来。对于教练权威的尊敬和对情况的迷茫让我一时间有点不知所措，只好假模假式地轻轻划着。

于是教练追了上来，然后她用她的行为教导了我：关键时刻一定要相信一条船上的战友。

她抓住船缘用力一按。我们就都掉进了这漂浮着叶子，泛着青黄色的湖塘里。

原来当时喊的那句话是："下一步，我们来学习如果在湖里翻船了怎么办。"

上岸以后，我一身湿淋淋的，捡起草地上我之前扔在地上的登山衣，提上鞋子和包，与队友们一起走到不远处一处破旧的木制小长亭里避雨。我呆呆地坐在木椅上，看着亭子不远处的野草一浪浪地滚动着。它们虽然生在天地之间，却不是那种毫无章法的杂草。展眼望去，漫山坡的都是小腿高，淡褐色，带有穗子的草。突然好像想象到了一对男女相依相偎坐在这田野上的感觉。事后还有一篇小说由此而来。

我把身上饱含水分的衣服剥了下来，随意地扔在背后清漆斑驳的木桌上。加拿大春天的森林公园也不是很凉，清风吹在我赤裸的皮肤上，微微地发凉。感觉皮肤表面的水分逐渐逸散到空气中，我披上了登山衣，毛茸茸的灰色里衬摩擦着我的皮肤，我忽然感觉心里暖融融的。就只是内外裤都湿了，像是一条死鱼一样湿软无力地贴在我的腿上。

"小伙子们，这里！"我听到学生领袖高声叫道，于是转过头去。

身高一米九，鼻高目陷的学生领袖站在中心的木桌上。他叫利昂，是一个雅利安人，prefect之一。他吸引了众人的注意以后说道："本来我们要去接着进行山地自行车的训练的。但是考虑到天气条件和路面泥泞，大家就不用进行这个训练了。"

"呜呼！"几个人开心地叫起来。

利昂却还站在桌子上。

"费舍尔！"他叫道。

"喔喔，抱歉。"被点名的男生把长长的头发捋到脑后，停止了对身边朋友的喋喋不休。大家都安静下来。

"按照泰勒女士的指示，我们要把这些小艇搬回去，然后才能回营地！"利昂指向草地上四横八叉的小艇。

"你是开玩笑的么。我的天。"费舍尔双手捂脸，一副不忍直视现实的滑稽样子。

我们走出长亭，雨点被风挟着大颗大颗地打在我们脸上，我的眼睛被雨水迷住，睁不开来。我用力地眨眨，走到一艘斜翻着的小艇，有点吃力地提起了一端的船头。一个印象中是从北欧来的学长走到另一头提起了小艇。我们走到卡车边上，双手托住小艇，试图把它倒过来，放好在第二个船槽。我抬起手臂的时候，小艇里的积水倾泻出来，顺着我的手臂直直流入冲锋衣袖管内，浸湿大半边身子。我手抖了一下，咬着牙把小艇举上了差不多和我一样高的船槽。

再回头的时候，一地的小艇竟然已经去了七七八八。

"快来帮我！"我听见利昂喊道。

他不知道怎么把小艇的一端搭上了三米高的卡车顶端——那里是最高的一个船槽，自己正站在地面上托着小艇的另一端，一副勉力不支的样子。我忙跑过去，帮助利昂顶住了微微往下滑的小艇。我的余光瞥见周围的男孩子们都忙不迭地跑过来，所有人一起把船往上送。更有个白人小子踩着那些船槽爬上了卡车车顶，坐在那条不很宽敞的横梁上，引导着小艇正确地滑入船槽。

小艇在众人的努力下缓缓地升了起来。我满眼都是身边人高举着双手把小艇往上送的身影，耳边被风和夹杂在风里的大喊声灌满。小艇一点点地高过我的双手，我面前正是利昂，他得到了众人的相助，大笑着托起小艇。神采飞扬得像是个不可一世的将军一样。

我却不觉得可笑。

小艇终于被送进了最顶端的船槽。利昂高声欢呼，和身边的人击掌。我举起手，他有力宽厚的大手和我用力地相击了一下，发出清脆的响声。我掌面一麻，好像血液都加速流动了一样。

"这就是西方所谓的领导力吗？"我看着利昂，想。

他的脸庞和微黑的胡茬在我眼前清晰了些又变得模糊了。我感觉大雨冲刷着我的眼睛。我站在那里，湿漉漉的厚重的衣服沉甸甸地盖在我身上。

眼前的画面，五年后的我还生动地记得。

第三节

"生活会发生意外……"

"我去，看看这个。对，就是这个，'现代灵异事件大全'。"

"方济，你能不能不要这么猥琐。这个帖子很吓人啊。"

军训结束后某天的晚上。我、方济和黎扬从寿司店回来以后就围在黎扬的电脑前面。一起看着最近最火的"2012吧"。

身上穿着干爽的衣服，坐在软垫的椅子上，看着屋里亮堂的灯光，我感觉现在的生活和军训的时候真是云泥之别。如在国内军训完一样，越想越珍惜现下的生活了。

方济拆开一包葡萄汁，咬着吸管，说："如果陆纤也在，那该多好。咱们四个可以好好缅怀一下以前的生活了。说真的……现在想起来，以前的事情真恍如隔世。"

"哈哈……是啊，"我笑着说，"说起以前的生活，我到现在都还记得，以前的黎扬是多么暴躁。还记得以前高年级有个学生好几次把陆纤堵路上表白，你召集班上的男生去兴师问罪。黎扬抄起一把自行车锁就冲那班去了。"

"废话，"黎扬把视线从屏幕上移开，扭头冲方济笑，"谁敢动我们方济老婆，咱就把他揍趴下。"

"你……"我突然张了张口，只吐出了一个字。

"怎么了？"黎扬扭回头，眼睛里有笑意。

"呃，"我挠挠头，"刚才想说啥来着，给忘了。"

我又想起黎扬吻陆纤的那个晚上。

沉默。这样的沉默让我觉得我那些记忆赤裸裸地展现在所有人的面前。

"滴滴滴滴！"黎扬的QQ响了。我感到气氛猛地一松，暗自松了口气。三人又把注意力投回了屏幕。

陆纤自己手绘出的头像在开始栏一闪一闪。

"我靠，你小子。"方济半开玩笑地捶了黎扬一下，"谁要是敢动我老婆，咱就把他揍趴下，对吧。"

黎扬犹豫了一下，点开了那个头像。

那是我自他性格大变以后第一次看到他犹豫。

"那……就听你的吧。先当你的女朋友试试看。"一行字出现在聊天窗口。

我感到后脑一阵发凉，整个身体都开始颤抖。

方济身子向前倾，又凝在那里。头发落下来挡住眼睛。

"哼。哈哈。"方济提了提嘴角，站起来，"我有些不舒服，先走了。"

他径自走出房间。

"黎扬，你。"我深吸一口气，却又不知道该说什么。

"嗯，我知道你想说什么。"黎扬关掉了聊天窗口，走到窗子后，看着宿舍外的小道，"我为什么非要选择陆纤。对吧？"

"是。为什么？方济为了陆纤付出了那么多，为什么你要破坏他们之前的可能？"

"我和方济之前的友谊，和我对陆纤的好感，只能选一个。我选择陆纤，就是这么简单。"黎扬耸耸肩，"来，我要麻烦你个事。先来这里看看。"

我走到窗边，往外面的走道看了一眼，瞬间便待在那里。

方济跪在街道上，左手撑地，右手一拳一拳地往地上打着。他疯狂地号叫隐约穿过玻璃窗，撞击我的耳膜。

过了一会儿，方济站起来，望向我们。我一惊，下意识地想离开窗口，却被黎扬用手挡住。方济默默地转身，向校外走去。

"他去哪了？"我扭头问黎扬。

"我怎么知道。"黎扬耸耸肩，拉着我坐在床上，"我们先等等。"

"等什么？"

"等就是了。"

和黎扬无言地坐在床上，我感到一阵阵的不安从心底萌发。

"不行。"我站起来，向门口走去，"我得去找方济。"

"你找得到他吗？"黎扬说。我停住了脚步。

他看看表，说："你也喜欢陆纤吧。"

我转过身："你想说什么？"

"我们去找她吧，方济估计快到了。一会儿你进去，不要冲动。"

第四节

"……而我们只能坚强走下去。"

方济推开屋门，进了房间。

"陆纤。"

"嗯？"陆纤抬起头，有些不自然地看着方济。

方济一见陆纤这样的表情，一阵怒气直冲胸臆。他走上前去，把坐在椅子上的陆纤推倒在米白色的长毛地毯上，踢开椅子，按着她的双肩大吼："陆纤！"

陆纤错愕。她感到后背摔在地上传来的阵阵疼痛，一阵阵眼泪蒙上眼睛。

"你怎么……"她刚说出几个字，方济就打断了她。

"为什么！为什么你要喜欢黎扬！"方济声嘶力竭地叫着，"我对你哪里不好！为什么你对我从来就不屑一顾！我为了和你在一起放弃了多少！你哪次生病了我没有来看你！你每一次的生日舞会都是我帮你操办！为什么……为什么你对我一点儿也不在乎啊！"

方济松开手，一拳砸在陆纤脸颊旁边的地上。陆纤的眼睛瞪大，嘴唇有些哆嗦。

陆纤感觉浑身发凉，一阵阵的恐惧让她控制不住自己颤抖的身体。

"凭什么！凭什么黎扬那条丧家之犬可以占有你的心！凭什么他什么都不做就可以让你对他百依百顺！而我对你的千般万般好就抵不上他那该死的笑容！"方济咬牙切齿地低吼，满脸憋得通红，血管像蚯蚓蜿蜒。

"我……"陆纤想说什么，却又戛然而止。

"你什么你！你这个该死的贱人！"方济一手提着陆纤的胳膊，一手抓着她的领子就把她扔在床上。陆纤的头撞在墙壁上，发出咚的一声。

当我站在走廊上的时候，我听见方济的声音。心下一惊，一路跑去。

看见陆纤卧伏在床上，不长的披散的头发垂下来，挡住了她的脸。而方济正用手抓着她的白色T恤领口，要把她提起来。

"方济！"我看见这一幕的时候，感觉有一股怒气噌上脑门。哪还管得黎扬说了什么。怒吼一声，跑上前去一脚把方济踢倒在地。又用力往他脸上砸了一拳。

"陆纤！"我扶着陆纤的双肩把她扶起来，看见她充血的面孔和无神的瞳孔。心中的恼怒又上升，冲得大脑一片空白。

可当我转过身，看见方济嘴角流血，没有表情的面孔时，我整个人都怔住了。

"滚开。"他安静的声音让我浑身的汗毛都炸起来了。他把我推开。平静地走到床沿，看着陆纤。

"你他妈的打女人，还要不要脸了？"我跳上床，挡在陆纤身前。

"你滚开。我和陆纤说几句话。"方济看着我。

"……我知道你现在很难过，但你也不能打她！她喜欢自己喜欢的人，有错吗？！"我丝毫没有退让，"你想说什么，现在说吧。我绝对绝对不会让你再伤到她的！"

方济退开一步，仔细看了看我，脸上的表情微微地变了变，像是嗤笑的样子："你这个没脑子的混蛋，也陷进来了吗？"

"好，那我就这样说了。"方济开始微笑，看着我身侧后面的陆纤，"我小学五年级开始喜欢你。那时候我才多小啊，我也万万没想到，能一直这样到了今天。我想和你说，我是真心的。不然我也不会付出那么多来和你在一起，让你开心。现在，你喜欢别的人，我很生气。我以后再也不想要见到你。我多希望你可以从这个世界上消失。

大概就是这样了。后会无期。"

说完，他整了整被弄乱的衬衫和领带。向门口走去。

"方济！"陆纤突然叫道，"我……我真的很感谢你一直在我身边……但是，我想要的是一个互相支撑的爱情。我在你的面前根本找不到自己哪怕一点点的价值！我们太远了……对不起……对不起……"

"哈哈。"方济在门口笑了笑，"不用理会。"

他走出房门。我听见他的硬底皮鞋敲打在木制台阶上的声音。

"咚咚，哒哒。"

陆纤开始哭了起来。我迟疑了一下，看见陆纤寄宿家庭的阿姨走了进来。

她坐在陆纤身边，轻轻把她搂在怀里。

我离开房子，看见黎扬坐在车上等待。那张棱角分明的脸对着我，像是在无言地嘲笑。我忽地懂得了一切。一股怒火从心底烧起。我大步向车子走去。

我坐上副驾驶，用力地关上门，对黎扬吼道："黎扬！你他妈的都是算好了的吧！"

"你在说什么？"黎扬露出笑容，标准的八颗牙。

"你！"我被憋得一时说不出话，深呼吸了两口，方才平缓下来。

我瞪着他的眼睛一字一句地说道："一开始你邀请我来舞会，就是为了让我看见你和陆纤有关系。你算准了以我的性格不会告诉方济这件事情。之后先向陆纤表白，再邀请我们来你宿舍玩，就是为了让方济发现你们的恋情，再离开陆纤。这样你就可以独占了对吧！我因为知道内情，所以会对方济有愧疚。你再利用我这种心情让我去调停他们两个，你就可以独善其身了！对不对！"

"哈哈，丁子俊。你也变聪明了，可是还不够呢。那我就告诉你吧。"黎扬笑笑，把手搭在方向盘上，"舞会的事情你猜到了，可是你完全没有想到我的目的啊。如果我想一直和陆纤在一起，就算她身边有几百个方济也没关系。但是方济的父母毕竟在省政府里挺有影响力的。这场大戏的责任，你和我都担不起，只有放在他深深爱着的陆纤肩上。才能保我们的安全啊。这也就是我为什么等了一会儿才和你一起来，如果他们没有好好交流的时间，他可是会迁怒于阻拦他的你哦。"

黎扬的话音刚落，我脑海里就不可抑制地浮现出陆纤披散着头发坐在床上的样子。我猛地一拳砸在黎扬那灿笑着的脸庞上。他的头撞在玻璃上，发出"咚"的一声。

"交流你妈啊！你知道方济打陆纤了吗？你他妈的就为了自己的私欲伤害心爱的人，我真的看错……"

黎扬突然伸出右手，钳住我的脖子把我撞在车门上。我双手用力想要移开他的手。可他的力气却大得惊人，青筋暴起的手纹丝不动。

"你经历过我的经历吗？你懂我的感受吗？你这朵在温室里长大的小花朵，你可以理解我第一次来加拿大被墨西哥人欺负的感觉吗？你能理解我初来乍到，没有人提醒我提前买靴子，踩着湿鞋在零下三十多度的雪地里等半个小时的公交车，只为了去买双雪地靴的感觉吗？你们出国全凭自愿，你可以理解我迫于形势离开家的感受吗？你这个白痴，你什么都不懂。你凭什么评价我！"

他松开手，发动了汽车。

我靠在车门上深呼吸，无助地看着眼前的黎扬，像是在看一个从未见过的陌生人。

我以前以为我懂他，但是现在我不再这么想了。

第五节

"不偏不倚走出自己的一条路。"

下雪的多伦多充斥着一种狂暴的冷静。一出门就能看见风吹得雪花漫天狂舞，状若疯癫，天地间却又安静得可怕，像是被人按下了静音键。尽管扫雪车在学校苏醒之前就开始一次又一次地清理路上的积雪，可当我踩上去的时候，还是有一层薄薄的雪花，被皮鞋碾得咯吱响。

饭堂里却还是一如既往地舒适。明黄色的灯光，暖色调的装潢。做得恰到好处的装潢。我随手关上门，脱下羽绒大衣，露出了下面的校服。

　　有时候感觉人的力量真是伟大，建立起了这样的建筑，门外门里居然是两个完全不同的世界。早饭是两根香肠两个煮鸡蛋。我又装了些水果，坐在饭堂角落一把木椅子上呆呆地看着窗外不断扭动的白色雪龙。

　　"你在这里待了三年了还讲中文啊！"我听见有人在用英文对同伴喊叫着，于是将握着刀叉的双手靠在桌缘上，抬头看向不远处的一张饭桌上。那是学校里那三个和黑人白人厮混的中国人。

　　其中坐得离我最近的那个人感觉到了我们的目光，慢慢地仰起头来挑衅地看着我。他反戴棒球帽下的双眼里满是锐利和敌意。我忙低下头去躲避他的目光，心里却想着他不讲礼貌不遵守校规，在室内居然还戴着帽子。

　　然后又想到了他们说的话："你在这里待了三年了还说中文啊！"我心里突然愤愤不平了起来。

　　难道中文就要比英语低一等么？我突然就想起了"崇洋媚外"这个词。你们待在哪个圈子里不是问题，但是对我说中文的行为嗤之以鼻就真的不能理解了。不知道有多少中国人在背地里议论他们三个，说他们一直在装白人，装得又不像。

　　有趣的是，几乎每一个家长在孩子出国前都会千叮咛万嘱咐：多和本地的小孩儿玩，不要天天和中国人说中文。然而孩子们在到了国外以后还是一群群地扎起堆了，这是为什么呢？

　　我突然想起了达里安。那个留着长长棕色头发的小男孩。那是我一开始认识的最好的外国朋友。还有给了我很多帮助的prefect汤姆。不知不觉中他们已经在我的生活中走远了。我们之间的关系还是很和睦，见到了彼此打招呼，晚上一起在楼下熬夜学习的时候会互相问候。我们住在一栋宿舍里抬头不见低头见，每天都生活在一起。但是他们不如以往鲜活了。在我心里，他们是更多地被那张走路相遇时匆匆一瞥的笑脸取代。我不知道他们最近在做什么，不知道他们是不是真的笑得那么开心。

我知道他们是我的朋友，那种典型的外国朋友。而对梁兵健和安德鲁，我能自然舒服地坐在他们床上不用拘谨。我能轻松自然地用中文表达自己的意思，而不是因为不理解别人想要表达的意思而一次次让对方解释，心里还带着点儿惶恐，担心对方不耐烦。

每个人都会这样觉得吧，对于绝大部分留学生很多时候语言倒不是真正的问题。问题是文化的差异。很多时候要真正融入当地的思想生活系统，是要比学习一门新语言要难得多的。这样的困难像一块巨大的障碍阻在了我们的路上，甚至把学生分流成了截然不同的两个分支。一支继续流连在华人圈里，另一条虽然适应了西方的文化，代价是把自己改变成为那个大家都不理解的人。然而，所幸我参加了许多课外活动——义工，军训。这些都是没有太多中国人愿意用心参加的。我也自然有了很多场合不得不和其他学生相处，也不至于沦落到完全只有中国人朋友的地步。

其实我身边的中国人所持文化无非就两种，故步自封，抑或对原本的文化熏陶全盘否定。如何在两者中走出一条新路，想来是我们所有留学生值得思考的课题。

我想着，又切下一口淋了枫糖浆的华夫饼，出神地慢慢咀嚼着。

或许此时此刻，这份异域文化就已经在浸润入骨了吧？

第六节

"很多路只能自己一个人走。"

"GG了。"我看着梁兵健就这样什么都没有多说地走出了房间。

我愣着，又回忆了一次梁兵健对我所说的那些话：

"你面试怎么样？"

"我说过了吧，结果出来之前不能太嘚瑟。"

"GG了。"

就这样我听见门被他关上的声音。

我并非在祈求你什么，但是你是否应该给我一点安慰？毕竟你是我最好的朋友。或者说，难道真的你其实只是玩伴而已。我根本不应该和你说这些期待能被安慰？

我又想到那些日子里每天晚上去跑步锻炼时看见的月光，我又想起老师面试时候的问题，他说："你在这一年里有这样大的进步，如果你成为一名楼长，你会对一个刚来的国际生说什么？"

我知道他们想要的答案："作为一个国际生来到这里你会面对很多困难，但是我们会帮助你。当你有任何问题就来找我。因为当你成为一名圣安德鲁人的时候，我们就是亲兄弟了。"

但是这真的是我想告诉一个国际新生的吗？这真的是我的想法吗？我现在想来，我也一时不知道自己会说什么的了。但是在面试的时候，我跟随第一反应说的是："作为一个国际生，你来到这里会有很多很多的困难，语言上的文化上的。但是没有人能帮你，没有人，只能你自己去面对这一切。我能给你建议，但是我不能帮你处理这些问题。我只能告诉你，我会一直成为你的后盾。"

于是考官摇头，他们看起来并不喜欢我的答案。

我突然想到了梁兵健。面试前他一脸无所谓地和我说："半年前第一次筛选，我把我朋友去山区支教的故事改编了一下。换成我自己，就进了。"

然而我真的去了贫困山区支教，在面试的时候却没有机会和考官说。

我一直在坚持的东西是不是错了？我做着别人让我去做的事情遵守道德上每一条的规则，然后看着自己的同辈们不劳而获地夺取我们都在追求的东西，他不也活得很好？这是不是太过滑稽可笑？

是谁告诉我好人有好报？是谁告诉我终究会有报应的时候？我所做的是不是错了……

"嘭！"我突然听见走廊上传来重物落地的声音。然后是他倒吸冷气的声音。我突然就愣在座位上。脑子里突然涌出了一种装作不知道作壁上观的想法。

"我操。"梁兵健的艰涩的声音又从走廊上传来？好像突然打断我所有的想法，我的脑海里突然浮现出他疼得龇牙咧嘴的样子。

我走出门把从楼梯上摔下来的梁兵健从地上扶起，让他在我的床上坐了下来。

他看了看伤口，抱怨咒骂了好一阵。稍微缓和了一点，又开始和我滔滔不绝地讲起他游戏里遇到的事情。我一如既往地没有表现出太多兴趣，有一搭没一搭地应付着。

"这种不被认同的事情经常会发生，缺少情谊关怀的环境也肯定会有，可那又怎么样？人生本就不易，作为一个男人，可不能这样容易被击溃啊！"

把他送出门以后，我站起身来，看着门上穿衣镜子中的自己，扬着头，灯光把我脸上的棱角照得分明，像个得胜回朝的将军。

"在追求成功的路上会有很多艰难险阻，但在通向内在的平和幸福的道路上却是一马平川。" 我在日记上写到。

然而在两天以后的这个下午我得知，我还是被选入成为明年低年级宿舍的楼长，我也是这个半年唯一一个被选中的大陆人。于是，我和他，成为这个年级唯一可能成为prefect的大陆人。

我们年级一百一十人中，的确有寥寥几个亚洲人是积极参加在学校活动中的。但是他们却不是那些说着中文，和中国人一起玩的人。我在那些香蕉人的身上看不到一点亚洲人的影子。

我看见亚洲人越来越多地沉浸在分数中，功利主义似乎成为这些海外华人的新哲学。他们刻苦学习，考试作弊，是为了顺从父母的想法上一个好大学。他们把业余时间大把大把地花在英雄联盟和Dota上，从未尝试过强迫自己进入当地的社交圈。他们甚至连欧洲人，中东人组成的国际学生圈子都不愿意尝试加入。

每一次我来到食堂，都能看见角落的两张桌子被中国人占据。普通话和粤语的大笑吵闹声往原本就很嘈杂的食堂里又添了一把火。

然而我有什么权力批判这些呢？功利主义其实就是为了追求幸福的最大化而不择手段。作为一名在大陆成长到十五岁的男孩子，我完全能够理解他们的想法。即使在一年之前我不也与他们一样吗？哪怕是现在，我也会在周末偶尔玩玩小游戏自我放松。不同的是我从来不作弊罢了。我只是单纯的不理解，为什么亚洲人一味地只玩学习和玩游戏，而对学校培养组织领导能力这样广阔的资源视而不见？

　　想要知道这个问题的答案，我恐怕真的还要再回到中国，以一个局外之人的视角重新审视一遍我们的本土文化了。

第四章

第一节

　　　　"人因为孤独而强大，也因为强大而孤独。"

　　我已经不记得我有多久没有和大卫他们说话了。

　　我记得的是，我意识到他们一直不尊重我之后的某一个早上，我开始拒绝和大卫说话。他们叫我的时候，我哪怕近在他们身边也不予理睬。我终于从心里知道他们其实只是把我当作茶余饭后的谈资。我终于知道他们在心里对我没有哪怕一点点的尊重和友善。我也终于抛开了刚来学校，那种因为对方家境富裕就高看对方一眼的心态。哪怕现在的他们是以后我在社会上发展必需的社会资源，也不能让我以委屈自己主观意愿为代价。说到底，在这个社会上也要靠自己，而不是求人。

于是大卫一群人走得离我越来越远，最终成了形同陌路的角色。

我也忘记了自己刚来的时候，想要创业而找朋友拍视频，写文案，在网上做市场调查做到凌晨一点多的那段日子，甚至记不得老师拒绝我的那个瞬间我的心情。它们明明只是几个月之前，却显得那样遥远，像是被完全漂白，淡漠掉了的初中时光。

"又失败了。"我却还记得申请伊丽莎白楼长，感觉很糟糕的时候我对梁兵健说的话。

梁兵健说："猜得到的，白痴。"

然后没有表示，没有更多的说话。他接着头也不回地玩游戏，我坐在他的床上，坐着坐着看着他屏幕上绚丽的画面。我不记得当时的想法，完全不记得了。

但是我还记得那天晚上熄了灯我抱着膝盖坐在床上，看着窗外路灯投在墙上的光斑。我记得菲利普斯用有些不安的声音问我怎么了。我摇摇头说没事，然后躺倒在床上长长出了一口气闭上眼睛。

过去的日子造就了现在的我。

我闭上眼睛，又睁开，把玻璃杯里剩下不多的苹果汁慢慢喝完，和安德鲁一起离开了食堂。

回去的路上，我和他说："这两天我都没和梁兵健他们一起玩了。"

"玩？"安德鲁笑了笑，低下头，"我知道你想成功，成功的路永远是孤独的。所以这是你要能做的最起码的事情，学会忍受孤独。"

第二节

"有时候我觉得自己像是活在另一个人的身体里。"

我又像这样坐在这里不说话。

我终于面对事实，我是一个不属于这里的人。

回忆起刚来加拿大的时候总会拉上一个人和我说话。说是掩饰我的格格不入也好，说是练口语也好，但时间一长，难免会厌倦于和别人交谈时的无话找话，小心翼翼。

就常会像现在这样，看着别人聊天说话，心里或者胡思乱想，或者考虑眼前自己喜欢的事情，又或者回忆过去。

于是我越来越少地在乎自己在干什么，自己正在走向哪儿去。眼前的景色不停地变化，我却感觉自己一直处在自己的世界里，想着，也会被外面的世界触动。于是那些东西化成感情或者感悟，成为我当下或者未来，在看着眼前熙熙攘攘，灯红酒绿的时候思考的主料之一。

"大家，我们还有一个节目就上场了。"

我听见主管我们合唱团的老师说道。老师是个澳大利亚人，年轻，身体健壮。有人说他是个天生的音乐爱好者和艺术家。他在世界上的各个国家辗转，在很多所学校当过老师，是个心灵在自由的道路上的人。我不关心这是不是真的，我注意到的是他总是满脸胡子拉碴。学校里有些白人小孩觉得这样很酷。我都不知道学校是怎么容忍他不刮胡子的。

今晚他还是一脸胡茬，棱角分明的脸庞下不大的眼睛依然布满了血丝。衣服却穿得很整齐得体。

我们一行人穿着锃亮的皮鞋和及膝的苏格兰裙，跟着他走到后台。舞台后面有很多大大小小的仪器，也许是为了操纵幕布吧。除了几个红绿的按钮，我所看到的一切都是灰色的。我们站成一列准备进场。后台有一盏炽光灯为预备进场的演员照明，现在它的光落在我们的头上。我看见他高耸的眉骨在眼睛上拉下两块阴影。他翕动了一下嘴唇。我原以为他要说"上去不要紧张，好好发挥"之类的话。可他没有，他只说了一句"enjoy it"。然后走过来和我们依次击拳。我感觉他的拳头很大，很有力。我一拳打上去的时候，感觉到一种踏实的力量和热情传了过来，就像我刚来加拿大参加军训的时候和那个prefect击掌的感觉。

我们排着队走上去唱歌。他指挥着。我们完成了表演。

第二年我返回学校的时候，他就离开了这个学校。我再也没遇见过他。

第三节

"这是个陌生的世界，而我有自己的坚持。"

"你们听说了吗？有一群白人作弊，被刷下了竞选prefect的投票榜了。"

"他们又上去了。"

"什么？开玩笑吧，期末考试作弊啊。不被开除就已经很奇怪了。还能接着竞选prefect？"

"有个孩子家前两天才捐了差不多一千万加币给学校。"

"我操，就为这个。"

"嗯。"

"有个中国人因为晚自习的时候聊QQ被老师发现了。老师没收了他的电脑，去翻译了他所有的聊天记录。"

"真的吗？这学校这么变态？对别人不这样，这他妈种族歧视吧？"

"这也不是学校的问题。可能有个别老师就会不喜欢亚洲人。然后有时候心情不好也会借机撒气。谁让我们在这里是无根浮萍。你看这里的白人大商的儿子们过得多开心。"

这样的对话我在饭桌上听了很多次。我总是埋头吃自己的饭。哪怕我知道他们说的那些人就是在我班上。哪怕我知道那个被老师侵犯隐私的中国人就是安德鲁。但是我从不抬头。

这样的话题，真假不论，说多了只是徒增烦恼吧。本来就是人在异乡，哪有不受委屈的道理。

"要是中国的教育好些，我哪里还需要跑出来？"安德鲁在我刚来不久的时候，这么对我说过一次。我当时还不理解他的意思。

现在我懂了。

平时也不会太多的怀念故乡。只是在春节和中秋节的时候，QQ空间和微信朋友圈里都是满满的节日氛围。我们却还要上课。只有在晚上的时候，和朋友聊聊天。

那天晚上是中秋节，我站在学校的大草坪中间，仰着头静静地看着月亮。

真圆啊。

然后又想起了上次春节的时候，我受一个学弟妈妈邀请去了他家吃饭。身边都是中国人，虽然都不相熟。但是阿姨对我的关心让我莫名其妙地感动。

她那次说："在外面都不容易。更何况你一个人呢。"

学弟爸爸说："以后有空就多来家里玩。"

中国人，很多时候离开了中国才变成中国人。

第四节

"中国真是太大，太美了。"

"中国是个很棒的国家。我喜欢那里。我不想成为也不喜欢加拿大人。"安德鲁今天看起来很是烦躁。所以当老师让我们自己读一篇文章，大家小声闲聊讨论起中国的时候，他很生硬地回应着。

那个之前说话的，留着齐颈长发的白人有点儿嘲讽地说："喔，你说中国很好？我可不想住在那里，每一口呼吸都包含着那样多的化学物质。我也不想在那里生活，住在狭小拥挤的房子里。"

"而且中国是共产主义。"另一个白人嗤笑道。

"那，那只是不同的意识形态。"我说道。我等话音落下我才发现自己的声音有点变调。

"淡定。迈克。"先前嗤笑的白人像是觉得我生气了的样子，忙说道。

大家于是都不说话，安静地看着老师留下来的题目。

先前他们刚开始讨论中国的时候，我就一直在听着。我觉得这种时候我应该留意，我也应该说话。却一直不知道该说什么。他们说话总是飞快又简洁的。我一旦说起来，磕磕绊绊的，大家怕是会介意的吧？真的有种不融入的感觉。

教室里寂静一片。

中国是个很大的地方。我突然这样想道。她有好的地方，也有不好的地方。她有着十三亿人，却没有一个人敢说自己真正了解她。我出生以来和家人走过超过二十个城市，几乎每个城市都给我不一样的感觉。我还记得我去西藏的布达拉宫参拜，在海南潜水，在湖南贫困的乡下支教，在遵义凤凰山乘凉，站在西安的古城墙上想着以往的暮鼓晨钟，在松花江边看冰雕，在清华的校园里邂逅杨振宁，在丽江的客栈里看着天窗外碧绿纯净的天空。我有土家族和苗族的朋友，我和黎扬以前有次在桥底下和不怎么会说汉话的新疆人聊到半夜。可我从来不觉得我了解中国。中国太大了，有太多太美的东西了。他们如果只是从片面的新闻报道了解中国。他们永远都不会认识到一个真正的中国。他们也永远没有机会一窥中国那磅礴浩大的美。

但是我却没有说出来。也许是大家已经不再讨论这个话题，也许是我来这里这么久，语言和文化上的障碍让我连说话的自信都失去了。

"好吧。我想……"安德鲁突然开口了，"我承认中国很多方面不如加拿大。但是我爱她，因为她是我的家。"

"嗯。"那个高高瘦瘦留着齐颈长发的加拿大人点点头，"不错的答案。"

课室又陷入沉静。

第五节

"没有人会陪你走一辈子。所以你要懂得珍惜和感恩。"

安德鲁毕业了。什么都没留下。我甚至没有机会参加他的毕业典礼。

我一度以为安德鲁走的那天我会很伤心，我会很失落，很惆怅，像一个多愁善感的小姑娘一样掉眼泪。因为他走了以后，再也没有人能像他一样听我倾诉，没有人能够像他一样帮助我，没有人能像他一样一直奋战，保持高度的紧张，让我就在后面看着他神一样的背影感叹。

国外有对我好的人也有对我不好的人。刚来两三个月我就感觉到了来自一些同学的恶意，我现在还记得帮助我的是谁。我那时候成绩不好，不会说话，没有气质，甚至开始自我封闭。我还记得是他在饭桌上对我开善意玩笑，私底下聊天的时候教我分辨不同的人。我那时候丧失了主动说英语的欲望，找不到自己的目标，是他一直努力学习，努力地交朋友，告诉我作为一个十几岁才出国的中国人也可以和白人关系很好，也可以有全年级第一的成绩，也可以自学一门运动打到学校校队。

他鼓励我，安慰我，引导我。我很庆幸能有这样一个学长，真的。

然而他就这么毕业了，很自然很自然地，将要在我未来的人生中消失了。很多时候我没办法想象自己的十二年级会是怎么过的。也许我能成为他那样的存在，也许不能。但是我已经十二年级了，再也不会有人来安慰我，身边的终将都是学弟。我已经从他那里得到了足够的帮助。安德鲁，他在半夜三点起来刷题的时候，又有谁会安慰他呢？

他告诉我他在申请大学的时候总是哭，总是怕申请不到好的大学。我一开始感觉太过夸张。但是我现在知道了，哭是因为压力，哭是因为紧张而没有办法和别人排解。他那段时间除了在饭堂经常和我相见，和我聊天，就再也没有在其他地方出现过。他在那段和我聊天，鼓励我的日子里，又承担了多少东西而没有依靠，只能独自前行呢？

他搬出去的那一天，我和他吃完饭以后送他回去宿舍楼。然后就独自一人往自己的宿舍走，走到一半，心里好堵。却不知道该怎么办，于是在宿舍之间的草坪上躺下来。脸边的草叶被太阳晒得都快变得半透明了。我就躺在那里慢慢地平静下来，然后站起来回了房间。

他一度又出现在我的生活里，就像他没有走一样。甚至有次看到他回到学校饭堂里来吃饭。但是在现在，我也马上要搬走的前一天，我一个人坐在自己的房间里，突然意识到了，没有安德鲁在身边的一年，马上就要到来了。我突然想起来他所有的好和不好，然后意识到这样一个人马上就要去美国读大学了。

"你看，中文比英文有意境好多。"记忆中，在他房间里，特里安静地坐在床上看资料。安德鲁听着音乐，用手敲敲桌子，"'引得茉兰香'，英文没办法写出这么有味道的东西。"

写到这里，我已经泪流满面。

第六节

"回忆打开的那个瞬间，我又活在了2012年初来的夏天。"

"你也知道，这个世界上没有绝对的好和坏。"
"嗯。"我点点头，继续吃着配着白脱牛奶沙拉酱的生蔬菜。
"你也要记住，这个世界上没有什么人是坏人。"
我这下却愣住了。

我看向梁兵健，他还是看着他自己的盘子专心致志地吃东西。好像根本没在和我说话一样。

我看他没有解释的意思，就又转回了头。只是这次我放下了刀叉，用餐巾纸擦擦嘴，无法控制地，就开始回忆起那些人来了。

我第一个想到的是大卫。

他就是坏人不是么，纨绔子弟，花花公子，不务正业，游手好闲。因为家中财产颇为丰厚于是便不愿学习，成天把时间花费在游戏里，每天晚上那么晚睡觉。好吧，就算这是他们自己选择的生活方式，与我无关，可他们嘲笑我，轻视我，主动地用语言伤害我，又是不是"坏"的表现呢？

其实如果仔细想想，我刚来学校的时候怀揣着小孩子的梦想，的确做了不少傻事儿，显得幼稚。他们嘲笑于我也不奇怪。换个想法，嘲笑有幼稚梦想的人，只能是从来没有过这样梦想的人吧。倘若平时只是跟随自己的喜好生活，根据自己的感情和意气用事。他们不也是悲哀的吗？

思绪来不及歇息，黎扬的影子就无法抵触地浮现在我脑海中了。我又想起来那天晚上他对方济和陆纤做的事情。黎扬你为什么能这样对待我们？就算你不把方济当朋友，你们相处了这么久认识了这么久也该有些怜悯之心吧？好吧，那且当作是同时爱上一个人的时候你死我活的斗争。你没有办法顾及方济，但是我呢？我和你关系曾经多么好，可现在我已经看不穿你了。自从你上次回国我就看不透你了。从前的你仗义，开朗，豪迈，现在为什么可以这样驾轻就熟地利用别人，而且我还是你最好的朋友？退一万步，我在你心中已经是可有可无的角色了。那也许是因为我们太久不见吧？我情绪上不能接受，可我能理解。但是陆纤呢？你要是真的深爱着她为什么不让我及时拦下方济？你怎么也不应该让她受伤啊。是你真的和我不是一个世界的人了吗，还是我依然太过幼稚？

就在这样一个综合作业结束的清闲日子里，这样一个夏天将至的午后。我慢慢饮着苹果汁，手里的玻璃杯晶莹剔透。无数曾经的画面纷纷扰扰地涌入我的脑海。思绪瞬间被填充得满满的，每一个记忆每一个画面都在呐喊。它们在那里叫嚣着，扭曲着，纠结成一团。就好像黑白画面瞬间变成彩色。最后，它们平静，沉淀了下来。我最后看见的却是那个在教堂中帮助神父整理唱诗本的身影。是吧，一路走来这么久。我经历过的嘲讽和煎熬远比在国内象牙塔里所受的多。我第一次经历这么多事情，见识了这么多人。说来有趣，我小学喜欢读书，初中想要做事。而到了高中，反而不得不开始识人了。出国的教育是多方面的吧，不仅仅是在学校内所学的知识，也有自己生活的能力，还要和很多很多来自全国乃至世界各地的人打交道。而这些却是我在出国之前浑然不觉的。

我安静地坐在座位上，用目光拨开那些迷雾，审视着我的第一年。

第七节

"我终于懂得了出国的意义，对外在世界的探索，对自我意识的发掘，让我与理想的自我合二为一。"

回国的前一天，雨下得很大。我出生在广州。广州是个多雨的城市，Aurora却寒冷干燥。这是我第一次早上起床的时候听见淅淅沥沥的雨声，阴天的光只能微微地透过深蓝色窗帘。这样的天气让我想起我的家乡。

我随随便便套了一件卫衣就出了宿舍，往饭堂走去，避让着地上的小水洼。在饭堂门口却迎面碰上了大卫还有他弟弟。大卫马上就要毕业去魁北克读大学了，他弟弟也要转学去瑞士。我想了想，走上前去，说大卫在大学祝顺利啊。

大卫愣了一下，点点头，说谢谢。

我那个瞬间好像心里放下了什么包袱一样。

我们擦肩而过的时候，站在大卫身旁的大卫的弟弟突然开口："哎！你……在学校加油啊。为中国人争光。"

我突然鼻子有些酸酸的，回过身点了点头："谢谢你。一定会的，一定。你在瑞士也加油。"

"人之将离，其言也善。"我想，"而且，终于还是有人认可我了。"

我抵达广州的时候，听到的还是英文。站在机舱门口的空姐也是金发碧眼的。

坐飞机很疲倦，很疲倦。再也没有了第一次到加拿大时那种身体酥软，精神紧张的感觉了。现在的我好像就是顺着生活的惯性走下去。我落地过关，在取行李的转轮默默地拿包，拿行李。帮一个带着年幼女儿的阿姨搬箱子。走出机场大厅的那个瞬间，我感觉到炽光灯在远处放出的光落在我脸上。如果有个人在侧面看到我现在的样子，一定是觉得在看一场平滑厚重的默片。

有两个人站在门口，看见我，招起手。

"爸妈。"我走上去，点点头。

他们和我寒暄，问我生活过得是否还好，却没有分别很久的样子。我看着窗外掠过的行道树、路牌、越来越多的楼房逐渐多起来的招牌，一时半会儿竟然读不出招牌上的文字。

眼前的一切是记忆中的广州，也是以前生活的地方，可我连我当时生活在这个环境里的感受都想不起来。相反，另一个我好像还生动地活在过去两年在多伦多的记忆力里，在体育课的球场上，课室里，宿舍里生动地活着。而现在这个在中国的我只是在看，慢慢地看，没有什么感觉。

"出国不是轻松读书，不是对国内考试的逃避，不是花天酒地无忧无虑。离开父母，我们成为有自由意志，也要独自面对困难的人，出国是我们自己的长征。"我如是想。

2014年7月3日
于多伦多

这悲惨的世界

▍ 1　引子

"郁娴姐姐。"

郁娴走在路上的时候突然被一个男孩子叫住了。她停下脚步，有些奇怪地看着站在路边小巷口的男孩。

男孩穿着短袖T恤，牛仔裤，戴着一副红黑框的眼镜，看起来十五六岁的样子。

"郁娴。"男孩看着郁娴，双手抱胸，淡淡地笑着，"很累吗？很难受吗？是不是感觉这个世界如此的大。自己势单力薄。脚下都是障碍，而渴求的永远在远方……你今天失去了自己的工作。不知道你有没有意识到，自己太注重表面的东西，而不在乎实际上的工作效果……不过这些都不重要了。现在有一个机会摆在你的面前，一个让你能爬上金字塔顶端的机会，一个能让你拥有一切你想要的东西的机会。郁娴，你听过《麦克白》吗？"

郁娴听着男孩所说的话，起先是迷惑。而当男孩说出今天自己离职的事情，她心里稍稍有些紧张和戒备。但是男孩说的机会……

"《麦克白》……我听说过，是莎翁的作品。"郁娴因为好奇和男孩的话而没有走开，回答道。

一个机会吗？那会是什么？

"在《麦克白》里，女巫是拥有预言能力的人。她们预言到苏格兰的战将麦克白会成为葛莱密斯爵士，考特爵士和苏格兰的国王。每一个预言都灵验了。她们还预言，麦克白的同僚，班柯的子嗣会有八位苏格兰国王。这一次，你可以回到一千年前的苏格兰。以班柯子女的身份进入《麦克白》的故事。"男孩展开双臂："现实的巨大压力就不用再去想了。你还能在另一个世界里拥有你想要的一切。"

郁娴听着，却是哑然失笑了。这男孩多半是个精神不正常的病人。让人进入书中，这岂不是天大的玩笑么？她转身打算离开。

"郁娴。"男孩的声音从身后传来，"我没有在骗你或是寻开心，看看马路吧。"

郁娴下意识地把视线移到马路上，却踉跄了一下，停住了脚步。

"这不可能啊，这不可能啊。"郁娴怔怔地看着马路上一辆停在原地的车辆。所有的车都保持在上一秒的位置，有的在转向，有的在变道。公交车还停在站边，开着门。

可是，一个人都没有了。车子上的乘客，路人，商铺人家里的人，全都没有了！

整个大街变得空荡荡的，只剩下郁娴和男孩。

"你……"郁娴感到身体里的力气被恐惧一抽而空，"你是人还是鬼？"

男孩听着，笑了："别担心，郁娴。我绝对不会伤害你的。让那些人消失也只是小把戏，希望你能认真思考一下罢了。那么，你可以告诉我了吗？你想不想把握这个机会？"

郁娴很是紧张地咽了下香津，问道："你说，班柯的子女会成为苏格兰的国王，而我是他的第一代后代？"

"是的，"男孩笑着，展开双臂，"你将成为他唯一的后代，弗里恩斯。那么你打算进入吗？向着那充满着荣光和命运的悲怆的古代苏格兰？"

"我……也许可以试一试。"郁娴咬着嘴唇想了想。她的脑海里又浮现了酗酒的父亲，冷酷的上司和身边那群如附骨之疽似的男人。

真的……厌倦了。

"拥抱我吧，五秒钟的时间。进去以后，不能让别人知道你的身份。不然一切都会成为泡影。"男孩依旧展着双臂，突然坏坏地笑起来。

"啊？"郁娴愣了一下，但是还是走上前去，抱住了男孩。

男孩抱住了郁娴，把下巴抬起来一点放在了她的头发上。闭上眼轻轻地闻着。

五秒之后，两人化作一道白光消失在原地。

而街道，车辆，树木，整个世界都无声地破裂成微小的碎片飘散了

2　三巫初晤

"郁娴进入了麦克白的世界。但在那样凶蛮的世界，她只是一个手无缚鸡之力的女人。"

"你将会成为三名巫师之一，那是书中最强大的人。你会强大得足以为她挡下一切危险。"

"但是作为获得强大力量的代价，你不再是完全的你，你的灵魂将会和巫师的灵魂融合……你还会失去更多。"

"所以，做出选择吧，你更想要自我，还是郁娴。"

刚苏醒过来的时候，我伏在大地上，嘴角好像可以尝到泥土地的腥臭味。我的头颅疼痛得似要炸开。伸出手臂，勉力支撑着自己坐起来。

我抬起头，看见不远处森然立着的黑铁色的巨大城堡。城堡上顶着一片广阔得无法直视的血红天空。阴沉的云实沉地压在辽阔的大地上。有几只叫不上名字的飞禽在天和地之间浮游，凄厉地嘶叫着。

"食腐鸟迎来了他们的盛宴。贪欲杀死了年轻的士兵。挪威国王正在紧急筹备作为赔款的一万元。而苏格兰之王，邓肯的士兵封锁了战场，不让挪威残军进入战场。挪威军人的尸体正在田野上溃烂。"

一个声音在我身边响起。

一转头，一双涂着深黑色眼影的眼睛被用力地刻在我的视界里。不，那不是眼影，那是皮下堆积了多年的死血，在干枯的皮肤下呈现一种令人恶心的黑色。

那是一个年轻的男巫。他与我穿着一样肮脏的亚麻布衣。枯瘦的手臂表皮下有紫色的静脉，细小地蜿蜒在惨白的皮肤上。像是被放大了无数倍的线性蛔虫。

"苏格兰最骁勇的两名战将，麦克白和班柯正在前往佛瑞斯的途中。考特爵士也将被处以极刑。我看见班柯的八名子孙将成为苏格兰的八位国王。"一个站在土坡上的身影缓缓地转过身来面对我们。是一名中年的男巫，可因为过多地使用他的时光魔法，让他的脸上慢慢地长满了杂乱的毛发，像是一蓬蓬杂草。只有在他说话的时候，才能从那些黄灰色的毛发里辨认出他惨白的舌头。

我突然感觉到了灵魂深处的感召。我从地上缓缓爬起，用低沉的语调说道："我听见癞蛤蟆叫的声音，看见视线所不可及的远方云团里的闪电和雷鸣。命运设下的机关都已经就绪。是时候推动它们了。"

"就像引爆炸药的那点火星。"年轻的男巫轻声说。

"美即丑，丑即美。"我们三个一齐吟唱，"明日夕阳卧山时，相聚荒原共见麦克白。"

我驾轻就熟地吟唱着空间的魔法，像水波般荡漾着，消融在空气中，离开了那座不知名的城堡。

3 究竟

我站在勃南的森林里的某一棵树木下。我看见它的过去，那是一部没什么太多感情的励志黑白影片。它在风吹日晒下长高，高的足够突破身边树木的封锁，让自己的叶子也占到一席之地，能顺利地掠夺到足够的阳光。阳光的精华能在它的身体里分解成为它需要的养分——不对——该是光合作用罢？过去的并不值一提，但是未来却有所不同。

数年之后，成千上万名军士蹑手蹑脚地在树木的间隙间穿行，向着麦克白的城堡潜去。一位军士折下了我肩膀边的这根枝条，把它插在衣服后颈的地方。他的伪装很成功，因此他也在那场战役中保存了性命，更是杀死了几名敌方军士，被赏赐了大量钱币。一段时间以后他回到自己的家乡。当年说要为他等候的未婚妻喜极而泣。那晚他们就行了夫妻之礼。可不过数周，他就解除了彼此间的婚约。和当地财主家肥胖不堪的女儿共同步入了婚姻的殿堂。

我摇摇头，让自己不要再看这些——那未婚妻是疯是死又与我何干？我把手放在这根枝条上——倘若我现在便折下这根枝条，那名军士就不会在未来顺手折下这么一根枝条。他会在潜行过程中被苏格兰的士兵发现，苏格兰军队会提前出城进攻暴露了行踪的英格兰军队，他会被一个不甚强壮的人杀死。他的未婚妻会伤心欲绝，然后嫁给另一个男人。财主家的女儿会嫁给那名军士邻居的儿子。总有人要受伤，又何必插手？

我曾听过《麦克白》这本书，可是从未读过其中的内容。而当我来到这其中，真实地参与到了这莎士比亚想象出的，风起云涌的十一世纪的苏格兰的世界里时，我才了解了我作为一个巫师将要做的事。

麦克白是苏格兰国王的战将。我们三个欧洲大地上最高明的巫师看到了未来的画面：挪威国王和考特爵士攻打苏格兰的计划以失败告终。而保卫了自己国家的两个将军却有不同的命运：麦克白被加封为考特爵士，进而又当上了国王。而班柯却被杀死在一条昏暗的小径里。他的子孙竟成为苏格兰的未来八代国王。

我们的预见是因为体力不支而中断的。这些画面终究没有连贯起来。但是在我们昏厥过去之前，大量的鬼魂来到我们这里，我们强忍着痛苦跪伏下来——我们的生命是拜它们所赐。他们便是我们的主人。

所有巫师的生命根源都来自于鬼魂。可从未有过鬼魂主动寻找过巫师。它们告诉我们，他们是挪威军队阵亡的士兵。他们因苏格兰的国王和将军而死，甚至腐烂。他们命令我们将所预见的都私下告诉麦克白和班柯。

"没有人能为所欲为地活在世上。"有个只剩头颅的士兵鬼魂这样说。

进入这个世界之前，那个红黑框眼镜的男孩对我说，切记不要随便暴露出自己的身份，否则会付出大代价。违反规则的人，都不会落得好下场。

若是没有必要，我肯定不会暴露自己的身份的。若是被那两个巫师发现了，恐怕我会被联手杀死的吧。但是……但是如果我不说，郁娴又怎么能知道我放弃了所有，为她来到了这个世界？而且，她在哪里？

男孩说我会和巫师融合，也就是说……原来的我死去了吗？

我看着自己不再健康，甚至可以说是丑恶的身体，抑郁在心底的悲伤一跳一跳。我却对自己的身体没有一丝一毫的厌恶。

我看着，感受着昏暗得没有一丝光亮的森林，在阴影里沉默地站着，感受着穿过我旧亚麻长袍的风，感受着枯瘦脚趾间的泥土。

4　三巫再晤

　　"那么，"我落在那片草原上，"是时候了。"

　　我本以为自己是最早到的了，却不想另外两名巫师早已等候在此。

　　"麦克白已经在前来的路上了。"年轻男巫纠缠着自己两道稀疏发黄的眉毛，看向不远处越来越近的两道身影。那是麦克白和班柯。他们正得胜归来，离开了军队，骑着自己的骏马在水草肥美的草原上游晃。

　　"无可避免地，"中年男巫说了一半，沉吟了一下，"命运要降临在他们的头上了。从这一刻开始，命运就注定把他们人生的战车驶向一个悬崖上。而悬崖的对面就是胜利和无上的荣光。中间只有一条窄窄的吊桥。"

　　我突然想到《麦克白》是莎士比亚的四大悲剧，突然有感而发："拼死厮杀，只为了达到对面。可成功者只能有一个，遍体鳞伤地在对岸呻吟——可他已经够幸运了，那些失败者，只能葬身于深不见底的裂谷，卑微得像是生活在阴暗角落的虫豸。"

　　莎翁撰写了《麦克白》的世界。他用鹅毛笔把文字下的一个个人物拨弄得痛苦不堪。他们无论怎么努力都无法逃出他的掌控。最终恐怕也都是含恨死去的下场。所幸我却不是这个世界里原本的人物，我是一个外来客。我不可能被莎士比亚设计害死，甚至不可能因他而有任何痛苦的经历。毕竟他已经死去四百多年，而因为郁娴和我，这个世界也不再是原本的《麦克白》了。我只需要找到郁娴，保护好她，就足够了。

　　那两人越走越近，我们默默站在齐腰高的草丛里。

　　"咴儿！"麦克白胯下雄壮的马匹被主人猛地收紧缰绳，吓得惊叫起来。它扬起前蹄高高地摆动。被蹬起的小土渣落在我们的衣服上。

"你们是谁！回答我！"班柯大吼一声，肌肉隆起，抽出腰间巨大的双手剑指着我们。那剑尖几乎要碰到最前面那年轻男巫的鼻子。

我们没有说话。眼前的二人可以说是凡人间的强者。他们甚至可以在战场上用他们磨得异常锋利的铁剑把敌人连人带马劈成两片。可是那对我们来说构不成丝毫威胁——哪怕他们把我们剁成一千片碎片，我们也可以再次生在别人的身上。而只要我们在他们的枕头背面捏碎一只癞蛤蟆，他们就会在未来的日子里逐渐陷入疯狂。

"如果你们可以说话，请告诉我们，你们到底是什么人？"麦克白的手按在剑柄上，神色镇定地看着我们。

"万福！麦克白！向您致敬。葛莱密斯爵士！"年轻男巫突然大声嘶吼着说。那马匹被吓得连退两三步。

"万福！麦克白！向您致敬。考特爵士！"中年男巫低沉地说，声音像是从深渊里传来，阴湿冷漠。

"万福！麦克白！吾未来的国王！"我咧嘴笑着，眼睛里却没有一丝一毫的笑意。

麦克白愣在马背上，握着剑柄的手也微微放松了。他瞪大了眼睛，直愣愣地看着我们。

班柯皱着眉放下了剑，大声说道："你们是真实的人吗？还是只是在战争之后我们产出的幻象？但无论如何，你们预言了我同伴尊贵美好的未来，也请对我说些什么吧。"

班柯的八代子孙会成为苏格兰的国王。而按鬼魂的意思，不必言之过详。

"万福！班柯！"

"你不如麦克白成功，却比麦克白伟大。你不如麦克白幸运，却比麦克白有福！"

"虽然你一生和王位无缘，但你的后代却会成为君王……"

"祝福！麦克白！祝福！班柯！"我们大张着嘴，露出肮脏乱生的牙齿，长满脓疱的舌头，看着眼前惊慌失措的两个凡人将领，齐声吼叫着，如浮沫一般消散在原地。

完成了鬼魂的意愿，与这苏格兰的王权交迭便再也没有关系了。

也是时候，踏上寻找郁娴的路途了。

你在这混乱野蛮的世界里，生活得还好吗？

5　梦境和找寻

　　我在一个安静的晚上去墓地取走了一名亡者的鞋子，又偷去了行人的黑色大斗篷。把自己隐藏在衣物之下，穿着这身行头四处奔波投宿。

　　一个下午，我来到了一座不是很大的村庄。因为已近黄昏的缘故，村庄的街道上并没有什么行人。我看见一个人家的墙根下蜷缩着一个流浪武士。他抱着一把不是很锋利的剑，透过自己散乱的头发打量着我。

　　低贱如猪的，只能依靠身体力量的莽夫——我轻蔑地笑着，不屑一顾地走过。

　　我伸出手指敲敲木门："您好。"

　　门被打开，门后是一个不很高的男人，一脸胡茬。

　　"我是路过的旅人。不知能不能在您这借宿一晚。"我的脸隐藏在黑幕下，也不需要挤出笑容。

　　"这……"男人犹豫了一下。我也没有催促。

　　我其实并不需要住在别人家。相反，我待在野外的话会更舒服。现在到了一地先找人家的习惯，恐怕还是前世的习惯。

　　想着，我突然打了个寒战。前世？我就是我，什么时候又成为别人的前世了？

"好的，请进吧。我们正在用晚餐，你要不要一起来？"男人让开了进门的路，也打断了我的遐想。

"晚饭不必了。"我进门。

房屋不大，里面有一个妇人和一个小男孩正围坐在一张小木桌旁。每人碗里有些豆子和马铃薯。桌子正中有一盏不是很明亮的石蜡灯。

我没有搭理他们，而是跟着男主人的指引来到他家马棚旁的稻草堆。

马棚处没有灯。多亏今晚没有云，月光得以毫无阻碍地洒落在大地上。马棚里有一只老马，左眼已经瞎了。马的尿道里有一颗很大的结石，这已经折磨了它很多天了。但是我没有管，尽管我住在它主人家，却没有报答的意思——这就是巫师的性子。

郁娴来到这世上，恐怕也有不能泄露自己身份的限制。那我又该如何找到她呢？

我躺在稻草堆上，看着天上的月亮和一抹抹被风吹动的云。

回过神来的时候，我已经坐在一个大剧院里了。我穿着衬衫和牛仔裤，坐在大剧院的前排。惊骇之下的我想要动弹，却发现身体丝毫不听使唤。到了麦克白世界以后得心应手的魔法也消失无踪。

"咔嗒！"昏暗的大剧院舞台上打出了一束光，我看见一个魔术师出现在舞台中央。他是一个有着苍白瘦削脸庞的中年人，两撇胡子被梳得细长，贴在皮肤上。大大的圆形礼帽把他的双眼隐藏在阴影下。他轻松地伸展双臂，勾起嘴角，像一个得志的君王。

我看到周围一个个面目不清的人开始鼓掌。他们穿着各异，有的人礼貌地鼓掌，有的人吹着口哨，有的人则是破口大骂。但是魔术师就那样勾起嘴角微笑着，站在台上的光线里。

"你们好，"魔术师轻轻咳了一下，说道，"我的读者们，很感谢你们花费时间阅读我的作品，这是对我莫大的支持。"

我惊奇地发现，随着他说话，有一个男孩子的投影出现在魔术师的背后。投影看上去很虚幻，时断时续。但是可以依稀辨认出那是把我引领到麦克白世界的那个男孩子。嗯，是的。他戴着一副红黑框的眼镜，和魔术师说着同样的话。

121

这个男孩子到底是谁？为什么一句话就能让整个世界瞬间为其燃起烟花？为什么能把人带进一本书的世界里？

"嗯……大家不要觉得奇怪，或者是有什么置身事外的感觉。我出现在这里，就是和我的读者们说说话。也包括了阅读着这本小说的你。"我看到那个男孩子得意地笑着，魔术师用彬彬有礼的语调说着。

"当然，我们今天还有一位特别的宾客和大家一起出席。他就是这部小说的主角。在和《麦克白》这本书的两位重要人物——麦克白和班柯接触过以后，他踏上了寻找他心爱的女子，郁娴的路途。然而……他现在有些迷茫的样子。"

什么？什么？这说的想必是我了。可是我为什么会成为他口中的"小说的主角"？我正处在一本小说里？这……这……我不是真实的人物？是别人笔下构造出来的？

"不过大家不用替他担心。我很快就会安排他和他朝思暮想的女子见面的了。"男孩子自得地笑，"不过还要等一会儿。等时机成熟了，大家就能欣赏到一场精彩纷呈的好戏了。"

"然后……"魔术师沉吟一下，"真的很希望你们能看到这部作品呢。在小说上付出了那么多心血，总也是希望作品能和大家分享的吧。"

灯光开始渐渐变暗，隐约间看到魔术师鞠了个躬。

"好的，请大家接着欣赏。"

猛然醒来，睁开眼，又看到那轮明月和天上的云。

一时半会儿，还没回过神来。

半晌，我才长长吐了一口气，感受着身体里强大的魔法力量。刚才那一切好像只是一场梦境。但是自从我来到这个世界，就再也没有过睡眠，更别提做梦了。进入一本书里本来就是难以置信的事情，若是什么其他常识之外的事情发生也不是没有可能。所以说那个红黑框眼镜的小男孩就是所谓的作者？一个创造了这个世界的造物主？这些问题，不想也罢。

我爬起身来，看见那匹老马正专注地看着我，摇摇头也没在意，而是走向了门外。

虽然我不知道她在哪里，不知道她会有什么特征，不知道怎么辨认她。但是总会知道的吧。倘若刚才那个所谓的作者是真实存在的，他不也说了吗，他会安排我们见面的。我只要坚持找就好了。

"啊！"一个屋主家的小孩夜晚起来方便，却撞见了准备出门的我。我看见他傻站在门边一动也不敢动，便默默地走出了大门外。

接下来就是被重复了无数次的找寻。我进入每个人家。仔细观察正在熟睡的每个人。观察他们的样貌和神态。

找了大半个村庄，依然没有什么进展，甚至连一点蛛丝马迹都没有。但是我没有疲劳和不耐烦，不仅仅是因为我对于郁娴的那份倾慕，还因为我是个男巫——而巫师是永远不知疲倦的。巫师一生中只有一次休息，那就是他在四百岁的时候，寿元耗尽。

"噫！你想要做什么！"就在我推门要进一户人家的时候，一个身影突然闪到了我的面前。

是那个流浪武士。

"不关你的事情，让开。"我低沉沙哑地说。

"你是什么人？"

我看着他的脸变成紫色，额头上爆出紫黑色的血管。他的双瞳由淡蓝变得惨白，皮肤塌陷下去，就像他的骨头正在不断变成齑粉。他黑色的油脂从毛孔和破裂的皮肤中渗出，最后他变成一大团冒着泡的黑色胶状物，流入大地。

倘若我是完全的巫师，一句话都不会同他讲。

等我搜完最后一家的时候，天已经黑到极致，清晨马上就要来临了。

我又继续前行。

6 大不列颠岛的夜里

就在我杀死那名流浪武士，满村庄地寻找郁娴时，一个虚幻的白影从那匹老马的身体里脱出，潜入了村外黑暗的森林里。那白影一路南下，直到与苏格兰毗邻的英格兰才停下来。

白影穿梭在英格兰王宫各个豪华的殿堂间。穿着白裙的侍从和整洁衣物的臣子都似看不见它，而自顾自地做着自己的事情。白影穿越墙壁进入最大而最富丽堂皇的那间房间，投入中年巫师的身体。中年巫师闭上眼，深深地吸了一口气，过了好一会儿才睁开眼睛。

"殿下，我已经了解了我另外两名年轻的同伴的行踪了。"中年巫师长长地出了一口气，却一副沉思的样子，没有再说。

"大师。他们两人在做什么？"爱德华一世等了一会儿，问。

"其中一名正在四处游历，看起来没有接触上层人士的意向。"中年巫师说着，"另外一位正在麦克白的城堡。"

"他在麦克白的城堡？他有什么举动吗？"爱德华一世有些惊讶地问道。

"他的行动没有让事情的发展背离我的预测。"中年巫师沉吟了一下，说："他还没有向麦克白夫妇现身，而是在麦克白杀死邓肯，意欲篡位的时候，附身在麦克白夫人的身上，帮助麦克白嫁祸给守卫，清理血迹。因此麦克白才没有露出让人怀疑的痕迹。"

"大师。你能否预测到你同伴的未来？"

"很难。我先前看世界大局的时候已经消耗了许多魔力，不料他突然插足其中。要再预测的确不容易。"中年男巫摇摇头，"陛下不必太过记挂。十天之内，邓肯的儿子马尔康就会来到您的王城。如果您愿意支援一些他军士，我可以随军一道去苏格兰。杀死暴君麦克白。到时候马尔康想必对您万分感激。以后两国也能世代交好了。"

"嗯。那提前谢过大师了。拥有圣洁无上法力的你愿意做我的英格兰国师，真是让我全国子民感到幸运。"和中年男巫年纪相仿的爱德华一世微微颔首。

"您的子民现在就有福了。您的荣光也会如阳光一般散布在您国度的每一个角落。陛下，我听闻在您的王土，靠东边临海的地方出现了一种怪病。我可以让您拥有治愈这种恶疾的能力。到时只要您用您高贵手尖触着他们的额头，他们就会无药自愈。"中年男巫笑笑，"我也希望陛下能给我一百名少年少女，有他们的辅助，我能提升很多法力，也能更好地辅佐您。"

"为了英格兰的子民，再多的付出也是值得的。"爱德华一世笑着点头。

与此同时，在麦克白的城堡。麦克白夫人躺在床上，她和她身边的麦克白已经躺下很久了。两人却都还没有入睡。杀死国君邓肯给这二人增添了太多心理负担。他们都醒着，却都没有说话。

"笃笃笃。"门突然被敲响了。麦克白夫人骇然之下缩进了自己丈夫的怀里。

"邓肯来了，邓肯来了。他来找我们了……"她哆嗦着，有些神志不清地呢喃。

"别怕，别怕。"麦克白也是感觉脊背一阵阵发凉。但他没有发抖，而是用宽厚的手掌慢慢拍着怀中的妻子。

"最英勇的战士是不能害怕的。哪怕是在做下亏心事以后，半夜三更有人在敲门，他也不会有丝毫畏惧。"麦克白在心里对着自己说。

他深吸一口气，用有些恼怒的语气对着门外说："是谁？我不是吩咐过一过子夜就不要打扰我们的休息吗？"

门被打开了。

麦克白夫人床头处从不熄灭的蜡烛把那人的面目照得一清二楚。那是一个眼窝深陷，眼睑发黑的年轻人，面目可憎。

麦克白夫人吓得一个激灵，吓得愣了一瞬，正要放声大叫，却被麦克白捂住嘴巴。

"别怕，"麦克白说，"我认识他。"

　　"深夜拜访的不速之客，"麦克白安抚了自己的妻子，便对一直沉默无言的年轻男巫说道，"我还记得前些日子在荒原上和你的相遇。你和你的同伴预言了我光辉伟大的未来。但是你们美妙的祝福下却潜藏着杀机，它夺取了我的清白，我的睡眠，我的良心。我现在只是一个虚有其表的架子罢了。"

　　"我们只是预测了未来将要发生的事情罢了。杀死邓肯会让你愧疚，而杀死战场上万千的挪威士兵和叛军就不让你愧疚了吗？收起你愚蠢的伪善吧。那只会让你陷入无休止的庸人自扰。而真正成就大业的人脚下踩有万千白骨和冤魂。东方有一句话，一将功成万骨枯正是这个道理了。"年轻男巫展开双手，身上散发出一股强烈的自信和霸气，这是与先前的邪恶气息全然不符的，"至于鬼神之事，你更是不必担心。专门和鬼魂相处的我可以告诉你，邓肯的灵魂已经全然消逝在世间了。所有在睡梦中被杀死的人都不会以冤魂的形式再次出现在这个世上。"

　　"所以，你这次来寻我的目的是什么？"麦克白丝毫不为这些话所动的样子。

　　"我想告诉你，班柯的儿孙要成为苏格兰的国王的事情是真实的。"年轻男巫说道，"如果你无法再次举起手里的杀戮的刀，巩固自己的王朝。你之前的一切努力和付出都会像烟雾一样散去。就这样吧，未来不远的某天我们会再见面的。苏格兰的王上。"

　　随着说话的声音，年轻男巫化成黑色的烟雾，再变淡，没入空气里。

7 初见郁娴

北欧的冬夜比中国要冷得多。厚实的云层遮蔽了天上的月亮。苏格兰的大地上一片漆黑。不时有凝成小球的雪球，或是拳头大的冰雹从天上掉下来，有时候甚至有沾到肌肤上就让人感受刺骨寒冷的冻雨。真不知道水为何也能那样凉。我前行着，每半里就是一番天气。就好像这整个天地都被搅乱了似的。

而唯一不变的，是天上永远都不会散开的暗色云层。每当我抬头看着天的时候，都会感受到强烈的被窥视的感觉。好似有数百神祇围坐在云层之上，指指点点着我的一举一动。

我继续前行。沿着土路不知疲惫地前行。

郁娴，一定要保护好自己，我很快就来了。我想。

快要天光的时候，我遥遥地发现远处一座雄伟的城堡。城堡建在一座陡峭的山峰上。我竟然不知不觉中来到了斯科特。苏格兰的王城。

突然听见身后有踢踏的马蹄声。我下意识地停了脚步，隐去自己的身形。不需要转身我都能感受到，两个身体健康强壮的人正连夜赶路，向我而来，看起来是要进城去会晤某人的。

"是流浪武士吗？"我低声自语。心里没来由地烦躁。

我寻找郁娴已经十余天了，还是没有任何头绪。郁娴就好像一根柔弱的小草，被弃置在这无尽大地上的某一处。风吹雨淋，动物的啃咬，无孔不入的真菌。无一不会伤害她。现在每多拖一秒都会增大一份她被伤害的概率。

"父亲，我们就在这里稍作休息吧。"一个二十岁左右、举着火把的年轻男子说道，嗓音里带一点焦虑和不安。

"嗯……"另一个中年男人沉声应允，"今天夜里怕是要下雨啊。"

127

这个声音似曾相识。

凭借我恍惚的这短短一会儿，他们已经到达我的身边，停止前进。听见人声，我一股烦躁袭上心头来。灵魂中属于巫师的那部分又开始蠢蠢欲动。

"杀了他们，杀了他们。"我对自己说。

然后我抬起了手，对着刚才说话的那个年轻人。我要用最下流的办法折磨他，让他陷入永世不能忘却的痛苦。他还恍然不觉地准备摘下围在脸上的面罩。

"那就让暴雨落在你的头上吧。"一个阴冷的声音在路边影影绰绰的树林里响起。一根坚韧的箭擦着我的兜帽飞过，径直刺进中年男人的脖颈间。

就在这时，我看到了火把下，那个年轻人面罩底下的郁娴的脸。

另一支箭被射出，呼啸着直往那个年轻人飞去。我挥挥手，那支箭在半空中变成脆弱的树枝，无力地掉在地上。而远方的树林里，那支箭直直地射向天际。

就在我用树枝调包了暗箭，救下年轻人时，一股赤裸裸的恶意从树林里爆出来，深沉得可怕的阴冷锁定在我的身上。我一回头，看见一双毫无生机的浑浊眼瞳，眼睑皮下淤积着层层死血。这是那个年轻男巫。

然后就是突如其来地头疼。头疼痛得像是脑袋要裂开。我一个踉跄，险些摔倒在地上，几乎失去了身体的控制。我勉强把这些天收集的所有毒狼草种子都烧化在年轻男巫眼前。黑色的气息逸散开来，钻进他的眼睛里。他一声惨叫便跌坐在地上，干枯的手臂无力地拍打着地面。

我扇熄了年轻男人手中的火把，跳上马背和他一同骑在马上。

"快走，快走！"我大吼，昏迷过去的前一刻，看见了躺在地上的中年男子的脸。那是班柯。

8 旧事

好像又回到了那个冬天。

隐约听见了女孩的笑声，那是从远方传来的，穿越了厚厚迷障的笑声，轻巧得像是棉花糖，却溶解了所有的封锁，直直笑在了我的心上。

我变得又如同一个完完整整的人了。

二○一○年的二月十九号是那个冬天最冷的时候，但是我的心却像是泡在温水里。

"喂！奕学长！前面好像有白老虎啊！"我买好奶茶，转过身来的时候，郁娴站在几米开外兴奋地对我嚷着，"我早就想看白老虎了！快来快来！"

"好啦好啦，兴奋成这个样子。"我笑着走过去，把手上的奶茶递给她，"茉莉花奶茶，你中意的口味吧？"

"嗯嗯。"她接了奶茶，看也不看拉着我的袖子就往前走去，"去看白老虎啦。"

"怎么还和小孩子似的。"我有些无奈地嘟囔了一句。

"想到什么做什么就是小孩子啦？"她转过头来，笑靥如花，"那天下岂不都是小朋友喽？"

她深褐色的发丝从戴绒兜帽的缝隙里散落出来，在风里一曳一曳。阳光照在她微微翘着的睫毛上。双眼里盛着柔和的光芒，像是要溢出来似的。她的笑容洁白美好。

然而，画面破碎了。

"累了吗？你真的是累了吗？"我歇斯底里地怒吼，顺手抄起饭桌上那本诗集用力地砸在两人之间："还是你根本不在乎了！厌倦了！想卷铺盖走人了！"

书脊砸在郁娴毛绒拖鞋里的脚背上。她在我面前猛地蹲下身去。捂着左脚，盯住地面。好一会儿，她才慢慢地捡了那本诗集，站起身来。

　　"那，那就分开吧。"她哽咽了一下。

　　我愣着，看着她在昏暗的灯光下一瘸一拐，却又无比坚决地走回了自己的房间，关上门。

　　"怎么会这样。"我一瞬间被击溃，缓缓地坐在冰凉的地板上，喃喃自语，"怎么会这样。"

　　"你……你是说，郁娴去了你所说的麦克白的世界？"我背对着那个红黑框眼镜的男孩，看着窗外疯狂盛开的烟火。这场烟花盛宴的绚丽缤纷已经超越了任何一场我所见过的烟花。整个世界都洋溢着各色火花。热闹光鲜。

　　然而我的心是凉的。我面目的颜色随着烟花的绽放而不断变化，神色不安。抓着窗缘的手也开始颤抖起来。

　　"是的。她马上就要面临着一个孤立无缘的处境。而唯一能帮助她的人是你。"

　　"你将会成为三名巫师之一，那是书中最强大的人。你会强大得足以为她挡下危险。"

　　"但是作为获得强大力量的代价，你不再是完全的你，你的灵魂将会和巫师的灵魂融合……你还会失去更多。"

　　我心一颤。

　　灵魂融合……那我还是我吗？我还能有自己的意识吗……那样的我，还能帮助郁娴吗？

　　"没有别的办法了吗？要是想救她的话……"我有些艰难地开口。

　　"没有了。这是我唯一会做的。所以，做出选择吧，你更想要自我，还是郁娴。"

　　我转回身来。那一瞬间，外面喧嚣的烟火声消匿无踪。室内粉刷过的墙壁停止了不断变幻色泽，恢复了平常的白色。

"我……我要去帮他。"我鼓起的勇气支撑着我把这一句话说完，就消失殆尽。

"很好。"我看见男孩的嘴角淘气、得意的笑容，"那么，进入吧。"

"这波澜壮阔的，麦克白的世界。"

▌9 山村

"看不穿/是你失落的魂魄/猜不透/是你瞳孔的颜色/一阵风/一场梦/爱如生命般莫测/你的心/到底被什么蛊惑/你的轮廓在黑夜之中淹没……"

熟悉的曲调突然回响在我的脑海中，四肢百骸也逐渐回归了我的控制。我慢慢睁开眼。

"你醒了？"歌声戛然而止，一个声音传来。

我有些迷糊地抬起头，一张朝思暮想的面容出现在我的视线里。我瞪大了眼睛。

终于见到你了！郁娴！

"尊敬的法师，你能醒真的太好了！"那个男声传入我的耳中。

而这声音，竟是从那张形如郁娴的口中传出的！

我愣在那里。的确，这张脸和郁娴的面容无比相似，但是此人明显有着很多男性化的特征。他的胡茬，喉结和一身强壮的肌肉都无声地展示着他男性的身份。

男人？郁娴？这，这是？

那男人又开口，男性沉稳有力的声音在我耳中无比刺耳："尊敬的法师……"

"你是谁？！"我打断了他的话。话里质问的口气让我自己都有些惊讶。

"我叫弗里恩斯。尊敬的法师，您昨夜把我从歹徒手中救了出来，您还记得吗？"他回答着，神色真诚。

"你是……"我说到一半，又顿住了。本想直截了当地问他和郁娴有什么关系，但是猛地想起红黑框眼镜的男孩让我不要随意泄露身份的警告，稍稍思考了一下，转开了话题，"你有姐妹吗？"

"我是班柯大人的独子……并没有什么姐妹。"弗里恩斯说着，突然露出了一丝奇怪的表情，好像想到了别的事情，因而走神的样子。

"没有？那你就先去休息吧。"我突然有了不好的预感，这种预感一下攥住了我的心，让我有些呼吸困难。

"可是，尊敬的法师……"弗里恩斯又想说些什么。

"啊！我让你出去！"我突然暴躁起来，用尽全身力气对着他的脸一字一句地大吼，肮脏的牙齿在他面前展现得一清二楚，喷到他脸上的腥臭气息连我自己都闻得到："出！去！"

弗里恩斯被我吼得一阵头晕眼花，耳朵估计受到了损伤，失去了平衡的样子。过了一小会儿，他才稍微好受了点，一瘸一拐地走出门外。

看着，看着，他穿着软甲的背影竟然和记忆中那个夜晚里穿着睡衣的单薄身影重合了起来。我心里一阵不舒服。

"对不起。"我说道。他依然一步一步地往外走，没有搭理我。不知道是对我生气了，还是耳朵被我震伤，听力到现在还没有恢复。

我坐在床上发着呆。感觉着他走进一个屋子，一头栽在床上躺下。又过了好久，他已经睡着了的时候，我才从床上站起，冲出了房间。

村子不大，我只跑了短短半分钟就来到了原野上。我又向前狂奔了一小段路，因为体力不支而摔倒在地上。我感受到身体传来的一阵阵虚弱感，好一会儿才抬起头。一抬头才发现半天上挂着一轮巨大无比的满月。它的巨大甚至让我有了要被吸引过去的错觉。

而就在那个刹那，那个自从醒来就在我大脑里潜伏着的念头跃然而出，在一瞬间占据了我全部的意识。

如果弗里恩斯不是郁娴，他又如何会唱郁娴最爱的那首歌？

"命运！"我在阴沉中压抑了几秒，就猛地爬起来对着巨大的月亮，竭尽我所有的生力大吼，"命运！我要杀了你！我要毁灭你！"

月光下，我的身体摇了摇，跪在地上。我张口吐出一大摊秽物。

10　刺客

"唔……"我咬着自己的手背。眼泪在眼眶里越来越多，最终溢了出来。手臂和脸颊顿时温温热热的。还是一个小男孩的我站在街对面，看着那队穿着轻甲的卫兵闯进家里。砸碎所有家具，所有曾经陪伴着我生长的东西。然后拖出两个人来。他们头发散乱，可见的皮肤上都是血。我看不见他们的脸。但我知道……那是爸爸妈妈。

那是爸爸妈妈。

一道巨大的光把所有景象打碎，我双眼猛地张开。心脏还在兀自狂跳。

怎么……怎么又梦到这具身体的过往了。为什么即使我知道那不是我的父母，我还是那么在意。

"但是作为获得强大力量的代价，你不再是完全的你，你的灵魂将会和巫师的灵魂融合……你还会失去更多。"

又想起那个男孩说起那句话时候戏谑嘲讽的脸色，那个对于我生死丝毫不在意的得胜的笑容。他所饰演的魔术师在大剧院里那毫不做作的风度翩翩……可我也是人啊！即使你在另外一个世界，又或有什么影响人神智的鬼蜮伎俩，也不代表我就是你眼中的人偶，我……

"啊！你是谁！"弗里恩斯的声音在隔壁突然响起，竟像是受到了什么惊吓似的。我心一紧，忙冲入院子里。

一个穿着黑衣服的男子隐约立在弗里恩斯的窗下，左手正在举起，像是要用什么谋害于弗里恩斯似的。

那手抬到一半，却再也抬不起来了，倒是微微一颤，手肘处断裂开。那截断手就摔落在地上，迅速地变得灰白，没有流出很多血液。那穿着黑衣服的男人满脸恐惧地转过身来。月光下，我认出他是那天偷袭郁娴和班柯的刺客。于是，他的恐惧定格在了这个瞬间，而身体缓缓地散落，成了一地的碎肉。

"呕……"弗里恩斯出门一见此景，扶着门框呕吐了起来。

我看着他不断抖动的，健壮的背部，心里浮现出一种怪异的错位感。犹豫了一下，还是走过去拍拍他的肩膀。

"我，我没事。"弗里恩斯勉强抬起头，一脸的恐惧。而在看着我的目光里，还有着……憎恶?

11　赫卡忒召见

"你们这些丑恶得让人感到羞耻的家伙，速速来见我。"一个声音在耳边响起，一字一句都像是在漆黑毒液里浸泡过似的。

水盆里郁娴的影像溃散不见。我从床上站起，呼吸突然急促了起来。

赫卡忒？是赫卡忒？

我离开村庄前匆匆地给弗里恩斯施下了巫术，让他昏睡过去。

广阔的草原上雷霆交加，一道道粗大的闪电劈在不甚高的土坡上，却不见有雨。一股焦煳的泥土气息在草原上弥漫。轰隆的雷声从四面八方滚滚而来。震撼的声音像是要搏动我那沉寂的心脏似的。我站着没动，耳中满是轰鸣的雷声。

我的身边还站着两个垂着手，微微低着头的身影。是那年轻男巫和中年男巫。年轻男巫站在那里，眼睛看着地上，邪恶气息被收得一干二净。中年男巫动也不动地站着，再也没有平时见到的给人的苍老，死亡的形象了。倒像是一个恭谨的后生晚辈。

站在我们面前的，是一个怒气冲冲的女人。她有着并排长在肩上和脖颈上的三颗头颅，每颗头颅都留着长长的，糟乱的朱红色头发。她只在腰间围了一块一圈已经看不出原来色泽的衣物。脏兮兮的上身赤裸着，肌肉和脂肪推挤在一起。

"你们这些愚笨莽撞的巫师，未免也太聪明了吧！"左边的头颅忽然张嘴道，尖厉的声音穿越雷电制造的喧嚣击打在我们的鼓膜上。我看见她一口尖利的，杂乱的牙齿在雷电的闪烁下微微发光，"在没有告诉我的情况下，就这样用莫名其妙的话语把麦克白引进了生死之际。为了那样一个自私平庸的小子引发这个世界的巨变。"

我们三巫都低下了头去，一句话也不敢说。不同于其余二巫的是，几乎在赫卡忒开口的那刹那，我看见一个留着八字胡，前额无发的男人出现在她的身后。他的口唇随着赫卡忒的恶毒话语声微微翕动着。

这样的场景我曾经见过，正是在那个剧院里，看见的魔术师和他身后的小男孩。可那小男孩是作者，这个穿着怪异的男人又是谁？

"但是你们仍有机会为犯下的错误赎罪。"右边的头颅面无表情地说，声音冷淡，"你们准备好所有需要的魔法、器具、祭物。明天

清晨时候在阿谢隆的无底坑旁与我相会。麦克白会去那里求问他未来的命运。我去将今夜的冥月融化成最深沉的幻想。明日之日就是麦克白彻底失去回头路的时刻。他从此就会一心执着在他最殷切期望着的事物上。再也不通人情，不问它事，直到毁灭。"

"你们都知道，"中间的头颅开口了，与其丑陋恶心的面孔不同，她的声音竟然出奇的清亮好听，"你们诞生于鬼魂，那些厉鬼拥有你们的生命。但不要忘记，你们手中那些给人带来痛苦与灾祸的魔法却尽是来自我手。去吧，去吧。我的孩子们也在云上呼喊我的名字了。"

话音徐徐落下，赫卡忒身后的男人虚影消散不见。她也升上了云头，隐没无踪。

"她马上就要回来。我们开始吧。"中年巫师一脸阴沉地说。

我们点点头，凭空消失在草原上。

只是我心里依然迷惑着，那在赫卡忒身后的男人，到底是谁？

12　蛊惑麦克白

当我们将材料烹制好的时候，我抬头向外望去。

北风大作的时候没有人会愿意出门，尤其是在这遥远的北方土地。寒冷会掠夺走空气里所有的水分。风化作的刀子能让人的皮肤彻底坏死。可我却看见一名浑身被包得严严实实的人从山下的驿站一路艰难地攀爬上来。我看着他，即使隔了很远的路，视线被骤急的风雪阻隔，也能感觉到他身上隐隐约约散发出来的不安和激动。

　　那人进入山洞里的时候，他的外衣已经被雪和冰完全地覆盖了。可他却没有理睬那些附在身上的冰雪，而是摘下了包在脸上的围巾，一脸严肃地看向我们。那是麦克白。不知道是不是我的错觉，我感觉他的目光在我和中年巫师身上停留得更久，对于年轻巫师却只是一扫而过。

　　他开口说道："你们这些邪恶阴暗的巫师为何会在此地？又在图谋着什么险恶的事情？"

　　年轻男子突然开口了："我们把毒药，尸体和世界上最邪恶的时刻都熬成了一锅汤。希望能召唤出我们的主人，只为解释您的一切迷惑。我尊敬的王上。"

　　隐约间我突然感觉到中年巫师身上的气息一凝。那种衰败着走向毁灭的气息变得越来越强烈，以至于一直显得从容不迫的麦克白也下意识地后退了一步。

　　年轻男子却像什么都没有发现一般，转身面向了我们。我们三巫师正好将山洞里的那口大石锅围了起来。

　　"当乌云蔽日，血漫屋舍。亲子残杀，同胞相食，万鬼夺尸。以吾之名，百里游魂，时刻已到，速速现形！"我们低声念起了咒语，声音却越来越大，到了最后几句，甚至是用嘶哑的嗓音吼出来的。随着身体里的法力疯狂地流失，一个带着挪威军队头盔的头颅从锅中缓缓升起。

　　"挪威军士的亡灵？"麦克白见到这头盔，脸上露出了惊惶至极的表情。他咬牙切齿地说："你这该死的家伙，你要向我保证你所说的每字每句都是真实无误的。"

　　"以基督的名义起誓，我不会欺骗于你。"那鬼魂以低低的声音说道。

　　麦克白听了，却安下心来："那用你神妙的力量为我解惑——"

　　"不要说话，"年轻男巫出口打断，"它知道你所想，只听着就好。"

　　"每日的寝食不安焦虑忧愁都来自你的罪恶。小心麦克杜夫。小心马尔康的反噬！"鬼魂喃喃自语着，又沉进了锅里。

锅里又是一阵翻腾，火光闪烁着麦克白阴晴不定的脸庞。

一名血淋淋的婴儿从锅中爬出。

"麦克白！麦克白！尽情地享受所有的生活吧！以你伟大的神力，在那些被女人生下的凡人中，没有一人能伤到你！伟大的王！"婴儿邪笑着，翻身又回了锅中。

"如此的话，安逸地活下去吧。没有人能伤害我。"麦克白自言自语着。

一名头戴荆冠，手持焦木的小孩从锅里站起。他抖了抖身上的秽物，看向麦克白。即使他的头被荆棘刺破而流血，却仍是一副高贵的神情。

"喔，你看起来要比他们可靠得多，那么请告诉我吧，我的未来。"麦克白说道。

小孩看了看麦克白："一日伯南森林没有来到你的城下，你就能过上一日的幸福生活。"

"这样的答案真让我舒心。恐怕只有至高无上的神祇才能号令森林移动吧。"麦克白听得，好像完全安下心了。又不见有新的鬼魂从锅中出来，便包上围巾，行色匆匆地离开了。

我们却依旧站在那里没有走。几刻后，一阵阴风大起。锅下的火瞬间熄灭。整个山洞陷入一片漆黑。

赫卡忒的声音响起："你们做得很好。看来他完全地相信了我所幻化出的那两只鬼魂。至于一开始出现的那个挪威军士的冤魂，就放他去往冥河吧。"

话音一落，就有一声幽幽的男人哭泣响起。逐渐地消散。

山洞陷入寂静。

13　若此事一了

我看着桌子上的那件东西，愣住了。

昏暗油灯下，有一顶魔术师常戴的礼帽静静地被放置着。

"啊！"从侧厅走来的弗里恩斯看见我，低声惊呼一声，"你……你回来了啊？"

"这顶帽子是谁的？"我顿时脊背发凉，一种巨大的恐惧瞬间攥住了我的心脏。来自不知名处的危险在一瞬间把我的心理防线击溃了。看着弗里恩斯一副心虚惶恐的样子，我感觉一股热血冲上头脑。

"这是谁的帽子！这是谁的帽子！"我对着他大吼。

"这……这是隔壁史蒂夫先生家的！"弗里恩斯忙不迭地说。

"不可能！隔壁的房子已经八个月没有住人了！这不可能是什么所谓史蒂夫的帽子！"我怒吼着，感觉双目要夺眶而出。

"作者，作者，作者！一定是他！他为什么又出现了！"我怒吼着，一拳砸在木桌上，桌面瞬间被击出一个边缘漆黑的空洞，"为什么啊！又要毁坏我的生活吗？明明都要结束了！明明都要结束了啊……"

我咆哮着，抓起了那顶帽子用力地撕扯着。那帽子在我的手爪下不断变形。我嘴里吐出的黑色毒液也不断落在帽子上，可毒液的浸泡下，那帽子仍是崭新依旧。仿佛根本不可能被破坏。

我用力地把帽子砸在地上，又疯狂地踩着，怒吼着，心里却是冰冷的绝望："不可能啊！不可能啊！他还想弄什么！我明明都找到她了啊！我明明都找到她了！不可能啊……"

礼帽在我的踩踏下，不断地变形，扭曲。又瞬间恢复成原来的形状。我突然觉得脚下一空，那礼帽竟然一弹而跳开了我的踩踏范围，缓缓地落到门外，被一辆偶然路过的马车一卷，离开了我的视线。

我忙追出门，结果不仅是礼帽，连刚才那马车都消失不见。路上冷清空荡，哪里有人迹的样子。

我颓然跌坐在路中间，心里万念俱灰，甚至不知道做些什么。

"巫师大人……"弗里恩斯走出门来，对我说道。

"我没事，不用理我。"我低声说。

他摇了摇头，咬了一下嘴唇："你可以带我去苏格兰王城吗？"

那个瞬间我几乎以为郁娴又出现在我面前。那是多么熟悉的动作。他咬着嘴唇的样子居然和郁娴一模一样。我张了张嘴巴："你是郁娴吗？"几个字几乎就要脱口而出。可这时，我脑海里突然又回忆起那小男孩冷冷的声音。

"切记不要随便暴露出自己的身份，否则会付出大代价——违反规则的人，都不会落得好下场。"

我低下了头，沉默了一会儿，轻笑一声："苏格兰的王城吗？总觉得这就是最后的结尾呢。我不知道，我也不想再被玩弄下去了。此事一了，我会给你一个惊喜的，弗里恩斯。我会给你一个惊喜的。"

三日之后，我和弗里恩斯并肩站在伯南森林里。巫术的遮掩下没有人可以看见我们，我们却可以把整个场景尽收眼底。月光的掩映下，数万的士兵正在小心地潜行。在这片辽阔的大地上，他们如同无数蠕动的虫豸一样接近着目标。我看见在不远处的一座小山后藏着一座数十米高的巨大投石机，在暗中隐约透露着危险的压迫力。而在离那座小山和伯南森林旁不远的空地上，一座高耸的城堡稳固地立着。城墙上的每一枚砖瓦都在月光下默默地闪烁着凛冽的寒光。

"我感觉到那两人的气息了。"中年巫师低沉的声音在黑暗的山腹中回荡。

"那就一起来吧！"城堡里年轻巫师的双眼像是被火把点燃了一般激动地闪烁。

"最后的结局吗？"我默默地想着，看见身旁的军士摘下了我肩膀旁的那根枝条，把它插在了自己的衣服后颈的地方。

我看见了他的命运。

14 作者们和不幸

　　马尔康带领着的军士借着身上树枝和草丛的掩藏，直到距离城市五百多米的地方才被发现。那是城墙上弓箭攻击不到，军士又可以很快地开始部署进攻的绝佳距离。每一位英格兰士兵都默默地抬起头，看着这座在冬风中岿然不动的巨大城堡，这座苏格兰的王城。对于他们来说，这是一场道义上无可避免，而不被真实需要着的战争。

　　"残酷无仁的暴君麦克白，我回来了，上天的惩罚终于要降临在你的头上了！"为首的一名披着厚重盔甲的年轻人骑着骏马，不紧不慢地从伯南森林行到了自己的军士中。冷冷的眸子里是仇恨的光芒。

　　"怎么可能！你这丧心病狂的人莫不是在欺骗我吧！如果世间真有神灵，又怎么会让本该根植于地的树林生出脚，来到我的城下！"城堡中的麦克白被人从睡眠中唤起，听了将士的禀告，脸色霎时苍白无比。

　　年轻男巫轻笑着从门外走入，对着仍在床榻上的麦克白说："尊敬的王上，那些只是怀揣着敌意，带着伯南森林中树枝的英格兰军士而已。他们是想借城堡外的草地来掩饰自己的存在。还请陛下不用太过担忧。倒是我感觉到那些原与我相同的巫师来到了城外。"

　　"有你在的话，真是让我安心一二。"原本惊骇得不知该做什么的麦克白在听了年轻男巫的话以后，惨白的脸面借着橘黄色的灯光浮现出了些血色，"那我们该怎么办？你一人之力可能与两名巫师相抗衡？"

　　"平时当然不行，但是承蒙您的赏赐，我用魔法净化得了一千死士。他们都力大无比，悍不畏死。在他们的帮助下，我倒可以与那两名巫师周旋一二。接下来的胜败，就看您的指挥了。"

　　"好！"麦克白猛地站起身大笑着说，"若是与凡人相斗的话，没有人能够胜过我！来把这群低贱的乌合之众赶回爱德华的领土里去吧！"

我和弗里恩斯依旧站在伯南森林里，看着这片不甚辽阔，却危机四伏的战场。

"弗里恩斯。"我突然说道。

弗里恩斯微微颤抖了一下："怎么了，尊敬的巫师大人。"

"是别人让你来到这里的吧。"

"啊？不是，没有人让我来这里。"弗里恩斯神色不安地说。

"嗯，我知道了。"我原本怀抱着的那点希望也消失无踪，"看战场。"

城堡上涌现出越来越多的，手持弓箭的军士。无数被准备好的大块落石也被运上城墙。每个人都在快速地就绪着，却没有一个人说话。城下的英格兰士兵也沉默着一言不发。整个天地间仿佛只有风在呼号。双方好像都在等待着什么。

突然，一个声音从天空上滚滚传来，炸响在每个人的耳边。仔细听，竟然是赫卡忒的三颗头颅在一起猖狂地大吼着。

"哈哈哈哈！所幸没有错过这一场好戏！大不列颠岛上的权力更迭，三位欧洲最优秀的巫师都聚集于此，一定会是一场精彩纷呈的演出！"

"我还给你们带来了一份意想不到的礼物！这是我用剩下的冥月精粹和以往积蓄的腌臜调和成的汤剂。服了它可以让你短暂拥有可以与我比肩的强大法力。"

"我就把它置于城外两百米处了。你三人若是想要便去取吧！但是不要忘记，在锅上的那只沙漏漏完之后，锅就会沉入地底。哈哈哈哈，我还真是期待这一场战役的结果呢！"

话语刚落，一道巨大霹雳便狠狠地劈在了地上。光线之强，即使我下意识地一闭眼。而当再睁开的时候，那焦黑一片的地上已经有了一口沸腾着的锅。锅里散发出的恶臭瞬间弥漫在整片大地上。

"那汤剂是……"我惊讶地瞪大双眼。那汤剂里蕴含的邪恶法力让我都心动不已，若是服下其中的十分之一，恐怕我也能拥有发动一次那些上古禁术的力量了。那种力量的恐怖难以想象，施展起来甚至能毁灭一座小山脉的。那从来就不是人类，鬼魂，或是巫师能达到的力量。能掌控它的，恐怕只有天上的神祇了。而那两名彼此对峙着的巫师，恐怕也会为了这份药剂大打出手吧。

"那是什么！"一声惊怒的尖叫突然划破天地！弗里恩斯猛地捂住双耳，一副痛苦的神情。恐怕是被震得不轻。城堡的围墙上顿时乱成一片，有些人痛苦地捂住双耳，有的人扶着墙昏昏沉沉，但是更多的人一脸恐惧地看向城外一座小山旁。

那架近二十米高，让人勇气荡然无存的投石机正缓缓地从小山后面挪出。即便是阴天，投石机那金属构造成的庞大骨架也隐隐约约地闪动着光泽。投石机很快调整好了位置。大量的一人合抱的巨石被填装上发射器。那一刹那，投石机迸发出一种史前巨兽才有的可怕压力。

"锻造出这样强大的攻城器械，可耗费了我不少法力呢。"站在投石机旁的中年巫师不自觉地说道，透露着几分自得。

"我们投降吧，我们投降吧……"城墙上的麦克白额上汗珠不断滴下。藏在背后的手不自觉地抖着。

整个天地间似乎连风都停了，所有人的注意力都放在了那让人惊惧无比的投石机上。

"都给我上！"隐约听见城堡那边传来一声大吼。城门大开，一队手持利刃和圆盾的死士鱼贯而出。他们刚一出城，连队列都不整便冲向了那锅赫卡式的汤料。奔跑速度竟然和马匹相不上下。

而先前潜伏在草丛里的英格兰军士也纷纷怒吼着冲出，直奔汤剂而去。看起来像是要组织苏格兰死士为年轻巫师取得汤剂。

苏格兰死士早一步到达汤剂处。近千人就将那口盛着汤剂的锅严严实实地护在中心处。几人快速地用水壶，头盔盛取着汤剂。剩余的人瞬间和接踵而至的英格兰军队兵刃相接上了。这些死士个个都沉默着，却杀伐果决。一举一动中都有着久经沙场的干脆和刁钻。纵使英格兰军士数量众多，却也奈何不了这些悍不畏死的强大对手。

锅上的沙漏落沙的速度很快。苏格兰死士仅仅盛取了少许，便一副快要落完的样子。

我站在森林里，看着从未见过的惨烈的拼杀，看着那些血液溅落在土地上，看着锅里沸腾的汤汁，看着城墙上苏格兰人惶恐的脸，心突然沉了下去。我又想起了那个男孩说的话。

"那么进入吧，这波澜壮阔的，麦克白的世界。"

这样的世界，真的是我应该来的地方吗？

突然听见嘎吱嘎吱的声音隐隐约约地响起。竟看见那巨大的投石机已经填充完毕。那盛满大石头的发射器缓缓地后仰着。整个机械都发出不堪重负的响声。那发射器后仰着，后仰着，忽地一顿。下一刻，便看似笨重而缓慢地回弹而去，十多块大石被轻飘飘地甩了出去，直砸向空地中央那座城堡。

我隐约间看见城头的年轻男巫正挥舞着干枯的手臂吼叫着什么咒语。而那些巨石竟随之沿着一道道诡异的痕迹，险之又险地避开了城堡，纷纷砸落在城堡旁边的地上。它们落地的瞬间，即使是远如伯南森林的地面都震颤着，扬起的尘土几乎达到了城墙顶端的高度。尘土落下后，竟看见每一块石头都砸出了数米深的坑。年轻男巫神情顿时委顿下来，身边的一个侍女急忙上去扶住他。

这时，空地上的锅下已裂开了一道巨大的地缝，汤锅缓缓地下滑着，再也不为人所能触及。那一队苏格兰死士也死伤大半。保管着汤剂的死士纷纷向城堡大门狂奔而去。

身旁的弗里恩斯自言自语着："就这样，要结束了吗？即便那年轻男巫得到了那些汤剂，他也不可能以一人之力抵抗整支军队。"

"未必，"我摇了摇头，"巫师的强大不是你所能想象的。尤其是他服下了那样可怕的补药。未必不能与这些英格兰军士一拼高低。"

弗里恩斯有点畏惧地看着我，没敢说什么，只点了点头。

我暗自轻叹一声，想着："你恐怕就真是郁娴了，我又怎么能用这样的态度一直对你？等这件事情一结束，哪怕会被作者迁怒，也要将我的真实身份告诉你。哪怕能有一秒让你意识到我的心意，我也心满意足了。只是你变成现在这样子，实在是……"

忽然间，那股嘎吱嘎吱的声音突然又响了起来，我猛地一扭头看向那投石机。它竟在极短的时间又准备就绪。只听见咔嚓一声，那巨大的投石臂一个摇摆，又是十数块大石向城墙砸去。

年轻男巫一把推开了身边的侍女，一步跨向前，双手紧紧抓着城墙边缘。他的指甲翻起，黑色的血液从伤口处流了下来。他却恍然不觉，声嘶力竭地吼叫着原先那段咒语。

可这一次，巨石只是向外稍微偏移了一些，仍然狠狠地撞在了城墙上。以城墙的厚度根本无法阻止丝毫。每一段被波及的城墙都瞬间垮塌。墙底下原先站立着的士兵被掩埋在了砖瓦之下。

那看似坚不可摧的城墙，就这么被破出了数个洞口。

而年轻男巫的施法并非丝毫用处没有，至少麦克白与他所站的那一段城墙完好无损。可城下的英格兰军士都呐喊着通过城墙的破口冲了进来。

城墙上麦克白的脸色在远方传来的中年巫师的笑声下变得越来越差。他翕动了一下嘴唇，说道："我们还是投降吧。"

"我们……"年轻巫师的脸色也变得糟糕之极。

可下一刻，年轻巫师就异常愤怒地大吼着："你认为英格兰会接受你的投降吗？我们已经根本没有一点抵抗能力了！只有在现在和他们做最后一搏了！只要我杀死敌方的巫师，我就可以轻易把下面那些士兵杀死。苏格兰的王，不要失去了你的尊严！不要忘记凡是女人所生的人就无法伤害你！"

说完，他看也不看一旁的麦克白，接过身边死士递上的腥臭汤剂大口地喝下。刚一服下汤剂，他的脸色马上变得铁青无比。一阵阵的头晕眼花袭来，让他有一种要马上昏死的感觉。

年轻男巫强抑着要昏厥过去的冲动，勉强地站稳了脚步。少顷，他竟然张口大笑了起来："居然是这样强大的力量！我居然……感觉我能把天捅破啊！"

话语刚落，一颗闪耀着的光球在他的手中凭空生出。并且随着他的摆弄不断增大了起来。

年轻男巫肆意的表情随着光球的出现和增大逐渐变得严肃了起来，他接着摆弄着那个光球，光球逐渐变得越来越大，越来越大，哪怕——他已经不希望这个光球再增大了。恐惧突然爬上了他的脸庞，豆大的汗滴不断落下。他努力地控制着那个光球，但是丝毫没有效果。

"为什么！为什么会这样！"年轻男巫撕心裂肺地大吼一声，双手从光球中抽出。把光球往中年巫师的方向勉力一推。一闪身就出现在了城堡另一端的城墙上。下一刻，飞到一半的光球竟沸腾了起来。

我只见一道白光猛地在天空炸开。整个世界都没有了声音，一层又一层的涟漪从光球中心荡漾出来。一股强大无匹，却又虚无缥缈的冲击力横扫过这片大地。当我被击中的时候，我感到浑身一紧，身体仿佛开始枯萎了起来似的。

我无声地怒吼着，紧紧地抱住了弗里恩斯。全身的法力都喷涌而出，抵挡着那道巫术的侵袭。那冲击波如同无穷无尽一般一浪又一浪地打来。我的护体法力仿佛是惊涛巨浪中的一团微小的萤火，仿佛下一刻就要被冲击消逝似的。

法力干枯了的疲惫感侵袭着我的头脑。我下一刻便昏了过去。

醒来的时候，我看见了半残破的城堡无声地立在寂寥的大地上。视线所能看见的地方连草木都消失殆尽。暗红色的土地裸露着。寒冷的风轻轻地割着我的皮肤。如同小刀。弗里恩斯躺在我的身边，已经变成了一个有着丝丝缕缕白发的中年人。

手脚已经萎缩，只剩下一皱纹遍布躯干的年轻男巫躺在地上，而那中年巫师根本连气息都感觉不到一丝了。根本没人看得出，不久前，在这样一块毫无生机的土地上有一场数万人参与的战役爆发。

"为什么啊！为什么会这样！你这个骗子！骗子！"年轻男巫忽然吼出声来，让我惊惧的是，他竟说着一口纯正的、根本不应该出现在这里的中文。

"怎么会这样！你不是告诉我这里有着无数权力和荣光吗？你不是告诉我这里有着世界上一切的财富和宝藏吗？你不是告诉我这是一个跌宕起伏强者为尊的世界吗？怎么会变成这样！怎么会变成这样！我抛弃了那么多……"他怒吼着，哭诉着，身体无力地扭动，声嘶力竭。眼泪不断洗刷他肮脏的面庞，落在土地上。他的声音越来越小，最后变成了呢喃。他也躺在地上一动不动了。

"骗子，为什么会这样……"

赫卡忒的身影突然出现在我面前，三颗头颅上都露出了那种似笑非笑的嘲讽表情。那个秃顶的中年男人身影在她身后浮现。

"这是一个充斥着悲剧的世界。但凡发生在这个世界里的事物都不会有善终。你本是带来灾祸的使者，现在却成了悲剧的主角。"她中间的头颅似笑非笑地说着。

硬底皮鞋跟的声音响起，那个曾在梦中出现的魔术师走到了我的面前。他还是那副风度翩翩的微笑，衣服一尘不染。他没有看向我，反倒是打量起了赫卡忒和她身后的中年男子虚影。同时，魔术师的身后也出现了一个戴着红黑框眼镜的小男孩。

"我真是，真是荣幸能在这里见到你。莎士比亚阁下。"魔术师一如既往地微微笑着，他身后的红黑框眼镜的小男孩却显得有些激动。

赫卡忒却没有理会他，仍是一脸似笑非笑地看着我。仿佛根本没有人和他说话一样。

"唉。我知道我是不可能真的用着平台和您说话了。毕竟这已经是在您死去之后的四百年了。"男孩子却是预料之中似的叹了口气，"其实我能解决您《麦克白》里，麦克白被一个剖腹产的男人杀死，我真的感觉很骄傲啊。毕竟即便是剖腹产，也是来自于女人啊。巫师的生命源泉却都是来自于鬼魂。这样也算是不伦不类地从另外一个角度来述说了您的故事吧。很抱歉把您的故事搞得一团糟。"

魔术师转头看向我，仿佛在打量他最骄傲的造物："你好啊。我故事里的主角，这一次算是正式和你说话了……很感谢你能在我的故事里出现。也很抱歉对你做了那么多的事情。可是也许这就是你的命

147

运吧。谁都会被命运主宰，哪怕是我也一样呢。所以不用担忧，这一切也许都是冥冥之中某个人的安排吧。"

赫卡忒身后的中年人虚影突然消散了。赫卡忒也皱了皱眉，一声不响地离开了此地。

魔术师却没有半分惊讶的样子，转头对缓缓苏醒的弗里恩斯说："弗里恩斯，或者说郁娴，你还想恢复你的身体吗？这是你唯一的一个机会了。"

郁娴！弗里恩斯果然就是郁娴。可是为什么那红黑框眼镜的小男孩看向她的眼光，是那样的不舍，怜惜……和爱慕？这个男孩和她有什么关系？

"按照我教你的办法，你还有最后一个机会能够恢复，能够离开这里。"

弗里恩斯点了点头，来到我的身边，跪坐下来。

"对不起，真的对不起。但是他对我真的很重要。我要回去，我要找回他。"她哭着，眼泪滴在我的胸口上，她把手放在我的头上。

霎时间，身体内所存不多的法力疯狂地向她的双手聚集去。我的身体逐渐干涸起来。我的视线逐渐模糊着，直到再也看不清楚她的双眼。可我能感觉到那具中年男人的身体逐渐变化着，变年轻，变得阴柔。最终，她又成了我记忆中的那个她。深褐色的发丝从戴绒兜帽的缝隙里散落出来，在风里一曳一曳。但是没有了阳光来照亮她的美貌，她的脸上也不再有笑容。

我的视线持续地模糊着，我想大喊出声，我想告诉她我是谁，我想告诉她我也还爱着她。但是我做不到了，身体里生机的流逝带走了我最后的力气。就在失去意识的边缘，我又想起了那男孩戏谑的笑容，还有他不甚成熟的声音。

"你将会成为三名巫师之一，那是书中最强大的人。你会强大得足以为她挡下一切危险。"

"但是作为获得强大力量的代价，你不再是完全的你，你的灵魂将会和巫师的灵魂融合……你还会失去更多。"

"所以，做出选择吧，你更想要自我，还是郁娴。"

结束了吗？在这片大地上？
真是个悲剧的世界。

2013年6月14日
于多伦多

一起搭档的日子

我写这个故事的时候，已经在一年的尾声了。我不知道我写这个故事到底是不是为了纪念什么，或者歌颂什么。但是我在一个月没有她的音讯，却又突然接到她电话的那个瞬间，我觉得我应该写点什么。为了我们在一起搭档的日子，为了她和我自己这段青涩有余，成熟不足的时光。

＊　　＊　　＊

　　那年暑假前，我加入CISCA是应了溜儿的要求。他那天一脸神秘地告诉我说有一个这样的留学生俱乐部。整个多伦多地区最顶尖的私校留学生都在里面。

　　"是吗？好啊好啊。把我加进去。"我笑着点头答应。

　　和想象中的不同，群里只有二十多个人，却很热闹的样子。三四个人在聊天调笑。看起来都是相熟的朋友。我认出来了一个是我们学校的校友。一个是在A校的朋友。很多人都叫他老大或者皓哥，在今年年初刚来多伦多的时候和他见过两面。他叫林缪皓。他和溜儿在我来多伦多之前就是很要好的朋友。一年后他转去了A校。溜儿来到了S校，认识了初来乍到的我。

　　"群主可是大美女。"林缪皓和一人说，似是注意到了我新加进来，"Michael。把群名片改一下。"

　　"艾艾快出现。"有个叫Iris的女孩子说道。

　　"Iris你终于说话了！"P校的Emma回复，很是激动的样子。

　　有趣，真是有趣。一年后的我查找聊天记录的时候，溜儿，耗子，艾玛，这三个人居然同时在我的最早的一页聊天记录里出现了。当时的我不知道这样一根小小的幼苗在日后是如何成长，在我的生命里不断扎根。从根本上改变了我一年里的生活。

"Iris你终于出现了太好了。"Emma和Iris都来自于一所学校，应该是相熟的吧。

"大庭广众之下"Iris说道，像是要开什么玩笑的样子。

"艾艾，我能不能拿你的照片去宣传。据说像你这样的，一天加一百个不是问题。"林缪皓插嘴说道。

"真的那么漂亮么。"我打字。

"大庭广众之下。"Emma也说道，却不像是开玩笑，"你要不要我最后再警告你一次。"

"好吧，艾艾。"林缪皓回复。

"S校的男孩子。"Emma说道，"我能不能问你们一个问题。"

"男校基佬多。"溜儿直接回复道。

"好吧，我还没问你就回答了。"Emma也不知道是无奈还是好笑。

那天我看着他们聊天，群里有A校的，P校的，渥太华一所学校的，还有我们S校的。我就在旁边看着，感觉新鲜好玩，不时插一句嘴。

两天后，群里吵起来了。

是林缪皓和Emma，有关一个C校的女孩子。那个女孩子是看到CISCA的宣传以后加进来的。Emma把她踢出了群。林缪皓就和她吵了起来。那天吵得很凶，其实是对群的发展问题，慢慢上升到了人身攻击。不仅R校九年级的小学霸李斯特试图人身威胁林缪皓，被林缪皓反呛一口，连几天来一直很淡定的Emma都对林缪皓说："请别叫我什么艾艾。"整个群里火气大得很。我却没怎么在乎。以前在各种QQ群吵得再狠的都有，不觉得有什么。只在能插得上话的时候不咸不淡地说两句，稍微调节调节氛围。

那天晚上，我刚从浴室里出来，一边用浴巾擦头发一边打开电脑。我看到Emma的头像闪动的时候，我还以为是我眼花了。

"教授，我想和你谈谈群的发展问题。"

教授是我二○一二年就有的外号，如果说起来，应该要比那位来自星星的帅哥要早一点儿。不存在抄袭剽窃的嫌疑。溜儿开我玩笑的时候经常这样叫。我也把群名片改成了这个。

当时的我蛮讶异的。但是因为自己在外面也有组织一个以QQ群为基础的，有志青年的组织。我聊起一些基本的东西还是有条有理。却发现这个叫作Emma的女孩子比我想得还要深入。我和她说，作为一个认真发展的组织，不应该只在网上做宣传打广告，或者希望群友拉新人进群。而应该多做一些活动，培养口碑。如果之后群友愿意带自己学校的同学来，那就是我们的新成员来源了。就算他们不在QQ群里也没关系。毕竟多伦多的华人学生也不是每个人都用QQ甚至网络社交软件的。

不料她想得比我还深，不仅想到了我们举行活动的可行时间，还有几个活动方案。她居然已经在考虑管理层的问题。我和她说，我们只有28个成员，还不需要马上考虑管理层的问题。她却很认真地告诉我，这是几个人一起的一个组织的团队。如果我们要招新宣传也好，组织活动也好，管理层都可以把方案拿出来让大家投票，然后把所有的细节管理好。

"比如如果你和我和林缪皓是管理层，那么我们要做到不是让大家决定去哪里滑雪，或者去住哪间酒店，而是基于大家的意愿，做出来一个半成品，再给大家看。"她打字的速度飞快。

我其实在心里已经认同了她的想法，于是调笑说："那你和林缪皓当管理层很棒啊。Emma我能当你秘书吗？"

"当然没问题啊。"她说，"说是秘书，其实也不存在。其实我们就是搭档。我们彼此也要磨合不是么。"

"等等，搭档，磨合。好像很专业很高大上的样子啊。不就是一起工作么，搭档不搭档有什么不同么。"

"关系比较铁，哈哈。"

之后我们俩的策划，宣传，好像都是在我们俩之间商量好就直接进行的了。回了国以后的一整个暑假，我在广东，她在贵州，但是她也总是打电话过来和我讲CISCA的事情。我们两个就慢慢地一点点宣传，一点点构想。我给她看我的小说和视频，她也偶尔给我讲起她想申请的大学和她那些优秀的朋友。

我们的宣传不顺利。在百度贴吧发的帖子没有太多人回复，毕竟我们这类学校在多伦多地区也只有十几所。在百度知道上的广告式回复也因为没有太多合适的问题而不成功。她有时候和我讲起她观察国内一些补习机构在网络上的回复，而产生的感悟，有时候我给她讲我的想法，说拉人的效率不高，总得先把自己的活动搞好了。群成员自然会邀请朋友参加我们的活动，那时候，没有什么正式手续，但是那个朋友已经是我们的新成员之一了。

我有时候和林缪皓也聊。有次他告诉我他一个哥们送了他一块金丝楠木料，如果做一个手串出来还有足够的木料，也给我做一串。我就觉得他也挺仗义的。

总之就这么慢慢地，慢慢地。在第二年的暑假，我又回到了多伦多S校。这一次，以一个老生的身份。CISCA也有了四十五人。

已经算是不错的成绩。

* * *

多伦多十月份的太阳远远没有国内我所感觉到的强。气温更是已经入秋很久的感觉。我站在路边的一个公交车站旁，把穿在外面的浅灰色羊绒衣推成了半袖，两只手插在牛仔裤的口袋里。感觉到风从道路的一头吹到另一头，把我的头发吹得立起来飐抖。

我在小的时候看书，说世界上最长的街道是北美的央街。没想到八年以后我真的站在这条街道上，展开我的生活。这是我八年之前怎么也想不到的。只能感叹世界上发生的事情真是让人捉摸不定。

"哎，你怎么在这！"一辆公交车在我面前停了下来，溜儿站在公交车里，一脸惊讶。

"你先下来。下来了我和你慢慢讲。"我说。

"什么？"他有些迟疑。

"你先下来。"

溜儿一咬牙跳下来。车子关上了车门开走了。

"你怎么站在这里？你不去CISCA的见面会么？"溜儿揉了揉鼻

子，问道。

"先说说你吧，你不是去找耗子么。"耗子就是我们混熟了以后，艾玛给林缪皓取的外号。

"皓哥他不知道搞什么。我打电话找他，他一直说他马上好。我在街边等走一辆又一辆公交车。我每次打电话他都说他马上就好。后来我心里大喊一声操蛋……"溜儿就一直嘴碎碎地开始念。我也不说话，只是笑着点头附和。

"你怎么在这儿。"溜儿说累了，就揉揉鼻子，看我。

"艾玛说我快迟到了。找了辆车来接我……"我刚开始说，手机就响了起来。我耸耸肩，接起了电话。

"喂，教授。他到了没有。"那边传来熟悉的声音。

"没有呢。对了，一会儿怎么称呼他。"

"就叫司机叔叔好了。"艾玛说。

"嗯。好。"我点点头，突然又想起她看不见，"你那边情况怎么样？"

"这里好多人都迟到了啊。"艾玛似乎有点儿急。

"没事儿。来得差不多了就开始吃。吃到几点算几点。"我笑，"你选的饭店，肯定待着挺舒服的。"

"那当然。我之前可是专门考察过的呢。"艾玛俏皮的声音在电话那头响起。

我又和她讲了两句，挂掉了电话。

"我们坐车去？"溜儿问，"你认真的吗。这里打车去唐人街我们吃饭的地方起码也得一百加币。你付车费啊？"

"应该是艾玛在多伦多认识的一个司机。"我说，"好像不要钱。"

"我勒个去。艾玛的司机。"溜儿嘟囔，"真是土豪。"

我笑了笑。

没过多久，一辆普普通通的白色四座小车在我们面前停了下来。

"我还以为是林肯加长呢。"溜儿吐槽。

"扯淡。"我说。看见司机摇下了车窗。

坐在驾驶座上的却是一个年轻的女人。她身边放着一只不少中国阿姨们经常喜欢带着的LV包。

"上车吧，唐人街的三国坛火锅店对吧。"

"是的。阿……姐姐好。"我点点头，和溜儿一起上了车。

一路上都没有怎么说话。我很少去多伦多市区，一路上就看着车窗外的树木房屋。大概用了五十分钟，我们在唐人街一家火锅店的门口停了下来。

"进去吧？"溜儿说着，走在我前面进了火锅店。

火锅店分为两层，第二层在入口的正上方，所以当我找遍了整个第一层都没有见到艾玛一行人。我正想给她打电话的时候，就听见身后有人喊着教授教授。

我一回头，看见她站在楼梯上，扎着马尾辫，穿着一件深蓝色的衬衫，兴奋地挥手。

那是我第一次见到我的搭档，艾小玛。在那之前，我总是不知道为什么百般逃避和她见面。而在这时，我终于和她见面了。这种对一个女孩子熟悉而陌生的认识，仔细想想总是很有趣的。现在的我没有办法描述当时是否是"好像愣了一下"或者"突然被她的样子惊艳到了"。因为我完全已经记不清楚当时的感觉了。我只记得我和溜儿走过去。我一米七五，她只比我矮一点点。

她伸出手说："终于见到我的搭档了。"

我看着那只手，按照以前学习的礼仪想只握住手指，却被她一下抓住手掌，摇了摇。她的手不像以前我打交道的那些男孩子的有力手掌，是软软的，却让我跟着她的节奏摇晃着手。

回过神的时候，我们已经到了那几张桌子边，她正让我坐在她旁边的那个位置。我仔细看了看已经到场的大概有十三四人，发现男性居多，几个是我邀请进来的成员，几个是S校的同学，还有几个艾玛的朋友，还有几个不很眼熟的，可能是A校的朋友。我很快地看完了所有人，应和着艾玛坐了下来。

我坐在了艾玛身边，身体因为紧张有点儿僵硬。溜儿坐到了S校一群男生之间。艾玛开始和S校的男生寒暄，说话很是娴熟得体。让人感觉亲切却又不失稳重。

可能是因为性格的问题，我不常面对面地和女孩子打交道，更别说直接坐在一个如花似玉的大姑娘旁边了。即便艾玛比我大了一岁半，我还是感觉浑身不舒服。一时半会儿也不知道说什么好，只好静静地听。

艾玛突然扫了我一眼，说道："看起来人也来得差不多啦。这次大家都是第一次见面，刚才在那么短时间里也没办法认识所有人，不如做一下自我介绍吧。"

大家却都没有说话，还在静静地等着什么。于是艾玛很快接着说："那，从我右手边开始，顺时针绕一圈吧。"

坐在她右手边第一个的就是我，这里大部分的人都认识我，我也没什么好紧张的，于是就站起来。

"我……"我摊摊手，"就是教授。"

有些人笑了，我像是受了些鼓励，于是又说道，"现在在S校读十一年级。来自广州。嗯，男，未婚。"

大家又笑，我也咧着嘴笑着坐下。于是按我给出的模板，接下来的大家也一个个简单地自我介绍了自己的名字，学校和国内所在的城市。

大家自我介绍完，又是一片安静，也不见有人说话。和我有目光接触的都只是微笑，却不说话。我心下焦急，却见艾玛想了想，说："林缪皓呢？"

"那家伙。"溜儿揉了揉鼻子，说道，"今天一大早我就去他住的家庭旅馆附近等他。他一开始就说他快好了。我看车站的显示牌上说下一班车还有五分钟，我就安心地等，结果车远远地来了都没看见他的人。我给他打电话，他那边安静得不得了，他还不紧不慢地说他已经出来了，还看到车子了。当时街上一个人都没有。我当时就怒了，皓哥，我要和你谈人生！"

他当时表情特别夸张，一副怨念的口气配上碎碎念的语调，引得众人哈哈大笑。

　　"那好，不等他了。"艾玛乐呵呵地一挥手，"火锅自助餐，大家去拿喜欢吃的东西吧。"

　　我坐下来，小心翼翼地从锅里捞着煮好的食材吃着。看着我一个同校的学弟忙前忙后帮艾玛准备勺子，叫服务员。有一种看着一幕电影画面在眼前铺展开来的情况。

　　之后的我常会有这样的感觉，无论是我在智利做义工的时候，还是在雪山里徒步的时候，或是在参加学校音乐节演出的时候，抑或是作为军训教官训斥同学的时候，都会有这样的感觉。就好像，是最最新鲜的回忆正在眼前直接上映。

　　耗子就在这种时候走了进来，一言不发。我透过火锅蒸腾的水汽，看见他穿着薄薄的白色里衣和一件厚重的黑大衣，单肩背着一个包。我听见衣物窸窣的声音，A校的人全都站了起来。

　　"哎呀皓哥来了。来来来，皓哥坐皓哥坐。"溜儿没有站，只是一副调笑不认真的表情，拉开了身边一直留着的位置。

　　"尼玛。都不等我就自己走了。"耗子眯起眼睛抿着嘴笑，大大咧咧地一屁股坐在了那个座位上。对那些站在那里的学生说，"站着干吗，坐。"

　　"艾玛，我来晚了。"耗子对艾玛稍微拱拱手，又冲我笑笑。

　　我看着他干净的脸庞。这次已经不是我第一次见他了，事实上，前些天我还和他和溜儿一起吃了饭。我不知怎的又想起来那天晚上我们吃饭，他们都喝了些酒。我因为胃不好从来不沾，也只是听他们侃。中途还有个A校打扮得花枝招展的女孩子和他的男朋友来敬酒，叫着耗子"皓哥"。他们两个敬酒的干了，耗子端坐着沾了沾唇，酒一点没少。

　　有个瞬间我一直记得，耗子聊天聊到以前的生活。溜儿说自己如何被严厉的父母管教，耗子轻描淡写地说："我还记得在北京念初中的时候有次被十几个人按在地上打，我最好的朋友就在一边看着。"

　　突然我觉得那个坐在那里，吃着溜子往他盘子里夹的菜的林缪皓，不是我最开始时以为自己认识的耗子。

"这次其实我们想讲讲我们成立这个群的目的。"艾玛突然这么说道，看向了我。我如同瞬间从梦里惊醒一样，点了点头，稍微有点紧张。

昨晚，艾玛找到我，说这次吃饭不能仅仅是一个见面而已。更是对于这一批十几名成员，要讲清楚我们这个群不只是一个吃饭玩闹的群而已。于是她告诉我，说我们要讲清楚。我说好啊，到时候你来讲，我来做个幕后工作者就好。

"不行，做什么幕后。咱们俩都做幕前。你一直在和我一起做宣传，面对所有困难。"然后她和我说了一句以后她一直在重复强调的话，"这些付出大家会看到的，也是一定要让大家看到的。"

"那我到时候说什么呢。不如我写个稿子出来给你看。"我有些紧张，但因为我初中有作为学生会秘书长在学校面前讲过话，还有来加拿大以后上课做的演讲，我也没有太紧张。

"这个就看你啦。"艾玛也不是很确定的样子，"我一般都是即兴。"

"艾玛的这种即兴讲话的能力很厉害。"和耗子吃完晚饭，我，耗子，溜儿，学弟一起走在金融区林立的大厦之间。因为是晚上了，街上行人不多。耗子突然说。

"怎么说。"我饶有兴致地接话。

"这种把想到的东西，马上用精致得体的语言表达出来，她即兴演讲的内容就是一段很不错的文章。"耗子说，"有些人天生就是站在台上的领导者，他的刀在脑子里。有些人是从泥里爬出来的，他的刀在心里。"

"你们两个人，"我指的是艾玛和耗子，"很不同，但都很厉害。"

耗子笑了笑没说话。

今天的聚会，我和大家讲了组织的发展思路。我告诉大家，CISCA是一个平台，一个给大家带来人脉资源的平台。我们都还是学生，说很多互帮互助什么的都是空话。但是如果要组织什么活动，都可以借用组织作为一个平台。艾玛接过话头，说起了团结的力量，说得很朴实，但是很入人心。耗子最后又提到了未来，说如果我们成功了，能给我们的事业起到怎么样的帮助，还举了几个例子。

这一次的见面会，我们的目的算是达到了。于是在吃完饭后，大家一起去唱卡拉OK。我没怎么说话倒也挺开心，就只是吃饭时候不小心把汤洒到了身边另一个女孩子身上，手忙脚乱不知道如何是好。也不知道那时候艾玛心里如何想。唱K的时候耗子和艾玛和我说了很多。都是有关CISCA几年以后的。我听得心潮澎湃，我想艾玛也是。

聚会结束以后，我又回到和溜儿一起住的酒店，摊开了我的日记本，第一次在上面认真地记录了这次的活动，还有我的祝福。

*　　*　　*

我知道我们这群中国的少年少女很厉害。比如说学弟是国内某省网球第一名，比如某学长因为玩魔方创世界纪录进入了牛津大学，比如听说谁年纪轻轻就自己创业，比如有人前段时间发行了自己的专辑，又比如谁还未成年就已经出了两本书。身边的外国同学也都好像都有头有脸，这个学校有世界首富的孙子，那个学校有墨西哥黑手党的孩子，突然有个校友干脆就是欧洲某国王储。

生活在这样的人中，总会有种错觉，感觉自己也变得不一样了。

第一次见面会以后，组织的成员有了些许增加，有五十多人的样子。QQ群里经常聊得热火朝天。艾玛，耗子和我在CISCA之中的领导地位也已经基本确立。我和艾玛之间的电话变少了，取而代之的是我们三人用Skype视频讨论。

"那大概就这样吧，还有什么要补充的吗？"艾玛的声音在耳机里响起。

"挺好的，没有了。"耗子说道。

"没有。"我说。

"那大概就这样定下来，我们刚才讨论的五个人就作为我们CISCA的管理团队。我们三个人就作为CISCA的决策团队。"艾玛说

161

道，"那这次就是教授你来写文案了。下一次我们无论是再分工也好还是说直接轮换也好，都不会一直让教授做这个的。"

"没关系没关系。"我笑道，"我写东西的能力你就放心吧。都交给我。"

"哈哈。"艾玛笑了，说，"教授你对文字的掌控比我们都厉害。这次真的拜托你了。"

"没问题。"我点头，"就是这一次的会议大纲对吧？对了，有关管理员的分工，我觉得我可以基于对他们的了解分派给他们不同的工作负责。我到时候写完以后可以给你们看看，然后他们可以以这份东西为基础，无论是交换角色还是稍微改动一下工作范围也好。这个分工的程序都可以变得容易很多。"

"那这样就更好了。教授不麻烦吧？"艾玛说。

"放心。我今晚就写出来。"我自信满满。

"那就这样啦？耗子还有事儿吗？"

"没有了，就这样吧。"耗子不紧不慢地说。

"嗯那就这样啦。我的两位搭档早点休息。"艾玛欢快地说。她的声音总是这样。我们这些大老爷们从来不用这样的语调说话。

"嗯。那晚安。"我说。

"晚安。"耗子断开了连接。

我关掉了手机，打开了电脑上的一个空白文档，开始码字。

我的辅导员，也是宿舍的管理老师穿着睡衣，踢踏着拖鞋来到宿舍的大厅，看见我头发湿漉漉地盘腿坐在沙发上打字，问我在干吗。

"Michael!在学习？"

"不是的。"我说着，没有抬头看他。

"在准备你那个慈善活动？"他又问道。

"不是的。"我摘下耳机，看向他，舒服地半躺在沙发靠背上，"我在校外和我朋友有一个华人留学生组织。"

"喔？这么帅。"老师说，"是不是像我们学校华人文化社一类的组织？"

华人文化社其实就是学校里中国（尤其是大陆）留学生成立的一

个俱乐部，基本上除了偶尔用学校的校车出去吃中国菜以外，就没有什么太多用处。这个老师是菲律宾人，和我们也算有几分熟悉。

"类似吧。但是只有CAIS的学生可以参加。"我说道。CAIS是加拿大一个私校认证组织，全加拿大只有78所这种私校，基本上就是好的私校的代名词了。

"很棒，很棒。"老师点点头，在平板上点了下，"我把你状态调整成熬夜学习了。加油吧。"

"哈哈。谢谢了。"我说，"晚安。"

"晚安。"他又踢踏着拖鞋走了。

我写完所有文案的时候，已经是晚上一点了。我也不知道我为什么突然就有这样的动力来组织这些活动。因为其实很多时候，我们做一件事情，付出了很多努力，但是能真正让人看到的也许连百分之一都没有。比如在暑假的时候，我和艾玛私下去找新成员，但是耗费很多时间，好像连一个人都没找到。又比如我之前第一次领导一群人在学校内组织一个慈善活动，我在第一次会议之前想了很久要讲什么，甚至还在前一天排练了一次。真正讲的时候，还是遇到这样那样的困难，结果第一次会议什么都没讨论出来。或者，我写小说的时候，好多小说都是写到后来写不下去，之前花好多时间精力写的几万字就都作废了。现在我又在这里费尽心思地写这两份资料，加起来都已经五千多字。又会有什么意义呢？

我想了想，没想通。但是我知道，如果不是真正地热爱着这件事情，如果我不是真正热爱CISCA，慈善，或者写小说，我是一定不会花这些时间去做这些事情的。而我努力，可能失败，不努力，就一定不会成功。所以一定要做自己真正热爱的事情才是的。

我笑笑，对自己的结论很满意，于是关上电脑，轻手轻脚地回到房间里，为不惊醒熟睡中的室友。

一个月后。

如果你要问我最讨厌的感觉是什么，就是我们明明很努力地去做一件事情。却好像一块石头落入一汪深不见底的绿潭，只有水声和波纹稍纵即逝。什么事情都没有发生。

之后我才知道，那块石头扔进去了，一定会落到底，一定会击中什么，而不是消失无踪。然而当时的我不明白这个道理。

我目前遭遇的问题就让我有强烈的这样的感觉。上次有这样的感觉是在第一次见面会的时候。大家都不愿意做第一个开口的人，沉默之下还是溜儿开始吐槽起了耗子，才化解了尴尬。每次想起，都挺庆幸当时溜儿在场。

这次是对那五个管理员而说的。前些日子我们三人和五位管理员找到时间，开了一个视频。五个管理员都是我们资历最老，最有能力，而且来自五个不同学校的成员。当时的会议开得非常顺利，一板一眼都是按我一开始计划的那样走。我设计了所有可以被考虑到的问题，开场致辞，与会者提问，中间休息等等等等。

"教授考虑很多我考虑不到的细节啊，"艾玛在会议后有点儿感慨地说，"这方面我真的要向你学习。"

"没有啦我也有很多没考虑到。互相学习。"我谦虚道，心里却很开心。

耗子当时沉默着。

然而过了一些时日，我们突然意识到了一个问题逐渐随着时间的流逝水落石出。就是管理员的积极性：近两周来，我们发下去的工作没有一个管理员私下来找我们讲他们的想法，计划，甚至没有任何管理员向我们提问。我们准备了很多，现在却没有什么反响。我们三人想要整理出问题的源头，却没什么进展。

一直到有一天，我按捺不住去找管理员之一的溜儿。

"实话说，你这事儿做得不清楚。"溜儿说，"你拉我们过去讲了一大堆套话。还发给我们一大堆资料让我们读。谁会真的读啊。反正你们不找我们，我们就不找你咯。"

我忙找到了艾玛和耗子，告诉他们溜儿的想法。艾玛有些忧虑地在考虑怎么办。我和她商量了老半天然后才得出一个结论，就是耗子和大家描绘的前景真的很棒，尤其是对我们两个来说很有吸引力。但是就凭这些要很好地调动大家的积极性还是很难的。更何况我们现在马上就做得那么正式，又有谁会认真地全身心投入呢？我还写了诸如

"收集主要成员对于大学学校和专业选择的基本意向并进行概略与分析"的话，这样一来更没有人看了。我和艾玛最后得出结论，就是现在还得自己扛着，不能指望马上有人帮我们。也许以后哪天做得很大了，很多人都愿意参与，然后再考虑这个问题。

就在讨论到了尾声，我们马上要说再见的时候，艾玛说："还有什么事儿么？耗子？教授？"

我听见艾玛说"耗子"，心里突然"咯噔"一下猛地想到耗子。记忆中的每一次讨论，每一次的决定，耗子都像是一个旁观者。只有在我们问起他的时候，他慢悠悠地给出个答案。就好像，就好像他是些被我们选中的管理员一样。仔细一想，他从来都没有太多地参与到我们的行动里。他只是有时候出面讲话，或者被艾玛和我拉过来讨论这些。

"你拉我们过去讲了一大堆套话……反正你们不找我们，我们就不找你咯？"

我整个人一抖，几乎是喊出来地说："耗子，你最近还好吗？生活什么的？"

"还好啊？"耗子波澜不惊的声音从那边传来，"我挺好的。怎么了？"

"没事儿没事儿，问候一下。"我说道，意识到自己有点儿失态。

三人会议结束以后，我马上给艾玛打了电话。

"那怎么办呢……"艾玛迟疑，"其实我也有些觉得，他和我们交流没那么多。我感觉我们两个吧是很好的搭档，就是性格特别合，有什么事情都会和对方说也从来不生气。但是我和他在一起就吵架，现在都是因为有你才合成三个人。我感觉他真的很不一样，很有实力，但是我一直不知道怎样才能让他愿意发挥他的能力。"

"我也不知道。"我叹了口气，"只能讨论的时候经常问问他的意见了。"

＊　　＊　　＊

如果说起自管理员事件后的下一个回忆，跃然而入我脑海中的却不是在多伦多任何一次的CISCA聚会，或者学校温暖舒适的内室，而是中国湖南的青山绿水，还有破碎的瓦砾堆和陈旧的楼房。

"李校长。你好你好。"我和穿着米白色短袖POLO衫的黝黑男人握手。

他咧开嘴笑着，露出不整齐但是白的牙齿："哎呀有你们这样的有志青年来我们这里，为了我们的孩子付出，真的要谢谢你们啊。"

"哪里有，感谢陈校长给我们这个机会。"我笑道。

他松开手，看向我身后的耗子，伸出手："这位小兄弟是第一次来吧。"

"嗯。校长好。"耗子没怎么笑，点点头伸手和李校长握了握。松开手以后给校长敬了根烟。

李校长一看到耗子掏烟，忙从兜里掏出了一包黄鹤楼，敬给我和耗子，说："我还以为你们不抽烟呢。来来。"

"不不，抽我的。"耗子没怎么多说话。直接把李校长的烟挡了回去。李校长本来想再说什么，但是看到耗子敬的是上好的玉溪，很明显的迟疑了一下，拿了一根点上，长长地吸了一口，吐出来的时候有些不舍得似的。

李校长连连夸赞这是好烟。然后又去与带我们来的大人寒暄。过了好一会儿，那人表示要走了，李校长才热情地送他离开。

"领导放心。两位小帅哥就交给我了。一切都给你保证好。到时候你来接他们给我个电话就行了。"李校长对他这样说道。

"你们出来都敬烟的啊。"单独相处的时候，我问耗子。

"嗯。"耗子点点头。

"你的烟很好吗？为什么李校长抽的时候很享受的样子？"我第一次见到有这样的事情在身边发生，好奇地问。

"我这烟一百元一包呢。"耗子看着不远处的破烂瓦砾堆，也不知在想什么，说道，"你别看他一敬我们就是黄鹤楼，他们那种人兜

166

里都两包烟。一包黄鹤楼，专门敬人的。另外估计就是包白沙，自己抽。"

"喔。这样啊，有趣。"我说道，对接下来的几天充满期待。

我来到湖南的这个小村子已经不是第一次了。上一次是暑假的时候和溜儿一起来的。本来只是想短期支教，凑齐一定的社会服务时间，达成学校的要求以后就可以不用操心学校对于社会服务的要求，到时候直接毕业。不料待了一段时间，心就被这个地方牵住了，再也没忘记这个地方。这一次和耗子来，除了探望这个地方，这里小学的孩子们。更是想要看看能不能为这里的人做点儿什么。

"你想做点儿什么？比如，到时候资助孩子读书？"下午，耗子和我在山路上散着步，正在往回向村子走的时候，说道。

"嗯，资助孩子读书，"我说，"而且，要做长期的。从初中，或者小学，一直资助到孩子读到大学可以自己打工读书。"

"那你这个不容易啊。"耗子说。

"不容易。我想以CISCA为基础，在多伦多华人圈里募捐。或者干脆就是CISCA内部募捐。到时候我们做宣传的时候，也可以讲我们的慈善活动。不然如果就是一个留学生吃喝玩乐的组织真的不好。"我给他讲了我之前就有过的想法。

"那你这个可以。"耗子走着，紧了一下身上蓝色的冲锋衣领子，"西方社会发展商业很重要的一点就是要保持和社会的良好关系。你看无论是赞助一个球队也好，或者资助社区什么活动也好，绝大部分的商家都有做。这是一个很重要的东西，虽然我还没有看得很清楚为什么。但是一定是有它的道理的。"

"嗯。我觉得做这件事情是有意义的。你说我们很多同学，来我们这种学校读书花费不小。但是在学校就是成天玩网游。你说这样多浪费时间精力啊。一点意义都没有，所以我在学校会组织慈善募捐，我报名当教官参加军训，然后我打算参加这次的智利义工旅行什么的。都是有意义的事情，不应该把自己的生命浪费在成天的消遣上。"我说得理直气壮，义正词严。

"嗯，我去年三月和学校去巴拿马。我觉得我们学校做这些活动挺好的。去非洲南美看看落后地区的人的生活……那你打算每年每个假期都带着钱来这里？"耗子说。

"呃……"我语塞了一下。

绕过一个弯，前面突然出现了四个人并排走着，穿着破旧的裤子，大多穿着背心，有个人光膀子。

"卧槽。"我被吓了一跳，"什么情况。"

"怎么了。"耗子好像没看到那四个人一样。

"前面有四个人在那里走。不会是小混混吧，被打劫了就逗逼了。"我不安地说。

"没事儿。"耗子很淡然的样子。

他们走得不快，很快他们就走到了我们身边。我们俩没怎么说话就走了过去，那四个人也没什么反应。我有点儿僵硬地从那四人身边走过去，直到感觉我们与他们有一段距离了，才又敢说话。

"卧槽，感觉太凶残了。"我说道，有些后怕。

"大不了就是干一架。二打四你怕什么。"耗子微微笑了一下。

我在心里想，只有你这样的怪胎才不会害怕在荒郊野外和苗族兄弟们打一架："皓哥你最厉害，好不好。"

我定了定神又说道："是的。我愿意每次放假都过来一趟。我觉得值得，无论是为了孩子们，还是CISCA，又或者自己的这个经历，都是很值得的。而且我们真的是比他们幸运，不应该浪费这些幸运。"

"挺好。"耗子耸耸肩。

我们又走了一程，感觉要到村子了。突然看到一只黑色的大狗在前面沿路小跑着。

"哎，你看有只狗。"我惊奇道，那只狗突然看到我们，停了下来，盯着我们看。

"操。你别惹它。"耗子把我从靠近狗的那边拉到他身后，把烟屁股扔到路上一脚踩灭。

我有些惊奇，但是看着他没有表情的脸也不知道该说什么。只觉得好像有些自己没意识到的危险出现了。路过那只狗的时候，那只狗看着我们龇了龇牙，喉咙里发出低低的吼声。耗子还是没有反应，按自己的节奏走着，我忙加快脚步。

突然道路前面传来一个女人的吆喝声，那只大狗听到声音，马上向前跑去，跑到自己的主人身边。

"以前我去骑行西藏，"我还没问他，他就开口了，"见过的狗比这种大多了。第一次见到两只大狗我们整队人都没敢大喘气。"

"这么可怕。"我惊奇道。

"不止这些。"耗子说，"抢劫的，地质灾害，高反。哪个都可能要你命。还有次我们队里一哥们和牧民合照，牧民照完了要收钱。后来差点没打起来，还好领队后来息事宁人付了钱。"

"很棒的经历。"我说道，有点儿羡慕。

耗子却笑笑，有点儿讽刺地说："那种情景，那种经历，你宁可没有。"

其实有关这次行程，我并没有必要和你赘述太多的什么。后来的我们在一处废弃的政府大楼安置好。晚上我们和被分配来这里教书的老师们打了几盘斗地主，可以感觉得到他们因为被分配来这个小村子有着强烈的怨念。晚上吃了不错的饭菜，早早地睡下。这里的冬天，晚上能有零度以下。因为我曾经一氧化碳中毒过一次，打死也不让耗子把炭火放在室内。后来他只好无奈地答应我，反正一人也有两床各十斤的旧棉被。晚上的时候耗子担心我着凉，在我睡着以后把他的一床给我盖上了。

第二天五点的时候，一股燥热涌上头。我醒来了以后，无力地挣扎了好一会儿才从厚重的三床棉被里爬出来。我简单穿好衣服，天黑黑的去了一趟破旧的茅坑。从那里出来以后走了两步突然跪在地上开始干呕，我难受得用力一拳砸在地上，手马上肿了起来。我一直死死地盯着地面，感觉眼珠都突出来了。也不知道过了多久，我只记得一只鸡脖子一探一探地从我身边踱过，对着天打鸣。我看见天亮了。院子门前的小溪，门对着的被竹林覆盖着的青山，还有远处山间的浓雾逐一浮现在我眼前。那种非常难受的恶心烦躁慢慢消失不见，一种虚弱从我的身体内发散开来，占据了我身体每个角落。

然后我们来到课堂上，和孩子们玩，教英语。我拖着疲惫的身体，勉强微笑，把一切都做好。

　　就这样过了一周，圣诞节眼看就要过了。我们离开了那个村子。我和我表哥道别的时候讲了一下我们的想法。上一次和这一次的支教都是哥哥帮我联系的。他听我说了这个想法，表示这个活动非常好，有关一切都会尽力支持我去做。我听他这么说，感觉信心又增加了不少。后来我们回到了湖南省会长沙。我当天就回了广州。而耗子和正好旅行到附近的溜儿去喝了一场酒，回了北京。我在广州舒适的家好好休整了几天，又赶回了多伦多。

　　"这个活动很棒啊。那就交给教授你全权负责？我也不很了解具体的事情。"艾玛听到我的想法这么说道，"我和CISCA全力支持你，嘿嘿。"

　　我当时在电话这边有点儿失落，感觉艾玛不很关心这个的样子。

　　半年后的我知道，不是这样的。

＊　　＊　　＊

　　我站在央街上，把穿在外面的深灰色羊绒衣推成了半袖，感觉到风从道路的一头吹到另一头。因为刚理过头发，感觉头的两侧被风吹得凉凉的。

　　"喂。"我接起了电话，"耗子你到附近了？"

　　"是的，你说的那个餐馆在哪里呢？"耗子还是平淡如水的声音。

　　"就在央街靠东边的那一侧……哎别动！我看到你了！"我突然看见穿着厚实的大衣，在街的另一边不疾不徐走着的耗子。他过了马路，进了我身后的饭店，在那儿，艾玛已经订好了饭店，为每个人点上了店里最地道的豆浆，在等着成员们出席我们的第二次见面会了。

　　此时距离我从湖南回来已经两月有余。我找到了五个成绩优异，家庭却比较困难的孩子。拿到了他们的基本资料。资料从身份证号码到家庭收入申报都一应俱全，但是，要作为我们宣传的原始资料，还是太单薄了些。于是我又联系到了他们所在的学校，提出要更多资料的要求。但是看起来一时半会儿还发不过来，至少在我完成三月份的智利之旅之前是不太可能到位的了。

我这次准备了一次演讲，有关我们的计划。我在赶来这里的公交车上用手机写好了稿子，十分钟背下来七七八八，剩下来的就可以到时候临场发挥。这也是我在和艾玛搭档以后逐渐开始减少对稿子的依赖，形成的风格。七分是写出来的，三分是临时讲出来的，既能保证框架不错，又能不失灵活。

接引了耗子以后，我接着站在门口，看到一个穿着风衣的人远远地和我挥手。这是A校一个很和善的男生，一直很支持我们的活动，也出席了第一次的见面会，特别温和，特别文艺。他身后跟着一个穿着黄色马甲的女孩子，也是来自A校，一颦一笑间有种水乡女子的灵气。

"你真靠谱。两次都来。"我上去捶了那男生一拳，然后握了握他的手。

对那女孩子，我谨记着以前看过的一本礼仪书上"见面时候，如果女士没有主动伸手，男士不应该伸手。如果女士伸手，男士应该握女士的手指部分"的规则，没有要握手，而是笑道："真是感谢你了，给我的《茶熙吟》谱那么好听的旋律。第一次听我都快哭了。"

"好词才能有好曲，合作愉快。"她笑道。

CISCA让我认识了很多很厉害的朋友，极大地拓展了我的社交圈。我从刚来的时候只认识S校的同学，一直到现在CISCA内来自十一所不同学校的成员都知道我的名字。有人开始看我的小说，说帮我联系出版社。有人开始和我讲他们在一些活动里特别的见闻。尤其是有时候和艾玛打电话的时候，她会讲好多她妈妈教给她的道理，让我也受益匪浅。

人都是这样成长的，不是么。我想。

吃饭的时候，大家分两桌坐。所有的女生都在另一桌，和几个男生一起聊得热火朝天。我想要在这桌上制造点儿话题，起了好几次话题却都不成功。我暗自悲叹一下自己不是这种类型的人，从背包里拿出两个小盒子，走到了整个饭店大堂的正中。

"大家好，这是我们第二次见面会。人数也由第一次的十五人，变为了现在的二十一二人。教授来之前想了想，决定借这次机会代表S校男生向艾玛和耗子送一份小礼物。"我经过一段时间的锻炼，场面话张口就来。

这一出的确是艾玛和耗子不知道的，看着他们惊喜的表情，我觉得专门准备这礼物很是值得。我给艾玛的是一只小熊玩偶，给耗子的是一顶黑色平沿帽，都是印有S校的标志的。应该说是比较得体的礼物。

成功地吸引了所有人注意力以后，我让坐在我座位边的学弟拿出了艾玛专门为我准备好的照片。是我和耗子去湖南时候拍摄的。是孩子们在上学的照片。

我把照片分发下去，然后开始了我来时路上准备的演讲。

"其实我还有话要说。"我声音压得低低的，"相信大家已经留意到了群相册里有我去支教的照片。是的，我去年和耗子溜儿去过两次湖南。当时我就感觉吧，那是一个完全不同的世界。那里的人祖祖辈辈都居住在那个小村子里。他们不是不知道外面的世界，他们中也有很多人想离开那里，但是他们做不到。于是他们的后代延续他们的悲剧。当时我发现，他们有很多青壮年都离开家去大城市打工，但是最终都待不了多久。能够带着家人离开那个山旮旯儿的，只有在外面接受了良好教育的孩子们。然而很多孩子都不上学，因为他们没钱读书了。他们也会迷茫为什么自己要读书，他们比当时的我们还迷茫。

"我看着他们专注听着的表情，每个人都没有吃东西，认真地看着我，让我感觉心里有些被感动到了："我觉得其实我们和他们一样都是平等的生命，我们能出生在我们的家庭里也是一种幸运。但是如果我们面对自己的幸运心安理得，别人的不幸而安之若素的时候，是不是对别人太不公平？

"所以！我联系了那边县教育局的阿姨，也联系到了当地最好的中学。CISCA和他们搭起了一个桥梁。我们就有了这样一个平台，一个帮助不幸孩子们的平台。到时候我们可以提供对孩子们经济上和精神上的支持，也算是我们这些海外学子对祖国的一点回报吧。"

"行，教授。咱们打算怎么办？你说吧？"一个A校的男生突然说。

"我们打算在各个学校的华人之间进行募捐。"我一愣，本来想说："我在向你们募捐，你们快把钱都给我吧。"

那个男生点点头，也不知道在想什么。

"那你募捐到钱之后呢？"S校一个学长突然说道，"你打算怎么办？"

我一开始有点儿奇怪，因为他应该是知道我的安排的，我之前和他讨论过几次。很快我反应过来他是在提醒我，于是说道："孩子们马上就高中了。所以我要在暑假之前完成第一期的募捐工作，然后我会带着这些钱亲自再去一趟湖南。然后把钱亲自交到学校的手里。"

"一切都会稳妥进行。这里教授给你们保证，一切都会稳当当的。"

上一次的见面会进行得不很圆满。艾玛当时将吃饭后的节目交给溜儿负责，结果出了个小岔子。我们只好临时改成打桌球。不过，那天艾玛，我，耗子，还有几个老成员第一次真正在所有活动之后坐下来好好聊了聊CISCA的发展。我们又有了很多新的认识，包括组织见面活动对于组织发展的作用，也讨论了网络聊天，还有慈善活动带给组织在不同方面的促进。一回去，我们就建立了微信群，对CISCA的未来充满了希望。

"这一批人，一定是我们最宝贵的财富。"艾玛如是说。

于是当我们讨论起四月份的见面活动的时候，我自告奋勇（拉上了耗子一起）帮艾玛负担起了安排下一次见面活动的任务。

*　　*　　*

真是不当家不知柴米贵。从智利回来以后，我和耗子讨论了去哪里玩，选择了彩弹射击，又决定了去哪一家离市区近的彩弹射击馆。耗子一如既往地表现得冷淡无比。每次商量我提出一个建议的时候，他很少发表自己的意见，都说"行"。于是我得自己硬着头皮做决定。这是我第一次"独自"组织一场这么大的活动，参与者二十五人左右。我和耗子一起完成了活动的规划，又自己专门去餐厅，彩弹射击中心踩点。自己打的士估算从一个地方到另外一个地方的价格。花了一整个下午就为了在多伦多这地广人稀的地方踩个点。

最后的活动都算流畅，我们三人在活动中没有发言。但是都流畅地走下来了。众人的花费比我们想得稍微多了一点儿。就一点点儿，从原本的六十加币，变成了一百加币。实话说，不得不承认这是个比较大的失误。从饭馆到彩弹射击的时候，我们找了六辆车子接送，六辆车一起抵达彩弹射击中心的时候，我坐在第一辆车里给司机指路。看到后面五辆款式一样的轿车缓缓停下，莫名有一种自豪感。就好像突然化身了北京林缪皓，带着一帮小弟去砍人。可惜就算借我十个胆我也不会去砍人的，这不是胆量的问题，是性格的问题。我比较倾向写论文解决问题。

那次的假期却发生了一件很重要的事情。

我不常见艾玛，所以我推开门，看见她从楼上走下来的时候，心里抖了一下。我突然想起来我刚遇见艾玛不久的时候，我梦到她在一个一起旅行的早晨喊我起床的画面。

"哇，这家好漂亮啊。"学长感叹说。

"是的呀。"艾玛微笑着。

我们在假期的时候不能住在学校宿舍，只能在外面自己找地方。我一向都是跟着学长一起住。酒店相对比较贵，所以我们经常是住在家庭旅馆。这一次，我和学长一起住在一个新的家庭旅馆，和艾玛一起。

我们提着行李进去，见了房东交了租金。每晚上住地下室，双人间四十八加币一晚，包早餐。房东是个话不是很多，看起来很沧桑的叔叔。我们几个人天生地对捉摸不透的人有点儿恐惧。也不敢多接触。

晚饭结束后，我们原本聚在艾玛的房间，S校的两个男生加上L校的艾玛和两个男生，五人坐在地上，听学识渊博的学长谈论历史。学长讲历史就和讲故事一样，很生动有趣。学长天生对知识有种热爱，今年将要毕业的他已经拿到了美国芝加哥大学的录取通知书了。九月份就会在大学开始他新的旅程。我和艾玛也是对很多不同的知识都感兴趣的人，L校的两个男生离开，我们三人竟然一直从十一点聊到了深夜三四点。

学长提议下去吃夜宵，我和艾玛欣然答应。他们俩出了门，我却一时找不到自己的手机。我找了半天也没找到，感觉不应该在女孩子的房间里待太久，于是出了门。

古人说寅夜，也就是深夜三点到五点，是人心防备最脆弱的时候。于是当我看见在二楼盘旋楼梯边倚着木制扶手，静静看着楼下的艾玛的时候，我瞬间停住了脚步，愣在那里。

楼下的立灯发出的暖光就洒在她的脸上。她还是素颜，头发随意的向后挽着。但是这是我第一次看见她这么专注，只是静静地看着楼下的大门出神。这是我第一次见到这样安静的艾玛，平时的她总是在笑，在说话，在领导着一群人做事情，或者在舞台上跳舞，跳脱地动着。于是在那个瞬间，我突然有了要掏出手机拍照的冲动。我真的想找手机，但是又反应过来手机不在身边。

她抬头看见了在房门处呆立着的我，也没说话，走下楼梯。我回过神来，赶紧反手关上门。追了上去。

两个月以后，我和学弟又住在了这里。然而艾玛，学长，都已经不见踪影。我在那个夜晚进门的那个瞬间，又一次地呆立在了那里。仰望着最开始最开始的那天，艾玛所站的位置。立灯还在门边发出暖暖的昏黄色的灯光。我好像就站在那里，和两个月以前的艾玛眼神交汇。她当时想的会是什么呢？有什么事情能让她那样出神？我不知道，也无法揣测。

回到四月份的我。那是一个快乐的假期，我和耗子组织活动在那次假期顺利进行。CISCA的在册成员数量有了一个高速的增长，在五月初达到了一百人。也为我的故事最后的篇章打下了基础。

最后，让我印象深刻的一件事情。

临走的那天，我错拿了两个陌生房客去购买的纪念品，以为是艾玛一行人的东西。结果回到了各自的学校才发现了这次手误。我当时无所谓地和艾玛说，我回去给房客打个电话，看看能不能让他们算了。艾玛却很严肃地和我说，不不不，教授，人家的礼物，一定很重要。会有办法还给他们的。

我拿着手机，突然有些钦佩这个女孩子。

*   *   *

"这就是为什么我们要做一个游船周年庆了。说真的，游船周年庆听起来高大上，但实际上的消费和我们平时搞见面活动没有什么不同。如果大家觉得有什么疑问，也都可以向我或者是教授，耗子提出来。"第三次见面会活动快结束的时候，我们站在街上，艾玛对大家如是说。

自从前段时间她们学校组织学生游船夜游安大略湖，艾玛就一直想自己组织一个游船派对，正好作为五月二十八号的周年庆。她也找我和耗子讨论不下十几次了，这一次，是她在昨晚和我商榷到一点多以后，做出的决定，第一次把我们周年庆计划带到众人眼前。

至于周年庆日期的设定，据艾玛所说，CISCA其实在二月就建立了，建群之初只有耗子，她和另外几个人。然而人真正多起来的时间，是五月二十八号。在那之前，艾玛和耗子决定花费心血招入更多新成员。于是耗子通过自己的一二级人脉，一下为群招入了十几个新成员。我就是在那一天被溜儿招入群的。

于是艾玛和我当晚回到住处，又待在那个地下室的会客厅讨论起游船周年庆的筹备事宜。因为没有人向我们提出任何反对意见，我们感觉大家对这个活动的支持率还是蛮高的。同时我们也提及，最近的我们越来越少地和耗子联系了，也许是因为以前经常在网上找他，他总得隔一天两天回复的原因，或者是因为他不总是和我们主动联系，又或是因为我和艾玛住在一起，总是更容易直接交流。总而言之，是耗子逐渐走得离我们越来越远了的感觉。

我们很快地构思并决定了活动的开展形式。我们将制作一批邀请函，并且在成员主要集中的八所学校各选择一个负责人。我们将邀请函制作好以后寄给所有的学校负责人。同时对于其他学校的成员通过QQ发送邀请。同时我们要求各学校的负责人在学校内找到有才艺的学生，我们将会设置在晚餐后才艺表演的环节。在安大略湖边有许多游船租赁公司，艾玛会在我负责邀请函这部分的时候，找到一艘靠谱的船。

工作开展得还算顺利，第一周，我在为我的分队准备着最后的阅兵式的同时，阅读了网上一些范本以后，写好了邀请函的内容，和艾玛讨论了以后又做了几次大的修改。艾玛也很快地把她设计的邀请函模板发回来了给我。我们讨论了一下，决定找一家专业的公司去做邀请函。事后又做了很多调整。

第二周，我接着和我们选中的广告公司处理印刷数，运货时间，付款等问题。艾玛开始联系游船租赁公司，寻找一艘中意的游船。这两天我才突然意识到我们搭档的力量，尽管艾玛以前说过我们两个的确是非常互补的，可到了今天我才意识到我们已经脱离了以前只是相约着出去玩的范畴了。我们已经真的开始借助集体的力量，去举办一些自己不可能参加到的活动了。

同时，我的城步计划也开始开展。在过去的一段时间里，我联系到了那五个孩子，他们的家长，老师。我找到了两个对此感兴趣的CISCA成员，我们三个人一起完成了所有要做的准备工作。然后也在那八所学校各找到了一个对此感兴趣的负责人，和大家商量各校准备各校的宣传工作。

一切看起来都很好，直到第三周的时候，我和艾玛忽然意识到我们的时间不多了。于是我们在邀请函还没有到位的情况下联系起了各校的负责人，要求提供一份大概有意参加人员的名单。结果让我们很忧心，这次的活动CISCA内部近百人，只有不到三十个人有兴趣参加。这是个正常的数据，以往的三次活动，参与人员也差不多是这个比例。但是这次为了分担订船的最低价格，我们必须要找到至少五十五个人参与，否则价格会变得太高而无法承担。我们决定开始发展所有在CISCA之外的同学。

就在一个我在S校宿舍中国人之间走门串户，宣传我们的游船周年庆的晚上，我正对着一个十年级的男生滔滔不绝地讲着，住在对门的溜儿突然走进来坐在了那个同学的床上。

"搞什么搞。"溜儿揉了揉鼻子，"这次哪有足够的人去。我们很多人都不去，到时候绝对搞不起来。耗子都不去。"

听他这么说，我愣了一下，有种被迎面走来的陌生人扇了一耳光的感觉。

"哪里有！"因为他说的是事实，我不仅心虚，而且还有些恼怒，"这次的人肯定会够的，怎么可能不够。"

"我估计去的人有十五个，差不多了吧。"溜儿一脸理直气壮地说。

"怎么会。"我松了口气，看来他也不是很了解我们的具体情况，"这次光女校、H校、B校和I校就有差不多十五个人去。更何况还有另外的五所学校。"

"L校那里说他们集体都要去纽约玩。只有艾玛一个人来游船周年庆。"溜儿又不急不慢地说。

"L校不担心，只要我们把活动做好，总会有同学愿意来的。"

眼下估计已经没办法在这个同学面前继续宣传我们的周年庆，我只好匆匆说了一句"你慢慢考虑，我晚点儿再来问你的意见。"就离开了那个房间。

一出门，心里掀起的惊讶就再也压不住。为什么溜儿突然开始拆我的台？耗子是不是真的不参加我们的周年庆了？本来就不够足够的人数，耗子这一派是怎么了？再仔细一回想，的确，耗子和我们俩已经近一个月没有联系过了，难不成他们这里真出了什么变故？

我晚上又听见了不知道是谁放出的，我们找不到足够的人，已经开始强行拉人参加的流言。可是我们才刚刚开始宣传而已，不是和我们很相熟的人几乎都不应该知道。我几乎是一回到宿舍马上就给艾玛拨通了电话。

"喂，教授。"电话一通，艾玛欢快的声音在那边响起来。

然而我却没有心思和她一起高兴，草草讲了一下我这边发生的事情和我的分析。

艾玛认真地听完了，说："怎么会这样子……你确认是溜儿吗？溜儿不会吧，你看看是不是哪里有误会了？"

"我也希望不可能啊。"我苦笑，"但是的确就是这样啊。我觉得是不是耗子那边态度变了。这样的话不仅我们学校，还有很多其他学校都会受影响的。而且我觉得溜儿这样，真的有点儿……"

"教授。"艾玛说，"你有点太敏感了。"

"敏感。"我沉默了一下，"好吧，我们慢慢来看。会水落石出的。不过我们真的得多放一点心思在其他学校上。不然人真的不够。"

"放心吧教授。"艾玛又开始笑，"我前两天刚刚给每个学校的负责人都打了一个电话。让他们用生命去拉人。"

我又和她聊了一会儿，挂断了电话。然而我仍是感觉有些不安。

而接下来这几天的事情，我真的不想，也不方便再说了。就让它沉入时间的海底吧。让我们直接来看最后的故事。

＊　　＊　　＊

游船周年庆的前一天。

"教授，我真的觉得我们俩这样的搭档不容易喔。"艾玛和我走在住处附近的街道上，"真的就是很多地方都不同，所以互补。但是我们的想法也好，观念也好，都是非常靠近的。而且你看我们两个今天早上十点就起来。你跑几所学校我跑几所学校，把所有学校的船票钱都收集齐。然后再一起见面去把船的问题都弄妥。我真的觉得很值得珍惜啊。你说等我长大了，二十年后，再回忆起和教授一起弄CISCA的这段时间，也会很感慨的啊。"

"是啊。"我点点头，和艾玛一起走着，心说这是我生命中少有的几次和一个女孩子单独走在街上，"可惜我们俩还有一年就要毕业了。你要去美国，我留在加拿大。"

"怎么会呢。到时候如果我们都在自己的领域里做得很出色，或者干脆就在一个平台上，一定会再有交集的啊。"艾玛乐呵呵地说。

又回想起今天早上，我和艾玛跑了五所学校。然后中午在安大略湖边见面的时候。

那时候我跑了大半个多伦多市中心，实在是身心俱疲。看到艾玛远远地向我走来，已经想要大笑挥手了。然而和她笑着越走越近，越是感觉哪里不对。

"教授，我穿了高跟鞋好像比你高啊。"艾玛已经笑得眼睛都弯了。

"艾玛。不要和我说话。"我捂着脸咕哝。

我们两人就在湖边的椅子上坐下来，拿出了各自在各个学校收到的钱点了起来。刚坐下，艾玛就欢快地在旁边讲了起来。

"刚才那个工作人员一脸不爽地看着我，问我们是不是都是中学生。我说是，她脸色更不好了。一定想中国人全都是土豪哈哈哈哈。"

"而且，教授，我们在街上点钱是不是有点儿不好。"

"我妈妈要是看到我这样肯定说我不像个要做生意的。三四千加币就在路边点。"

"你说向我们走过来那两个人像不像好人？教授？"

我就这么听她嘀嘀咕咕地念叨，感觉湖风吹过来蛮凉快的。

"应该是美好的一个白天。"我想。

我们两人把船费交好。又上去考察了一下。船的情况没有我们在宣传上看到的那么好，已经比较老了，我甚至还能看到一些蜘蛛网，很久没有使用的样子。但是明天就是周年庆了，又有什么办法呢。我们只好信任那个信誓旦旦明天会把卫生搞干净的男子。艾玛没有那种千金小姐从来不使用公共交通的架子，和我一起坐地铁回了住处。

艾玛说附近有一个她知道的美女中国大学生开的奶车连锁店，她很是喜欢。于是我们俩在吃过路边的韩国小鱼饼以后进了那家店。

"教授，这张卡的密码是叽里呱啦九。帮我买一杯柠果冰沙加珍珠。"艾玛刚一坐下就递给我一张卡。

"啊？"我突然有些丈二和尚摸不着头脑，"你要我帮你买饮料？"

"对的，密码是叽里呱二九。你也给自己买一杯。"艾玛又很快地重复一遍。

"为什么不自己买？"我一回头，看见从柜台排到门口的长长队伍，转回头来说，"喔。好吧，一杯柠果冰沙加珍珠对吧？"

"嗯。谢谢教授。"有时候看着艾玛的语调表情，感觉她还像个小孩子似的。

不过一九九五年生的她已经成年了，眼看就十九岁了。相反，我这个九七年的小孩子能这么想，真是故作老成啊。还依稀记得第二次见面会结束的那个晚上，我们几人一起吃饭。耗子说他成年了，艾玛也说她已经成年了，我尴尬地揉揉鼻子说自己很快就十七岁了。当时好多人都很惊讶。

胡思乱想着就排到窗口前了，因为艾玛刚才说得太快，我根本没有记住密码，于是用我自己的卡买好了饮料，递给艾玛。

艾玛却不知道在想什么，低声说了声谢谢接过了杧果冰沙。

我也不说话，陪她坐了一小会儿，她才说道："教授，你胃不好，今晚少喝点儿。"

我和艾玛坐在东北餐馆，透过窗子看见外面的耗子和溜儿结伴走来。

东北餐馆是个有趣的地方。第一次见面会所在的长假，我和学长一起来这里和艾玛以及她的同学吃了一顿饭。那时候的我在众人面前连一句话都不敢说。这里也是我们第二次见面会所在的地方，那天我做了有关湖南慈善项目的第一个演讲。也是CISCA真正开始壮大的时候，那天恐怕也是溜儿埋下第一个心结的时候。我和学长及艾玛第一次住在同一个家庭旅馆的第一顿饭，也是在这里吃的。最后，和耗子及溜儿的这顿饭也在这里。每一次在这里吃饭，似乎都象征着下一个节点的到来。今天呢？是开始还是结束？

突然又想到前不久和艾玛闲聊。那时候我们因为宣传做得很到位，很多CISCA以外的同学都愿意参加我们这一次的周年庆，参与人数居然已经达到了八十人之多。之前一部分不来的老成员也纷纷改变主意决定参加。可是耗子，溜儿这三四个最先开始就和我们一起的人竟然不来了。

"其实到了这个时候，我也一直觉得耗子会来。你说他怎么也为这个组织倾注这么多心血了，又是最老的元老，不来多可惜啊。而且到时候那么多妹子都来，都穿着裙子啊，你说耗子他，你说是吧，哈哈哈哈。"艾玛当时在电话里还是那么乐观地和我说。

"耗子不是那样的人。"我总是忧心忡忡，艾玛总是乐观无比，而她偶尔情绪不好的时候我也能温和地开导她。也许这性格上的契合，也是我们能成为搭档的关键之一吧。

还记得不久前，有天中午她打电话过来，和我讲起了一件事情。我当时感觉她情绪不对就不顾上课，陪她打电话。后来她没说两句话就哭了，吸了两口气稍微稳定了一点儿情绪，还硬要讲话的时候按总分总结构来讲，当然最后她只说了一点就不知道又发散到哪里去了。当时就觉得这个女孩子真的蛮有趣的。

不知最近怎么了，突然闪入脑中的回忆多了很多。所幸念头都是一闪而过，没有出神太久。

耗子和溜儿在我们身边坐下。耗子穿了一件皮夹克，溜儿穿着一件我很熟悉的衬衫。不知道是不是心理作用，我觉得溜儿坐下来以后一言不发很是奇怪。

"你就算黑我一下也好啊，溜儿。"我想。

可她最后还是没有开口，是艾玛开的头。我有时候想，如果说耗子是难以接近的云山，溜儿就是一扇关上的门。我偶尔会知道门里的东西是什么，然后用越来越担忧和悲伤的目光看着那扇门。我看不透，但是我也不想看透，他把那些东西锁起来，是有原因的。

我们点了瓶烧酒，点了好些烤串，开始谈天说地起来。从国内政治聊到泰国人妖，有时候聊得太猥琐，让艾玛惊叹："原来你们男生私下都在说这些。"

但是也许是我们四人的默契，我们没有一个人提起任何有关CISCA和明天游船周年庆的事情。耗子有一搭没一搭地给我们讲他以前的经历。溜儿开始叫我陈老板，然后给我倒酒。我只好苦笑着慢慢喝。有那么几个瞬间，我都觉得我们的关系很简单，没有CISCA有关的那些烦人的琐事，只是几个知交好友在这里吃吃饭，聊聊天而已。

我不知道我那天晚上算不算话多，也许是吧，也许不是。我也不知道自己喝了酒以后是什么样的。我只记得我到后面反胃，特别想吐，于是一个人跑到餐馆地下室的厕所里。刚一锁上门就瘫坐在地上。脑袋里乱哄哄都是以前的画面，难受得要死。也不知道是因为喝酒身体不舒服，还是因为想到很多让人唏嘘的事情。

　　突然就想到第一次见面会之前，我们几个人在唐人街的地下餐馆吃饭。那时候我还不认识艾玛，和耗子也是第一次见面。那时候的我不喝酒，溜儿帮我挡酒，挡到最后自己吐了一地。这件事情我总记着，忘不了。可他现在开始灌我了。

　　我突然一阵恶心上来，我赶紧挪到马桶边。可我撑着水箱弯着腰半天都没有吐，只是自己指甲在手心留下了几个很深很深的印子。

　　突然听见敲门声。我稍微缓了一口气，往脸上泼了点儿凉水就走出去，一出门就看见溜儿站在黑暗里。

　　"你没事儿吧？"溜儿说，"难受了吐出来就好了。要不要我帮你按一按舌根，一按就哗啦啦全吐出来了。"

　　"不用了不用了，我有童年阴影的。基本上不到神志不清的地步都会忍着不吐的。"我苦笑着摆摆手。

　　他正要走，我叫住了他："溜儿，我不是基佬。让我抱你一下吧。"

　　不记得他怎么回答的了，反正我拥抱住了他。从小我就喜欢拥抱别人，朋友也好，爸爸妈妈也好。以至于小时候我见到一个朋友就会抱他。给人特别踏实安全，亲近开放的感觉。可逐渐长大，也逐渐不好随随便便抱其他人。到现在，我都不记得有多久没有真正拥抱过一个朋友了。

　　"哎哟哟。"溜儿的语气突然柔软下来，"陈老板，别这样，黑灯瞎火，孤男寡男，搂搂抱抱的让人看见影响多不好。"

　　我没有笑，松开双手和他一起走上去。

　　临走的时候，我向耗子要了根烟。当时艾玛瞪大了双眼说："不是吧，教授。"

　　我没有说什么话，只是向耗子借火帮我点上。

　　于是艾玛甩下一句"你们男孩子以为这样很帅吗？"气呼呼地走了。

　　我苦笑一下，向耗子和溜儿道了个别。就远远地跟着自己一个人走着的艾玛，等一根烟抽完才把烟头掐灭扔到路边的垃圾桶里，追了上去。

那天晚上我们到住家的时候，我已经清醒了不少。我洗了个热水澡，可还不能休息。我开始安排起明天游船周年庆的就餐座位，才艺表演的次序。艾玛也在楼上给所有她能联系到的出席成员打了电话。都弄妥以后我们又聚在地下室的会客厅把明天所有的表演配乐清点了一遍。艾玛直呼受不了，说弄游船实在太累了，在这件事情以后一定要闭关休息。我苦笑着说你能休息，我可不能。不然湖南慈善项目不做好，孩子明年没钱读书了可不行。艾玛用无比同情的眼光看着我，说教授加油。

　　我们安排好明天的事情，就分别各自睡下了。

＊　　＊　　＊

　　游船周年庆的一天真的蛮有趣的。一到中午，学弟就到了我们的住家。他和我一起跑出去忙前忙后，准备好每个人的名帖。艾玛和我一行人赶到码头边上的时候，已经有五六十身着正装半正装的年轻人等在那里了。我和艾玛一句话都没说就很默契地找到了最适合自己的工作：我上船准备接下来要用的名帖和布置桌椅，艾玛和每一个认识不认识的参加者都打了招呼，简单地聊了一下天，顺便把所有没交的船票钱都收齐了。也所幸有包括学弟在内，我们熟识的老成员帮助艾玛和我，不然光凭我们两人的力量说不定真的会是一团乱麻。

　　周年庆分为三部分，吃饭，才艺展示和互动活动。吃饭的时候因为厨房还没有就绪，所有人都坐好以后陷入了一个比较尴尬的场景，就好像我们第一次办见面会一样。大家都静静地坐着，也没有什么人大声说话。不同的是，这次没有溜儿吐槽耗子了。更何况上一次是大家小聚吃饭，这次当着八十人的面要宝卖萌活跃气氛，真的也需要勇气。

　　有勇气的是学弟，打了十一年的网球的他在闲暇之余练出了扔三只球杂耍的功夫，这次因为一直跟着我们跑上跑下，可能本来就有一种责任感吧。于是他拿着三小盒黄油在众人面前表演了他的绝技。

　　学弟的表演是有作用的。下一个登场的人也是熟人。我没想到的，竟然为我写歌的那个女孩子。她为我们所有人唱了一首《同桌的你》。我可以感觉得到她当时是紧张的，她也就一直低着头看着手机歌词，没有伴奏地清唱。我当时坐在侧面看着她，那时候夕阳正好

184

从我对面的舷窗斜斜地照进来，我突然觉得她认真唱歌的侧脸好美。

在艾玛又上台来表演了一首贵州民歌以后，厨房终于就绪了。食物的味道怎么样我却已经记不得了。因为当时的我在和湖南慈善计划所有的成员商量马上要上去演讲的事情。

事情有时候会变得如此仓促，我脑海里其实现在都不知道要讲什么，但是我相信这件事情没人知道得比我多，也没有任何一个人想得比我多。我相信我能讲好。我也不知道我当时哪里来的那么大的自信。但是我当时真的知道我可以，所以我只专门交代马上要和我一起讲话的两个同伴一些简单的内容。

我们的讲话真的很棒。有次我说出一句话停顿得稍久，下面马上就有人鼓起掌来。我笑说我还没有讲完，有个人却告诉我真的说得很好。有时候我也会口误，然后下面马上就有人指出，我们大家一起哈哈大笑，又继续讲下去。我的两个同伴也真的很棒，她们两个人明明只是九年级，却一点都不怯场。在这么短的时间里准备好，详细地介绍了所有要介绍的内容。这一点是在国内读初三的我拍马也追不上的。而那天我们的讲话吸引到了三四个人在事后联系我主动提供帮助，这却是后话了。

才艺展示的环节让我看到了很多熟悉的CISCA成员不为我之前所知的一面。我们也趁这个机会收集了新老成员的个人资料。这期间发生的事情倒不会一一说明。但艾玛的舞蹈表演却一定要说了。

艾玛让我把她的即兴舞蹈表演放在最后压轴。我让DJ播放了她的音乐，就低头专心数这次游船还剩下的钱。我听她说了一些话，好像是感谢大家的话吧。然后我抬头，看见她叉着腰站在场地中间，音乐响起的那一瞬间我就再也低不下头去了。我没有办法用什么有逻辑的语言描述我当时所见的。我印象中只有飞舞的长发和那股舞姿里的力量感。

"女神！"我突然听见一个女孩子喊。她是我拉进CISCA，自从第一次见面会就在的老熟人了。

"女神！艾玛！"那群打扮得花枝招展的一群女孩子里顿时爆发出各种尖叫。当时我看得真的都呆了。

舞毕的艾玛示意我们可以进入下一个环节。DJ瞬间开始播放平时在舞会里播放的各种音乐，看他兴奋的样子，估计是之前手痒很久了。

这也是艾玛告诉我的，因为估计时间不够，所以我们决定取消掉互动活动的环节，直接开一场所有男校女校联谊的时候，我们都期望，但是从没有被实现过的纯华人舞会。

有着艾玛的引导，先从我们的老成员开始，到性格活泼的新成员。一大半的人都很快加入了舞池。而我点好了尾款，这笔钱会用在我们CISCA网站的建设上。我独自一人离开了二楼的舞厅，来到了一楼的前甲板，坐在船头的船缘，定好了接我们所有成员回家的出租车。

最后艾玛和我送走了所有人，一起打车回了住家。我们两人和学弟一起在一个韩国料理店吃夜宵。我们讨论给出的游船周年庆的评价是："不算完美，也是流畅。"

分别之后，艾玛就真的履行了她的誓言，真真正正地开始闭关了。我和她之间也再不联系。仔细想想，我和她虽然打过很多很多电话，但是从始至终都没有太多的闲聊。也许两个人本来就没有共同爱好，也都不是喜欢闲聊的人吧，总是有事情或者有新的想法才会凑在一起。想通这点，我从一开始的不习惯，到适应，再到淡忘每天晚上没有人给我打电话，竟然只用了短短不到一周的时间。

这很大程度上取决于我的湖南慈善项目。我们一群人也借助CISCA开始了自己的募捐计划，然而却不是很顺利。七所学校有两所学校退出，剩下的五所也只募捐到了八百加币左右，连游船计划的一半都没有。我用手上所有的资料做了一个视频，却也没有被真正运用起来。我只好带着这些钱去到湖南，打算将孩子们急需钱的空缺填补上，明年回来再做打算。

耗子也开始忙期末的事情，然而有一天我无意中打电话过去问候。他那波澜不惊的声音终于有了一丝惊讶。也是借着这丝惊讶，我终于意识到以前那种"无事不登三宝殿"的作风是有多不好。也许我真的应该多想想以前和他一起在湖南的小山村过冬，围着炭火烤橘子的那段日子，也想想他为我加被子，自己却受冻，应该真正把他当作兄弟，而不是工作伙伴。

溜儿的事情总是不好说。只觉得CISCA撤离我们的生活以后，我们少了不少隔阂。我终于也和他一起出去玩儿而不觉得尴尬了。而有人开触及他痛处的玩笑我也能及时开口发声，我对他了解又深了几分。也许朋友就是这样的呢？不断了解，不断包容。我刚来加拿大的时候，他就是我最好的朋友，而他在CISCA之前也伤害过我一次，我原谅了他，这一次不说和好如初，但是一定可以发展出新的友谊的。而表面开朗，实则像个闷葫芦一样的他，到底又包容了我多少不懂事的举动呢？我不得而知。

CISCA里十二年级的学长学姐陆续毕业，好多好多优秀的人都离开了加拿大。我知道这是时常发生的事情，不是吗？总会离别的，而也许真的像艾玛和我说的那样吧，"如果我们以后都很出色，还是会有交集的"。但是这是艾玛说的，我呢？我交际圈里的朋友真的需要和我在一个平台上吗？在我经历到这一切之前，一切都不得而知。

很多时候我会想艾玛以前和我说过的一些话。她说："我们现在做的很多事情看起来好像都没有结果，做了也不知道为什么。但是我相信我们所做的事情，总会在未来，或者暗中对我们有一个影响，会变得很重要。也许我们看不到，但是我相信，一直相信，我们做的事情都是有意义的。"

所以到了最后我突然开始思考这个问题：我们两个在一起所做的事情到底有没有意义呢？如果有，是什么呢？身在局中的我看不清楚，也许在未来某一天我会看到答案吧。很多问题都没有答案，也不应该再多去执着。至少，我们经历过的那些事情都是实实在在在脑海中存在着的。

于是当我和学弟两人再一次去到那个住家，我在推开门后的那个瞬间唏嘘不已。还都是一样的布置，艾玛和学长都已经不在这里了。我顺着那个包着地毯的盘旋楼梯往上走了几阶，看着艾玛曾经一直住着的那个房间，已经在门缝里看不到透出来的光线了。我想起来和学长一起住的时候，他用微信给女孩子唱歌。他唱歌的声音轻轻的，很好听。又或者是学长每天晚上开着台灯看书，读历史，读文学。和学弟一起住宿，给我不一样的感觉，很不一样。现在拿主意的人变成了我，我成了学长。

整个住家的感觉都变了。其实还是一样的玻璃圆几，还是一样的木雕蟹椅。但是全都不一样了。

我走上央街，央街却没有变。

因为我看见了以前东北菜馆，看见了我们第二次见面会在的桌球厅和吃晚饭的韩国餐馆。因为我看见我和艾玛一起单独走过的红绿灯，我跟着学长在两年前第一次来到这里的时候使用的地铁出口，因为我看见了那家奶茶店，看见那家依然在路边卖韩国小鱼饼的小店。我好像就置身在以前的回忆里一样，慢慢地看，慢慢地想。以前的回忆不像是冲上心头，而像是就在我身边开展一样。

我看见东北菜馆里我第二次见面会激情演讲的身影，看见下面坐着刚见到艾玛不久，害羞不敢说话的自己，又看见坐在窗边的空位置上，依稀有溜儿和耗子两人无言喝酒的背影。一个钟灵的女孩子跟在一个男孩子后面穿过街道走进东北餐馆。而在街的另一边，艾玛在那里买了两份小鱼饼笑嘻嘻地吃着。我在不远处的奶茶店里买了一杯杧果冰沙。和艾玛一起谈笑着走过路口的我突然又从眼前的这个地铁站拖着箱子和学长一起走出来，稚嫩好奇看着周围的世界。

这种感觉有别于单纯的伤心，你没有失去任何东西，但是你很知道它本身包含着一种清淡的不舍和苍凉。

"啊，这种感觉。"我对学弟说，声音有点儿发涩。

"怎么了？"学弟问道。

"我又想起来耗子经常说的一句话。"我说，"在两年前就经常对我说的。我想我懂了一点。"

"人生皆回忆，且行且珍惜啊。"

我的故事该告一段落了吧。故事写着写着，已经不只是在写艾玛了。因为耗子，溜儿，学长，学弟，写歌的女孩子，太多的人已经在我的生命里留下了不能掩盖的烙印。如果不提他们的存在，这就是一个不完整的故事。这一年的落幕，我身边的这些人也都慢慢淡去。最后留给我的只剩下所有的回忆。也许我真的有点儿太过于感情细腻，但总是免不了有些伤怀。我是这样想的。

于是我和学弟一起吃晚饭，一起踱回住家。一路上学弟很开朗地和我讲了好多事情，我有一搭没一搭地回应着，心中还是默默地想着我这一年走过的路。

而在两天后，一个我在黑暗房间里萎靡地半睡半醒的下午，手机突然响了起来。我有些昏沉无力地借着百叶窗缝隙透进的光抓过了手机，看也不看随手接起。

"教授。湖南慈善计划的情况我听说了。"艾玛的声音在电话听筒里响起，"我不知道你为什么要独自一个人承担这些。但是我来了。"

"我来帮你了。"

这才是故事的结局，或者说，我们所有人的故事根本就不会有一个结局。艾玛后来在多伦多找到了一个商会来开展募捐，我们两个继续搭档了下去。仔细想想，和这些人相处的这一年里，我不知道改变了多少，但是我也希望我也有我一点都没变的地方。

溜儿，耗子，还有尤其重要的搭档艾小玛，他们是我过去这段生命时光里很重要的人，也是我未来会非常重要的人。以前我不敢这样说，现在可以了。

还有很多其他人，比如学长，比如学弟，比如帮我写歌的女孩子，很多在我生活其他方方面面影响着我的人。有些人已经出现在我其他的故事里，有些人或许会活在我未来构造的某个人物的影子里。但是我知道，无论如何，他们都是我生命里无法缺失的一部分。也许我真的是一个很依赖他人的人，但是我无论如何都想在心里和他们说声谢谢，你们组成了我生命最美好的体验。

这一年就这样到了尾声。我能看到很美好的未来，湖南慈善计划也好，CISCA也好，或者有一天我真的能和我的搭档艾小玛上一所大学，真的当一辈子的好搭档呢？我相信无论如何，美好的未来是来自于自己的努力的，就像我们在过去的一年里所做的那样。

最后，既然一切的一切都从林缪皓的身上开头的，那就用这句话做个结吧。

"人生皆回忆，且行且珍惜。"

2014年6月24日
于多伦多

记一门春水

1 前提

"父皇！父皇！"在一榻软床前，一个弱冠之年的青年人与一个中年人伏在床沿大哭。

"还请殿下不要过于伤神，先皇的遗愿便是守下我大离国土，千秋万代，香火绵延。"一个老者扶起二人对着青年人说道。

青年人擦了擦眼角，含泪点头："我……不，朕一定守好我大离基业，不为外敌所坏！"

"儿啊，"与此同时，在很远很远的南方，一个身着龙袍的男子坐在软榻上，抱着七岁的儿子："你长大以后要做些什么呢。"

小男孩想了想，稚嫩的眉宇间忽地勃发出一丝英气："父皇说两百年前，我大题江山为乱臣贼子所篡，那我以后便要率我亿万军士夺回失土。再与父皇一道，乘黄伯伯练的竹笔，看我大好河山！"

"哈哈！好！好！好！好志气！好抱负！不愧是我有出息的男儿，爹爹拭目以待那一天！"

2　花尚幼而枝已残

"皇兄登基不日，难以服众。这次拜国国君来访，需得好生招待才行。"

"谷壳吗？石上，提那厨子人头来见。"

墨城的天很暗。虽然由于天雷劫城，腊月时分的墨城天空都是乌云密布。可今天太暗了，一丝光也不见。

一个小小的黑影扑进了万家灯火中的一盏。

"叮咚"，有什么被开启了。

仿佛能听见命运的嗤嗤怪笑声。

"阿妹啊！"坐在屋里偷偷看着小说的沽衣被门口传来的声音吓了一大跳，忙收起了小说，盯着摊在桌上的《上古二十六朝尽述》一动不动。

那该是隔壁婶婶的声音，可是怎么听起来怪怪的？沽衣心想着。他听见婶婶冲进厨房，很大声地说了什么。随即，厨房里传来锅被打翻在地上的声音。

沽衣心中突然出现一丝不祥的预感，连忙摘下别在灯架上的照明用的净光黄眼石，装在口袋里向厨房跑去。可刚出门，便见到母亲阴沉着脸向他走来，神态之冷漠竟使沽衣打了个寒噤。

母亲盯着沽衣不发一言，眼睛里光芒闪烁，好像心中思绪翻涌，过了少顷方才出现了一丝暖色："儿，你就在这里，要是我今晚没有回来，你明早就往东边去，一直到水乡，不要有任何拖沓。"

"娘！你……"沽衣一惊，正想问怎么回事，却被母亲打断了。

"你别问，没事的。"母亲意味深长地看了沽衣一眼，转身出门。

沽衣在原地呆立了几秒钟，才如梦初醒地冲进厨房，却见婶婶无力地倚在门上，目光闪烁，不知道在想什么。他心中不祥感更甚，问道："婶婶，出什么事了？为什么娘要急着出去？"

"是因为，你爹爹……"婶婶有点回避着沾衣急切的双眼，"被安陵王赐死了。"

沾衣如遭雷殛，呆在原地，少顷才难以置信地上前一步："什么！婶婶你说什么？怎么会这样！"

而婶婶只摇了摇头，没有说话，慢慢地从沾衣身边走了。心如乱麻的沾衣几次抬脚想冲出家门，却总在迈步之际想起母亲那冰冷的眼神，缩回脚步。

那夜沾衣迟迟才睡，却做了一个冗长纷乱的梦，梦里有父亲的尸体，不知名河畔的小路，满街攒动的愤怒人群，深山洞穴和碧净的天空。

醒来后的沾衣觉得胸口被怀中揣着的净光黄眼石硌得生疼。他望着房间的四壁，一种陌生与恐惧攫住了他的心。

"娘！"他大喊。

还好，房门开了。母亲走了进来，一身缟素，眼里满是疲惫。

"娘，爹他……"沾衣带着哭腔问。

母亲点了点头，轻柔地搂住沾衣。沾衣悲从心来，一下便哭出了声，脊背耸动，这一哭便是昏天黑地。沾衣感觉头越来越重，到了最后也不知是昏过去了还是睡着了，不省人事。

直到第二天中午才醒转。

"娘。"沾衣爬下了床，生涩地开口，对坐在桌前发呆的母亲说："爹呢？"

"我已将你爹爹葬下了，我们去看看吧。"母亲的声音也一样沙哑。

两人便出了门，买了香与纸钱。向丈夫，父亲的坟走去。路上二人都是沉默不语，在快到时，沾衣突然问："娘，爹是怎么死的？"

"安陵王宴宾客时，有一谷壳未褪尽，安陵王大怒，杀了你爹爹以示歉意。"

又陷入了沉默，可仇恨暴戾的火焰在二人心中逐渐地腾升。

从山里回来的时候已经快到黄昏了，走在城外小路上的沾衣看着那厚实的城墙被黄色夕晖衬显得无比威严巍峨。五十米高，数公里宽的墙面上全是一人高大的古朴符文。

"那是墨师留下的符文。"沽衣回忆着《述》上的故事："年两千三百六十二，池欲东进犯宁，宁国师挚友，其时天下第一人，墨师抱方云玉笔乘风而来，挥手间起万仞墙，又使玉笔以日月星辰之光辉作符文于墙上。行书七日，千里无光。符成之日，天谴神雷。墨师碎宁国宝，练就通天灵阵助符文护城，雷击城池半日，然符阵皆岿然不动，神雷退去。池主忖城之坚，恐不可摧也。即挥师北上，灭榭。历年腊月十八，即城成之日，皆有半日雷击。然距今已千年之久，符文灵阵丝毫未损。"

"要是我能有墨师那样厉害，定惩奸除恶杀了那安陵王！"沽衣小声地对自己说。

"你若这样想，娘……"母亲的话说了一半，没有再接下去。

"什么？娘，你可以帮我学术法吗？"沽衣仰起头，很惊讶地看着母亲。

"不是。"母亲笑着摇了摇头。

回到家后，天色已暗，家中的盐却告罄了。不得以，母亲只得摸几粒海晶去买些盐。而沽衣则对着窗外人烟稀少，黑沉沉的街道发呆。

天完全黑了下来，空气愈来愈沉闷，沽衣心中那种不祥的感觉又涌上心头。他猛地想起已临近天雷劫城之日，雨水极多。沽衣心中惦念着母亲，见快要下雨了，忙拿起两柄雨伞向盐店跑。

果然，出门方几分钟，雨便浇了下来。石板路变得光滑无比。沽衣脚下踩着草鞋，稍快便感觉稳不住身体，可心中焦急，只得不管不顾地向前跑去。

墨城上的乌云不断地旋转着，偶尔被闪电照亮，偏生又不知道为什么厚重得可怕。就像正在接受着暴雨的大海，海面上狂涛暴卷，沉寂的海底下有一双无比威严无情的眸子正在冷冷地注视着一切。

就在跑过一个小巷角的时候，沽衣忽的听见有人在雨中笑着，还大声地说着什么。沽衣下意识地放慢了脚步。他听清楚了那人说的话：

"这天气又不会有人出门，你就别再想反抗了，哈哈哈！"

"是安陵王那几个坏侍从的声音！"沾衣不知怎的不愿见到那几个人，便躲在拐角处偷看。雨很大，只看得见人影。

"是啊，这天气又不会有人出门，你们就别再想逃命了！"雨中传来一个女子怨毒的声音。邪异得像西方绝阴之谷里的暗灵溪，不毛之地。

"娘！"沾衣听见这声音，浑身一个激灵便冲了出来。向着那几个依稀的人影冲去。

却听到几声密集的打击声。除了一个独立着的人影，其余的人影都凭空倒地。沾衣认出来，站着的人正是母亲，他加快了脚步。而下一刻，面前突然出现了一个以母亲为中心的半球状的"场"。它隐约发光，将每滴进入其中的雨滴映得纤毫毕现。

沾衣却没想许多，而是一下子扑进了场里。沾衣刚进入这个场便觉得头疼欲裂。好在仅一瞬间，那个场便消失了。沾衣感觉好了许多，顺势纵身投向母亲的怀中。

母亲轻轻拍打着沾衣的后背，仰起头看着城上重重叠叠，绵延百里的阴灰雷云。

"能何，命也。"母亲叹了口气，"回家。"

沾衣是被母亲抱回家的。母亲将沾衣放在床上，似乎能看穿沾衣的衣服似的，很自然地从沾衣怀里拿出了净光黄眼石别在灯上。屋子里的阴暗顿时消融，取而代之的是柔和的黄色暖光。

"儿，"母亲坐在床边，一脸慈爱地看着躺着的沾衣，把手放在沾衣头顶，说："你如果真的有了一身强大力量，欲要复仇，做惩奸除恶之事，需得记住，但绰屠刀，天下尽敌。"

"你在说什么啊？娘。"不知是因为光线暗还是眼睛太累，沾衣看到的一切都是朦朦胧胧的。

而母亲在灯光下的那只手正轻轻发颤……咦，那是？

还不等母亲说话，沾衣便又道："娘……你的手好像变干变瘦了"

"没有，儿，你看。"母亲仍笑着，把手伸到沾衣眼前。那的确是母亲洁白如玉的手掌，没有半分异常。

"我也许眼花了……"沾衣随口应着，感觉头顶的手暖暖的，抚得自己好想睡。

"儿，记住我的话，去东方。"

沾衣还想说什么，可是沉重的眼皮带来的黑暗淹没了世界。

第二天早上，沾衣迷迷糊糊地从床上坐了起来，发了一小会儿呆。昨天晚上的事才被慢慢回忆起来。沾衣想起娘昨夜最后说的一句话，心中一颤，忙冲出房间。

而大厅，除了一个放在桌上的包袱，无一丝人气。

"娘！你在哪？"沾衣大叫着，一股让人惊悸的寒气从脚底生起，传遍了他浑身上下每一个角落。

"娘！"

天将启明前，南方火作。

——"又打雷了。怎么办。我好怕，车队里都是坏人，娘……"

——"安陵王，你该死！啊？你熄了通天灵阵？！这是洗旧铃？我胡族的力量你也想夺？狗胆包天！"

——"王兄，是这样的么，胡族的力量？回忆及战斗技巧都被抹去，仅听命于我的人形战傀？"

——"不！儿，儿，你别死！爹爹还没有和你戎马天下！还没有和你乘竹笔俯山河啊……你别死……"

"搜魂师，舍去性命也要给我搜出刺客的来历！"

"我要灭她全家！我要报仇！我要报仇！我要杀尽所有离民！啊啊啊啊！"

——"儿。"

3　初见之时　春里日下雾牵牵

　　"眼波方竭，眉峰又续，林霖雾霭，往来不衰。"

　　沽衣推开了窗，窗外顿时扑进来一阵阵潮湿温暖的风。床边放着的赤红廉价炭灵石闪了几闪，屋内又变得干爽起来。

　　炭灵石是一种常见的矿石，有除湿保暖的效用。它的矿脉在土中各处都被发现过。越是靠近海洋却是越发稀少，因而在沽衣所居住的这一带价格较之内陆要高些。

　　沽衣家前横着条沿河修建的道路。沽衣透过窗户看到河上有一个身着青衣，扬歌推舟的老者正撑着小舟逆流而上。

　　沽衣眨了眨眼，又关上了窗子——这几个月，这个老者总是于清晨之时唱着悠扬歌谣来往于河上。沽衣从未见过他与别人交谈。

　　经十二岁那年的家庭大难，沽衣沉下心来，每有空闲便读经学史，长久以来读了不少书，也辨得出老者所唱歌谣的出处。那些歌谣皆出自宋雅风大师所写的《句八千》。宋雅风曾说，若有人朝夕吟唱，可以成为修行人里的佼佼者。可至今为止，还没有一个人通过这个方法获得哪怕一丝绘符炼宝的能力。所以《句八千》便被世人逐渐遗忘。只有古乐爱好者喜其词曲，这份典籍才不致落散。

　　沽衣往手腕上套了几个略显暗淡的养神镯，往怀里塞了本破书便出了门，行向城中央。

　　——沽衣九年前从家乡流落来了东方，居住在了这一带最大的城池，茶熙地。据说这座城是两百多年前，离，也就是沽衣现在所在的国家将题国朝廷赶到了南方诸岛上。题衰朽不堪，却也曾是泱泱大国，不仅守住了南方诸岛，不致被赶尽杀绝，还将诸岛的统治者或驱散或收服。其中一个原主贵族家族缺乏南下开拓新居住地的勇气，只好一路忍辱负重来到大陆的东方，用大量金钱买通了朝廷，起了这座城。百年的经营，这座城已经成为东北最大的城池。离君在三年前因向往茶熙丰饶，迁都至此。茶熙便被分为两部分。内城名皇城。外城名茶熙，"地"字却被除去了。

沽衣的师傅是放到整个茶熙都算得上有名的木匠，姓李。沽衣望着一天能学下手艺，自己开一家木器店，收几个小学徒过上舒服日子。

东南皆海，春天一来，乳样的白雾便在天地间漫流。茶熙离海尚远，雾之重不若临海诸滨，却也是让人觉得蒙了一层轻纱。沽衣往木匠家的路上，尽目是杨柳依依，暖雾牵牵。青石板上覆着一层薄薄的小水珠。日光洒下，在水珠里打几个旋儿，又四散开来。乍一看，倒像是路上平生了细小的白色绒毛。有毯样的质感。整个世界都像是被泡在温水里，懒洋洋地生烟。走在路上的沽衣放慢了脚步，欣赏沿岸景色。

茶熙河流无数，当城中改作皇城之后，大小水道旁便被安上了白石砌就的栏杆，半人高矮。抬眼望远，蜿蜒的小河被描上了边，清淡轻灵。

万千碧绦的掩映下，一个白衣身影窈窕而立，稍凭白栏，正全神贯注地玩着手上的一个小物什。沽衣一愣，不知怎的停下了脚步，看着那道倩影一动不动地呆立着，有点单薄的身影如风中弱柳，却也因此带了一丝轻盈。

被精心挽起的乌青凌虚髻微微一动，女子似是察觉到了什么，回过头来看。

肤若凝脂，蝉鬓微散，神采飞扬。

在这薄雾悠悠的东南一隅，风轻日暖，草木生光。

白衣女子回过头来，愣了愣，又自顾自地摇头。沽衣看得，心下大窘，支支吾吾地道："呃，姑娘……冒昧了。"

那女子浅笑着摇头，以示无碍，又转头凝神看向手上那个紫色的小物件。

沽衣见女子转过头，心下仍是尴尬，便快步离开了。

"嘿，三哥。"

"阿衣。"

"大嫂，在洗衣服吗？"

"嗯，小衣去做工？"

"嗯。"

沽衣一路行来，与木匠家前后邻里亲切地打着招呼。沽衣在木匠家帮工学徒五年有余，他早把这些邻人视作亲人。邻人们也可怜他年纪轻轻就只身漂泊，都真心对待他，常有往来。

今天的活儿倒是不多，沽衣见手边的活都快做完了，便搁了刨子，扯过挂在脖子上的汗巾擦了擦汗。他出了口气，对着一个在为桌边雕花，稍显老态的男人说："师傅，弟子这边的木材都刨完了。"

"好，你先回去吧。"男人手捏着刻刀，头也不回地说。

沽衣恭敬地说声好，换下了做活时穿着的裋褐，便出了门。

见天色尚早，沽衣便揣着一本江湖野谈《草莽》，进了一家茶楼。不料这茶楼日间的生意极好，一时半会儿找不到位置。平时沽衣只在夜间或是早上来坐，对这样满座盈盈的情况却是料之未及。可又不愿就这么回去，四下看了看，沽衣忽地眼睛一亮。

在某个小角落，好像有一个座位与整个茶楼里的小二吆喝声，文人拍案声相隔开来。那个白衣女子正坐在那儿，右手托着腮，出神地在想着些什么。案上摆着一个茶壶，一个不冒热气的茶杯和一个车子的模型。

沽衣心中也不知道在想什么，直走到那个女子的面前。待得站定了，那女子看过来，他才如梦初醒，站在那里却是不知该说些什么了，半晌才说："这茶楼人满为患，请问可否与姑娘借座一憩。"

"此座无人，公子但坐无妨。"女子稍稍有些惊讶，却也不介意，只让沽衣在对座坐下。

沽衣要了一壶梅乡产的白毛，感到那女子正坐在对面，心中有些慌乱，书看了良久也没有翻页。抬起头，却见那女子正看着自己。两人目光一碰，女子望向别处，沽衣却是脸一红，微微低了低头。

就这么过了几刻钟光景，沽衣留意到开始逐渐有茶客起身离开，料想也不早了。不知怎的，沽衣却是不想那女子离开，眼睛扫到那车子模型，似是想到了什么，便开口道："姑娘，这人力车模型可否借我一观？"

那女子微微颔首，也不对沾衣多说什么："公子请自便。"

沾衣取了模型。那确是一个普通人力车的模型，于是沾衣便有些好奇地问道："不知姑娘为何要带着这模型？"

萍水相逢，这话实则已经有些许逾越礼数了，可那女子却似不介意似的说道："我前阵子迁居，一路颇感车夫行脚劳苦，念及世人远行之时只能烦劳车夫，在闲暇之时常私自研究这人力车，希望能以机关奇巧之术帮天下万千车夫稍减负担。"

"哦？"这般有想法，又敢于去想的女子在当世间可算是少有了，沾衣不由有些钦佩，"不知姑娘可有进展？"

"让公子见笑了。我生性愚钝，没有丝毫进展，倒是数日前想过用飞鸿石安在车上，可飞鸿石已不能算作是民用灵石，价格却是高昂。"女子微皱的眉头让沾衣稍稍失神。

"我是城里李木匠的弟子，对大件小件的木器都略通一二的，也许我可以帮助姑娘。"沾衣脱口而出。

"那便先谢过公子了。"女子展颜一笑，又对着茶博士说道，"再上一壶白毛还有三四个时令小菜吧。"

"话说回来，"沾衣摆弄着车子模型，熟练木匠打就的零件个个精细非凡，表面也上了漆，"这模型恐怕价值不菲吧，不论请木匠的报酬，单是这暗紫笼光，细致沉稳的木料，还有涂的上乘的清漆，这漆入手不腻不黏不盖木泽，两者相加，花费怕是得有五十来元了。"

沾衣一抬头，正见女子专心看着他说话，心里没了前几次的紧张和尴尬，竟有一种让人浑身放松的闲适感："虽说上好的材料易于构造细节，可若是选材昂贵至此，却是不必了，此物毕竟只是临时使用的解构模型罢了。不若选用普通木材，涂漆的工艺也用打磨来替代好了。"

女子笑笑："回去以后和木匠说声便是……我叫洪琳，水共洪，琳琅满目的琳。还未请教公子高姓大名。"

"高姓大名不敢当。"沾衣放下了模型，道，"我叫沾衣，三点水，旁是一个古代的古，衣服的衣。"一边说着，一边用手指在空中比比画画。

"沽这个姓却是不常见。"

"我父亲姓秦，不知为何我却没有继承父姓，而是随了母亲。想来，'沽'也不是姓吧，只是我单以'沽衣'二字为名。其实相比没有名字的人们，我已经很幸运了。"

"确是。"洪琳沉吟了一下，说，"公子你可看见今早那个划着小舟唱着歌的老者？"

"直叫我沽衣好了。那个唱《句八千》的老者吗？我看见了，那个老人家每天都要唱着《句八千》里的歌撑着小舟在河上来来回回，也不知为何。"

"今早他看着我对着我笑了笑，说了句'终于上台了'。让我一天都心神不宁的……"

纵然洪琳没有流露出要走的意思，可从这窗里望出，可见西方天空只剩遍天橙黄，已没了太阳的影儿。

沽衣只得与洪琳对半付了茶钱，起身欲要道别。可还未等沽衣开口，洪琳便递来一物，说道："此为我'水绫镜'的连匙。"

沽衣接过了那个褐色的小小长方体。那连匙大小形状如成人两指齐并，上有繁复的碧绿花纹。沽衣笑着说："姑娘我们就此别过，后会有期。"

洪琳取了桌上人力车模型，转身离去，身体轻盈得像在楼外河边飞扬的柳絮。

沽衣也有一个水绫镜，那是沽衣刚来茶熙时，那个一心想收复失土的题国皇储被刺致死后，一个倒腾九流民用法器的退伍兵卒送给沽衣的。当时沽衣初来乍到，这个看似昂贵的水绫镜给了沽衣一个心理保障。所以沽衣即使在最困难的时候也一直保存着。即使这个劣质的水绫镜在市面上，其实只能卖到五块海晶。

回家的路上，沽衣一如既往地在离家不很远的包子店买了两个肉包子。

第二日。

"沽衣，"李木匠停下手中的活计，扬了扬手里的木板，"这已经是第三块被刨废的木板了，你今天一天都心神不宁的。你在想什么？"

"禀告师傅，昨日弟子偶遇一名女子，相谈甚欢，离别之后便难以忘怀，一直挂念。"沽衣低着头，沉默了一会儿，说道。

"阿衣，你跟着我已经五年了。你也二十一了，不小了。倒可谓是正当年，师傅也相信你不会乱做事。今天你便回去，好好想想吧。明天来做工的时候，可不要再像今天一样了。"

"是，多谢师傅。弟子告退了。"沽衣欠着身离开了李木匠家。

昨夜，沽衣梦见自己在一景色壮丽之地御空前行。脚下不着实物，身体轻若鸿毛，稍稍念动便可自如飞行，飞得极高，身周云环雾绕。身侧有一女子与自己比肩。自己自是好奇那女子面容，身体却由不得自己，一直不得转头一睹真容，自然无从得知相貌。两人时常从云中降下，一同指点欣赏脚下那奇绝江山。那个女子的声音悠扬动听，吐字如珠落玉盘，悦耳动听。自己的声音不似平常，却是沉稳平缓，似是有使人心神安宁的功效。

醒来之后，沽衣在床上坐了许久，心里分明清楚得很，只总想着那场梦，让人觉着他恍惚不安，被李木匠一番话说得好了些。现在想来，那梦中女子却是与洪琳极像，分明声音，说话方式迥异，可两人给自己的感觉却丝毫不差。

回家的路上，沽衣见到了那个老者。他把船靠在岸边，自己坐在船头有一口没一口地喝着酒壶里的酒。沽衣归家路上心情不自觉地好了起来，走过那老者身边时对那老者说："老人家，在休息？"

老者没有说话，沽衣看见他额角垂下的黄发在风里晃了晃。沽衣也不以为意，继续向前走去。

"小子，"沽衣突然听见身后响起水声和老者说话的声音，"你那面水绫镜，要补补的。"

沽衣呆了呆，扭头见那老者已撑着小舟一晃一晃地向城外去了，任是沽衣高声呼喊也没有回头。

沽衣思忖了一下，还是咬牙买了一颗价值半块海晶的水属性灵石。毕竟这老者知道自己今夜准备用水绫镜联系洪琳，那么水绫镜需要修补，未必是不准的。买下这块灵石做修补之用，总是防患于未然。即便水绫镜不需修补，用来给它充能也是好的。

路上沽衣依旧在那个包子铺买了两个肉包子作晚餐。

晚饭后，沽衣把竹床从屋里搬到屋后的小院子里，怀抱着两寸见方的水绫镜坐在竹床上。夜风习习，感觉甚是舒服。沽衣把手指搭在水绫镜的边框上，心中默念"开启"。约莫过了半分钟，沽衣逐渐感觉到水绫镜变得温热起来，又是期待又是不安，突然听见轻微的"咔"一声，只见那水绫镜银白的镜面边缘忽地绽开一道细小的裂缝。

沽衣被吓了一大跳，慌忙抓起一旁的灵石贴上了镜面裂开处。本是半透明的灵石贴上以后便不停变黯淡变浑浊，最后成为一颗灰扑扑的小石子。而那条小裂缝丝毫没有好转。

沽衣却松了口气，自言自语道："呼。差一点就坏掉了。这样破烂的水绫镜……怪不得那个士兵会送给我。这次充入了这么大一块水灵石的水灵，怎么也能用半年吧。这条小缝倒是不碍事……"

沽衣又开始重新开启水绫镜。少顷，水绫镜微微发出了光。沽衣见状便收回了手，把那块连匙整个儿嵌进了水绫镜背面的一个卡槽，然后便握住视镜对着镜面。

镜面开始不断显现波纹。不到十秒，镜面开始趋于稳定，缓缓显示出另一端的情形。

"洪琳？"沽衣看着镜中有些模糊的人儿。

"沽衣吗？"镜子那边传来一个绵软悠和的声音。

"嗯对啊……你现在有空吗？"沽衣一时间竟不知道说什么好，想了想才这么问道，就好像在联通之前根本没想到洪琳会不和他交谈似的。

"有的。沽衣，有想过那个车吗？要怎么做比较好？"洪琳的面容只是依稀可辨，不太能看出表情。不过从声音来感觉，洪琳却是一点不排斥和沽衣说话。

"也许我给了她我的连匙，她还会主动来找我呢。可惜我买不起连匙，两块海晶一个连匙，太贵。"沽衣在心里想道。随即歪头想了想说，"我觉得吧……飞鸿石是有用的必要，但是不必一颗一颗的用。可以打磨成粉做个涂层，再在外面覆盖一层木料防止涂层脱落，这样可以降低成本，其他的我就没有想到了。"

"这倒也是……"洪琳做出托腮思考的动作。两人一时之间无话可说，气氛有些尴尬。

最后还是沽衣说起了一个话题，那是近来盛传在北方的太丹山脉出现了一对槐树精娃娃，经常偷去附近村民们手编的稻草人偶，在深山里攒了一个小"稻草人偶村"，甚是好玩。

两日后，雨夜。

沽衣是被一道震天的炸雷惊醒的。

他直起身子，撑坐在床上。透过窗子可以看到，一丛丛的闪电劈在不远处的皇城之上。皇城的明黄色护罩若隐若现地闪动着。皇城城墙上灯火不多，于是远远看去整个城都黑压压一片。

又一道闪电击下。在那一瞬间，房中物什尽皆纤毫毕现。沽衣的脸有些苍白。不是慑于雷电之威，而是又想起那九年前中原老家的剧变。

沽衣呆呆地看着窗外。被子滑落了，他身上只着一件白色的单衣。不知是否因为入春的夜仍有些微凉，身子悄悄地颤抖着。

直到雷声稍歇，沽衣才从不安中醒过神来。他移动了一下身子，靠坐在床头，伸手扭开了床边的夜灯。罩里那颗净光黄眼石发出的柔和光线到达了屋内的每个角落。沽衣看着这颗黄眼石，双眸中那两点微弱的黄光一闪一闪。

"老朋友了。可再过几年，你也怕是要耗尽能量，变成那灰灰的小石头吧。"沽衣轻抚着灯罩。

"真的很难受啊，没有人知道的过往。"

静了数秒，沽衣拿过了床头矮柜上的水绫镜，嵌入了连匙。

镜面的水波还没散尽，便传洪琳柔柔的声音："你等等啊……雪静，月环，你们先避避。"

片刻，洪琳的脸庞重新出现在镜面上："沽衣，打雷了。"

"嗯，打雷了。睡不着。"沽衣被灯光照亮的眼睛突然流露出一丝与年纪不仿的落寞，"想到一些往事。"

"故往的事情，虽然不能说放下就放下，但是沽衣，要向前看哦。你有个落脚之地，吃穿不愁。比起许多人来说，已经是好了太多太多啦。"洪琳想了想，这么说道。

"嗯，我知道。我只是……想到就睡不着。"沽衣稍稍放松了一些，调整了一个舒服的姿势，说道："我想把那个故事讲给你听，那样也许我会好受点。"

"好啊。"洪琳捧着水绫镜回到了床上，斜躺着，扯过粉红的绣花被子，用胳膊支着脑袋。几丝散开的发丝垂落眸边。

"十二岁的一个晚上，我坐在房间里，偷偷地看着野史。突然听见隔壁的姊姊嚷着什么，冲进了我家。"沽衣开始讲述。他的语速很慢，身心皆沉浸了过往的回忆中。

"……我的父亲是安陵王的厨子。那夜，所宴宾客的饭里有一谷壳未脱尽。安陵王以示诚意，将我父亲赐鸩……"

"……母亲一怒之下杀了安陵王的人，想用法术掩盖他们死后引发他们身上法器发出的信息时又被我打乱……"

"……我拿上了母亲准备好的细软，在清晨时别了家了。可待我找到了愿意收留我的车队，离开墨城百里以后已经是入夜了。"

"那日是雷劫之日，可时辰未到，已是万道惊雷击落城中，雷声滚滚遍野。天很黑，深冬的风好冷。"

"行了一段路，一个年轻的小马夫偷偷告诉我，车队里的好多人都想把我卖作城里富贵人家的小童。于是我拿出包裹里的匕首，伤了一匹马，趁车队里一片混乱之时，逃了出来。"

"后来，我一直悄悄跟着车队。因为只有这样，才不会在荒郊野外迷路饿死。"

"可是我看到，那个马夫被愤怒的众人群殴，几天之后身体不支，染上了重病……死了。"

"我到了另一个城市，又悄悄跟上了其他车队，来到了茶熙。"

"每逢打雷的时候，我总会想起离开的那个晚上。说不清是害怕还是什么的心情。"

"你的双亲……"洪琳咬着嘴唇，好像有些愣住了。

"就好像提起我名字时我所说的那样，其实我还是很幸运的啊。"沽衣看着洪琳的样子，却是笑了，"我至少还记得他们，还记得我还是个孩子的时候，那些开心的日子。谁知道现在有多少孤儿正在痛苦中挣扎，甚至死去呢。"

洪琳一会儿没作声，一会儿才说："我的童年没有你那样的剧烈起伏。我生在富贵人家，是爹爹唯一的女儿。娘她也很疼我。在我十岁之前，我一直都很幸福。"

"可是等我慢慢长大了，爹爹却开始让我学这学那，说是要把我培养成大家闺秀。所以我就天天学啊学啊。爹爹也不怎么给我出门玩。"洪琳说着，一脸苦相，"娘她也很少来看我啦。"

"如此看来，我也不是那么悲惨。我长大了可没人管我。轻松着呢。"沽衣看着洪琳清丽的脸庞，轻松了不少。心中对着洪琳羡慕的同时，却也有着几番同情——她说得轻巧，但是可以想象一个女孩子承受着父亲给予的严厉要求，耐着寂寞幽居深闺，该是怎么样的感觉。

洪琳的笑容像是能融化沽衣心中童年边缘的皑皑白雪："世上的人呢，总是有这样或那样的不幸的。我们要做的，是去铭记每一份伤痛，并把它们转化成前进的动力啊。"

沽衣好受了许多。雷声亦是渐息渐止。他眼中柔情稍显，说道："洪琳。清明节将至，我们去西郊的步莲山踏青好吗？"

"啊，"洪琳看起来有些为难，"可是，那天我要和爹爹一起出去。"

"嗯，该是要祭拜先人吧。"沽衣笑着，可任谁都能看出他脸上浓浓的失望。

"不过，从今天起，你就叫我琳琳吧。"洪琳白皙脸庞上的微笑忽地展开。沽衣心下一震，呆呆地望着洪琳。镜中洪琳脸上朦朦胧胧地似是泛起一抹飞霞，水绫镜的联结被她切断了。

"琳琳……"沽衣把水绫镜放在枕旁，躺好睡下。

"琳琳……"沽衣闭上了眼，喃喃自语。

沽衣已睡熟。灯光下的睫毛兀自颤动。

矮矮的梨木层架上，一窗宁静的星。

"呼。"沽衣左右手肘撑在白石河栏上，轻轻地吹开了飘到脸前的柳絮。

他合起的双手中握着的，是一架快要完成的木车模型。

"快了。要是做成了，把这个送给琳琳，她会很开心的吧。"沽衣想着，脸上不知不觉中便披上了一层淡淡的笑容。

已然是春末。

4 如胶似漆 夏中画上荷静静

日子飞快地过去了。春时的余寒逐渐消散。各户人家也收起了家中的炭灵石。

沽衣一拍桌子，震得桌上工具颤抖，木块，木屑纷飞。

"终于完成了！"沽衣放松一下身子，靠在椅子上，长长地出了一口气，"得马上把这个消息告诉琳琳！"

晚上，沽衣正在吃着路口处买的肉包子，正满心欢喜地想着要如何告诉洪琳这个好消息，却见门外冲进一人。那人一头扎向他的怀里。沽衣依稀辨出那人是洪琳，担心伤了她，便没有闪开。洪琳扑到沽衣怀里以后，却是嘤嘤地哭了起来。沽衣当即便愣在了那里，嘴里塞了个包子，真是嚼也不是不嚼也不是。大脑里一片空白，听着洪琳的哭声，沽衣真是不知所措。

整个屋子里便都是少女的哭声。

怀中的人儿哭声渐小，只微微动了动便没有动静了。沽衣小心翼翼地扶起洪琳，看了看她的脸，发现她已经小女孩似的闭上眼睡过去了。甚至，在她红肿的眼下，晶莹的肌肤上，还有几滴透明干净的泪珠。

"唉，这是怎么了……也不知道她的家在哪里……只好……如果我不进屋的话，应该也不会坏了她的名声吧？"沽衣抱起洪琳柔软轻盈的身体，轻轻地在床上放下。洪琳身上的幽香传入沽衣鼻子里，惹得沽衣一阵阵地恍惚。

沽衣家后面有一块小院子，沽衣闲暇时便爱搬了竹床来此处乘凉。现在洪琳睡在里屋，沽衣便躺在院里的竹床上，哼着歌，看着天，偶尔看看屋里床上的洪琳。

"夏花芬芳，白衣扬扬。暗藏情影，安在我心房。"

"她仍没有醒来。灯没有关上，等她起来，应该可以找到我。"风凉凉的，沽衣的身体慢慢放松下来。

昏昏沉沉地不知道过了多久，就在将睡未睡时，沽衣突然有了一丝被人窥视的感觉。而且这种感觉还在不断增强，给予沽衣一种强烈的不安，甚至还有了方向感。

"嚓！"

"是，回禀大人。事情的始末是这样的，小姐离开了皇城以后，前往了茶熙西郊一个青年平民的家中，并在见到那个平民以后放声哭泣，后来睡去了。那个平民便将她抱到床上，安置好后便搬了一张竹床到后庭中乘凉。而就在他快要睡去的时候，他察觉到了我们的存在，便拾起一块石头掷来。那石子击穿了我的护心镜，伤了我。然后他神情古怪地看了看自己的手，拍了拍脸，又躺下睡了。就像根本没有发现我们。我留小五小七在那里护卫小姐，回来向您禀告。因为他实力深不可测，对小姐又没有敌意，所以我们便没有现身。大人，我们调查过，那人是孤儿，九年前漂泊至茶熙，现正在一木匠家做学徒。"

"关于他的身手，你怎么看。"

"从他的体格和平日里细微的动作来看，他并非习武之人。进攻我们时并没有使用修行之术。要么是他习武修行已臻化境，要么……就是……"

"就是他没有习过武，又不是修行中人，还能察觉你们的行踪，再用一颗石子远远地伤了你？"

"属下愚昧！"

"你先退下吧，看好琳儿。也不要限制那平民的行动。"

"我没有娘了。"

这是洪琳起来以后，神情憔悴地对沽衣说出的第一句话。

沽衣看着眼前的人儿，无声地叹了口气，握住她放在桌上的手。

洪琳的手抖了一下，却没有直接抽出来。

"琳琳，无论怎么样，都有我在。不要太伤心了，好吗？"

"嗯。"

"琳琳，我们去散散心吧。听说城郊的轻仙塘里的野荷开得盛。"几日后，沽衣收工回家，看着在桌边呆坐着的洪琳，忍不住说。

洪琳紧了紧握着青花瓷茶杯的手，良久没有动作，过了好一会儿才点点头说一句："好吧。便去踏青。"就又盯着浮在水面上的嫩绿茶叶。

"那明早我去和师傅说一声。"沽衣看着洪琳，在心底暗叹一口气。

"哦？"李木匠挑了挑眉毛，转身仔细端详了一下沽衣身旁的洪琳。此时的洪琳仍眼睛红肿，神色黯然，"去吧。如此看来这姑娘确需去散散心。"

"是，谢谢师傅。"沽衣跪下磕了个头，"告退了。"便拉起洪琳转身离开。

待得出了门，洪琳却是轻轻挣开了沽衣的手，只跟在他身边。沽衣的身形稍滞，又继续向前走去。

"洪……琳琳，"沽衣叫了她一声，却不知道这时候该说什么，沉默了一会儿才道，"走吧。"

两人并着肩，慢慢地离开了茶熙。一路上也没多作交谈。

现下正是夏荷繁盛时，从茶熙里的平民乃至皇城中的达官贵人都纷纷前往轻仙塘赏荷。

轻仙塘不是一个等闲地方。这二十来亩的塘子从不知多远的古代就存在了，风雨千载，形状几乎没有变化。每年夏天，都有荷花荷叶立立蓬蓬。而在两百年前，那个家族建立茶熙地的时候本想将它填满。却不料这泥潭似深不见底一般，任劳工如何填土都不见满溢。

家族便请了一名当时闻名遐迩的修士来一探究竟。这名修士一查才发现，在塘东边有一块表面光滑的顽石。这块石头与整个塘的气运相连，自身又与地气相接，故而石头与塘子皆坚而难摧。

原来是两千余年前李师路过此地，在塘边歇脚，见此塘虽小，亦无钟灵之气，却自有一番自然小样，便浇酒生石，在石上书就"小矣"二字，洒然离去。

于是那家族便改了心意，把城子重新规划了一番。而这轻仙塘，也由当时一位颇有名气的文豪，纪师来命名为"轻仙"。不仅形容荷盛时的美景，亦是为了纪念两千年前的李师。

路上车水马龙，沽衣看着平野山陵上逐渐多起来的闲花碧草，心里也逐渐放淡了起来。行到半途，他微微侧过脸来，对着洪琳道："琳琳，你可会作画？"

洪琳愣了一下，答道："自幼家教甚严，琴棋书画便都略通一二。"

沽衣见洪琳说话失却了平日的灵秀气息，不由得在心底叹息一声，便不再回话。

转开一个小土丘，便到了轻仙塘边上，初夏时的微暑之气渐渐消去。沽衣见得塘不大，塘边却落下了好几座酒楼茶肆。风一起，便是茶香四溢，酒旗翻飞。塘中荷花兀直，虽失却了荷花的清白性儿，但又有几分尘土和清水的协调，真是俗气得可爱。李师那"小矣"二字确实传神。

二人进了一家茶馆，在楼上临窗处坐定，吩咐茶博士沏了壶掺了莲子的叶尖儿，便观赏起窗外的风景来。

此时稍有和风，塘中一荷动，千荷动。塘上绿影涟涟。不远处有个小亭，亭旁是一无檐酒馆。亭里不知谁家公子清亮的诗吟，小姐秀敛的微叹和醉后书生轻狂的大笑糅在一起。那是晌午烈日也掩不住的人气儿。

沾衣叹道："在路上还觉得景美，到了此处才知，适才的景色却是平常。此景也当得起'轻仙'二字，也不枉李师留书了。只恨不能安家于此，否则每日听这人声风吹，叶浪荷击，实是一大乐事。"

洪琳笑了笑，说："茶熙王公贵胄云集，安家于此甚是不易，不若我给你作幅画，日后若是想起这景儿，也可以有一物托情。"笑得却甚是勉强。

"却也不错。"沾衣便向小二花了些许海晶要来了纸墨，把纸展开，用茶杯镇在桌上。

洪琳提了笔在砚边舔了舔墨，便开始了作画。起先笔走得飞快，那亭，那酒馆，塘边的游人，塘中的千荷万叶都逐一而起。完成这些也只用了盏茶光景。沾衣以为画成之时，却见洪琳俯下身去，在荷间叶底添起了一朵朵睡莲。待得画就，已用去了一刻钟。洪琳在左下角腾出的极小空白处署下名字后，不仅是围观的众人，连店小二都拍掌叫起好来。

"敢问，轻仙塘本只有荷，小姐为何要添这几十朵睡莲？"一名布衣中年人问道。

"无他，较之荷的高洁不染，生人勿近，我更喜欢睡莲的玲珑无瑕。"洪琳说着，手却抖了抖。

"小姐好傲气。"中年人尴尬地笑了笑，作了个揖便回到自己的座位上坐下了。

"这个送与你。"洪琳看着沾衣，柔声道。

"琳琳。"沾衣看着一直没有开心起来的洪琳，心中一阵难受，竟不自觉地想用手去抚洪琳那白皙的脸庞。

"我没事。"洪琳又微笑，向后躲开沽衣的手。

"那便好。"沽衣的神色有些黯然。

洪琳看着沽衣，伸出手去握住他放在桌上的手："我没事的，你不要太担心。"

"嗯，"沽衣反握住洪琳，"别忘了那夜说的，我一直在。"

等太阳开始西坠，二人都离去后，风仍吹了许久。

"老板，来三个肉包子。"

"好嘞。"

下午的太阳不那么毒。沽衣和洪琳便坐在家门口的小河边的石椅上，捧着肉包子慢慢吃着。

沽衣拨了拨额前没有束好的头发，眯起眼睛看向了河的尽头。

"青丘已去，过往恩仇怎不休？且伴妻子画舟上，笑看江水流。"

一道身影，一叶轻舟悠悠地漂了过来。

"琳琳，你看那……"

"他在看我们，还在笑。"

沽衣听得这话便是一惊，细细凝神看去，那老者却哪里有在看向这处，只唇际有一丝扬起的笑意。

"琳琳，我们进屋吧。这老爷子有几分古怪。"沽衣握住洪琳的手，提起剩下的一个肉包子便向屋里走去。

回到屋里，沽衣看到桌上摆放的一个小物什，忽地想起了什么，于是便放下包子，取过那东西，献宝似的捧起给洪琳："琳琳，你看，我做出'人力车'改良版了！"

洪琳的眉毛下意识地挑了挑。

沽衣见洪琳被这提起了兴趣，自是开心，忙不迭地讲解了起来："这辆车的主体是木制的，呈椭球状。关键在于动力机制，原来的是纯粹以人力前进，现在在车夫席上左右各有一个手摇柄，由一根传动棍连到车轮上。车夫实际的操作就和摇桨的船夫一般了。动力机制都是铁质的，这样可以保证摇柄的坚固，也不会让传动棍磨损太大。另

213

外把飞鸿石磨成粉，可以减轻车夫的负担。"

洪琳看着沽衣，眼睛里闪烁几下，突然微笑了起来。与前几次不同，这次确是发自内心的笑，似夏花遍野一般自然生光。

"……呃，"口若悬河的沽衣看到她这么一笑，却是呆住了，磕磕巴巴地说道："怎么了，是……我哪里说错了吗？"

"不是啦，只是突然觉得，即使娘她走了，我本也不该如此消沉的。无论如何，我还有朋友啊。"洪琳的眼中满是柔和。

沽衣起初越听越开心，听得最后一句却是有些黯然起来。

男女有别，晚上洪琳自是在沽衣的床上睡下，沽衣搬起竹床来到了后院。

沽衣盖了一件雨蓑在身上防露水，回想起洪琳的那句"还有朋友啊"，不禁思绪纷起。

自己与洪琳的相遇本是不太自然的，只因为自己对她有着莫名的好感，她也不排斥自己，才会让自己和她这两个毫无交集的人能走到现下亲密如此的地步。分明相交才两个月，现在的自己却对她有一种老朋友的感觉，在一起无拘无束，什么都愿意讲，什么都愿意听，很是舒服。

沽衣忽地又想到了自己做的那个梦，那个与一女子自在遨游名山大川的梦。

难道我们上一世是一对神仙眷侣？

沽衣摇了摇头，自嘲地笑了笑。

"不过，最近越来越有一种生活如梦的感觉啊。似乎有一天我现在的生活就要破灭……所以好好珍惜洪琳，还有这仲夏的竹床凉风吧。"

"沽衣，我们去卖这种新型人力车好不好？"清晨，沽衣是被洪琳摇醒的。

也许是因为昨晚胡思乱想没有休息好，沽衣睁开眼睛以后好几秒才反应过来，傻傻地问道："琳琳，你刚才说什么？"

洪琳一扫前两天的颓丧之气，手撑在膝盖上，笑嘻嘻地说："我说，我们去开家店，专门卖你做出来的那种车子好不好？"

"呃，呃？"沽衣可真是傻了，"卖？"

"对呀，你看，你好不容易发明出那种车子，总不能就放在家里当摆设吧？对不对？我呢，也可以找点事情干。"洪琳那重新变得灵动的大眼睛一眨一眨的。

"可是如果亏钱了，我就一贫如洗了。"沽衣无奈地说，"到时候你回家了，我就要睡大街了。"

到时候让爹爹给你介绍个活计就行啦，洪琳想着，便说："不会啦，你那种车子对于车夫来说可省力了，长途旅行必备，一定会有人买的！"

也许失败了，师傅他也会帮帮我吧。沽衣想到这，于是说："那好吧，便售卖试试。"

"嗯，你这么好的设计……"

"这是什么破烂设计。"

"小姐说她心意已决，一定要在民间卖这种新型人力车。"

"这样啊……那便随她去吧。你在府里寻一人去助琳琳。"

"是。"

"沽衣。"洪琳刚拎着帮沽衣买的肉包子，刚到家便马上叫了沽衣一声。

"啊？"沽衣方才在出神，一秒钟后才猛然惊觉，"琳琳，什么事？"

"有个叔叔愿意帮我们处理开店的杂事。"洪琳乐呵呵地说。

"哦？是吗？太好了，我刚才还在想着去哪里联系工匠和商铺呢。这下可以省事了。"沽衣听闻之下也是惊喜，"也就是说我们只需要提供设计图和初始资金吗？"

"那个叔叔说他找到了一个大商，那个大商可以提供长期无息贷款。所需的代价仅仅是在店开起来以后提供一部最上乘的车子。"

"是这样的吗？"沽衣却慢慢从惊喜中退出，恢复了冷静。他皱了皱眉，"百年前的马师曾说过：'匿名的礼物，还是不接受的为

215

好。'你说的叔叔若是这样没来由地大献殷勤，怕是心中有鬼。"

"这却不必担心。那叔叔原是我爹爹的一个部下，他要来帮我们，也不用客气什么的。"

"那也好。"沽衣答着，苦笑一声。心里却有着食他人粮，着他人裳的感觉了，"我便先去师傅家做工了。"

"嗯。"

三十多日后，洪琳告之沽衣，开店的一切琐事都准备妥当了。两人便一路向着已建好的店面走去。

"喏，就是这里啦。"洪琳指着一栋碧瓦飞檐的两层建筑，"漂亮吧？"

"漂亮。"沽衣点点头。

这屋子的确是好看，设计得精致典雅，不高不阔却自有一番轩昂。更是因建立得离皇城不远，门前行人如织，想来日后不愁没人知道。牌匾还蒙着红布，店名是依洪琳的意思取了"百家"，意为这车行是对全天下所有平民开放的，也是为了全天下平民开放的。

进了门，见几个伙计正在打扫上下，有一个中年人站在大厅正中，见洪琳沽衣进来，忙迎上来："小姐，这位便是沽……沽公子？"

"嗯，对啊。"洪琳点点头，把头凑到沽衣耳朵边上小声地说："沽公子。"

沽衣尴尬地笑笑，有点不知如何是好的样子。

"那我便先把小姐和沽公子介绍给伙计们如何，车博士们在后面的住房，可以把他们叫上前来。"中年人说道。

"那边麻烦叔叔了。"洪琳笑了笑。

"今天把你们召集起来，是要给你们介绍一下你们未来的大掌柜和二掌柜。这位便是你们的大……"

车博士们和伙计们站成一排，统一的制服很是顺眼。站在前面讲话的中年人说到一半却被洪琳打断了。

"我叫洪琳，我以后就是你们的二掌柜啦。你们以后干活利索着点。干得好我奖，干不好，嘿嘿……"洪琳上前一步，说着，又拉出了沽衣，"你也说点什么吧。"

"呃，大家好。我是沽衣，我以后就是大掌柜了。你们以后要听二掌柜的。"沽衣站出来，可能是有些紧张，挠了挠头。

那些伙计和车博士的素质倒是极高，硬是忍住了没笑。只一个个脸都涨得红红的，怕是要憋出内伤了。

沽衣见状更是大窘，小声道："想笑就笑吧。"

众人哪里还忍得住，顿时放开声笑成一团。

"朝街的房子是接待厅，大部分的车博士会候在那里，然后在楼上一个个朴素的隔间接待客人。客人们看过各种车的画册和介绍，听完车博士的建议以后，会大概想好几种车。随后车博士会带他们来到中部的车库，也就是我们现在这里。所有的车都会被停放于此。"

"那个是侧门？"

"是的。中部侧门的这扇门是专门为我们自己人开启的，需得有特殊的气味才能进来"

"气味？你的意思是我们对伙计和车博士用'营香符'，再在门上布'识'吗？"

"是的。看来公子对符箓阵法有一定的造诣啊……我们现在过了车库，已经到了后部了。这后部呢，便是店里给每人配的宿舍了。再往后就是河。当然，这样我们取水也方便。"

"我想问问。"

"嗯？"

"我设计出来的只是一种车子吧，为什么我看到前面有那么多不同的类别？"

"嘻嘻，小衣，这你就不知道了吧。叔叔这是商业手段。一种车子改变外形，改变成本，就能以不同价格，效果和外形对应不同人群。这样取得的效果，将是数倍于之前的呢。"

"我怎么觉得怪不踏实的。"午后，在店铺后院专门为沽衣准备的一座小屋里坐定，沽衣一脸的怪异，"我们一把图纸给他，没几天呢，他就把伙计招好了，房子盖好了，车造好了。我进房间一看，连茶叶和艾草片都备好了！有一种自己正在被人骗钱的感觉。"

洪琳听得，"扑哧"一声笑了出来："安心啦。我都说了我爹爹厉害嘛。办事快也没什么好奇怪的哦。而且……这次娘她去了和爹爹也脱不开干系的，他对我也愧疚得紧，"洪琳说到这，黯然了一下，"所以啦，你也不用太不安，就当是和我玩了一个游戏吧。"

"游戏吗？"沽衣愣了愣，又微笑了起来，"一个游戏啊。这个游戏可还真有意思呢。"

"嘻嘻。那是，快快谢谢我吧。"洪琳翘起手指点了点自己的脸庞，侧着脸对沽衣眨了眨眼。

沽衣为洪琳的美丽所倾倒，整个人傻在那里。

到了傍晚时分，有个伙计给两人送了饭来。沽衣揭开碗盖，一阵白雾腾起。只见得饭上盖着十来片用某种不知名酱料闷过的肉片，几块辣子鸡，还有好几根碧绿的青菜。沽衣看得食指大动，提起筷子就是一阵大快朵颐。洪琳倒是毫无反应，只是夹着青菜就了饭小口地吃着。毕竟是大家闺秀，又岂会像沽衣一般对这些饭菜失态。

"啊……真舒服。"过了段时间，伙计进来把碗盏收走。沽衣伸了个懒腰，摸了摸自己的肚子，"突然想睡觉了。"

"你呀，"洪琳笑脸盈盈，"吃饱了就想睡。现在正是季夏，此处也没有寒冰精，实是热的紧。想来正是傍晚，外面的风该很是凉爽，不若我们搬了竹床出去坐坐吧。"

"哦？此处连竹床都备好了？"沽衣微微惊喜，便站起身来，"出去坐坐也是好的。"

"阿衣啊。"洪琳忽地抬起头看向头上的星星，一脸的陶醉，"我觉得我现在好开心啊。"

"嗯？"沽衣转头看着洪琳的侧脸。

"我以前一直都是幽居深闺的呢，现在爹爹放我出来了。我也能在这世间走动了，还有你陪着我，这感觉可真是好啊。只可惜，娘她不能陪我一起了。"

沽衣听着洪琳的声音越来越低，也是一阵阵的伤心，便轻轻搂过洪琳柔软的肩膀。两人便就这么坐着，感受着吹在身上的凉风和对方的体温。

"琳琳。"

"嗯？"

"我也很喜欢现在的生活呢。我觉得，自从遇到了你，生活完全不一样了，真的，完全完全不同了。"

"怎么不一样呢？"

"我不知道，每天还是一样地去师傅家做工，吃肉包子。热的时候乘凉。可是就是不一样了，以前的感觉呢，生活就是让我活下去而已。一天天地过下去，也许有一天就会死去，或者会有什么来到。那时候才会是真正的生活。可是啊，现在却不这么想了，见到你以后，我觉得每一天都是上天给我的礼物，我正是用身体活着，而用精神享受活着。"

"是啊，你说得很对。以前浑浑噩噩的，也不知道生活的出路在何方。现在倒是明了了，该是独立起来探索未知，让生活变得更有趣。这也就是我们该做的事情吧。"

沽衣"嗯"了一声，似是想说些什么，却见洪琳忽地顺着他的手臂躺倒，侧卧在竹床上，头枕着自己的大腿，看着自己。沽衣的身子马上变得僵硬起来。躺在他身上的洪琳自是感觉到了，嘻嘻笑着说："小衣，紧张什么嘛。躺一下而已，又不会怎么样。"说着说着，却是自己慢慢脸红了。

沽衣低头看着洪琳。见其鬓发微乱，被风吹着在脸庞上不断划动。洪琳一双大眼睛眯着，想来是因为风吹在身上很舒服凉快吧。长长的眼睫毛颤动着。骨肉匀停的身子酥着，轻轻压在自己身上。沽衣忽地生出了一种要俯下身一亲芳泽的冲动，心里便忽地慌乱，最后还是没有动作。

"琳琳，明天就开张了，我们不如先去歇息吧。"也不知道过了多久，沽衣感觉风渐渐停了，便对洪琳说。

"嗯，那你好好睡。明天卯时，鸡一打鸣就要起来哟。"

"嗯，安歇吧。"

开张那天，沽衣与洪琳早早起了身，天不亮便招呼伙计们打扫上下，让车博士清点画册。

"实话说，前些日子你和那个叔叔说开张的时候要不要请人来道贺，我心里还真没底，我们这家店会不会门可罗雀呢。"沽衣见一切都打理妥当了，就一边笑着和洪琳说话，一边拉开了对着街的两扇镂花糊纸大门。

门外沉静的人群突然涌起了一阵阵喧哗。

"开门了！"

"老板！祝贺啊！"

"祝开张大吉了啊！"

"老板！别站着了，让我们进去，看一看那号称'利万世民'的车子啊！"

"对啊，老板，让我们进去吧！"

站在门边的洪琳看着沽衣目瞪口呆的样子，捂着嘴笑了。

"琳琳，这真是难以置信啊。"

"千人空巷，为图一车？洪卿，你女儿不错嘛。怎么回事？"

"回禀圣上，小女在民间的一友人设计了这种民用车子，小女欲与其一道售卖这种车。臣便遣了一得力手下以助之。"

"是吗。"座上人的眉头微皱，"原设计图朕也差人取过，以其平庸的设计，能做成这样的结果……你把那手下的住处姓名告诉刘公公，明天宣他来见朕。倒是洪卿，你可知道这车一普及天下，原先三个车夫的活计两个车夫就能做好。这样一来，又有多少车夫会变得无所事事？"

"臣下该死！臣马上……"

"不必了，既已经开张，便不再阻拦了，该来的躲不过。便让小辈们去耍好了。洪琳，朕也见过，很是娟秀的女子啊。"

"替小女谢圣上夸奖，若是小女听得，必感激涕零，不胜惶恐。"

"退下吧。"

南方岛上，大题皇宫。

——"她的孩子开始售卖自制的车子了？哈哈！奇技淫巧而已！我儿，你等着，我这便杀了她的孩儿，再送整个离国为你陪葬！"

5　暗刀已现　秋上山中木零零

夏天时候的燥热不知不觉变得肃穆起来，也许人们不懂得，可树们都看到了。私下越来越凝重的气氛让它们惶恐不安。于是叶子便都发黄，一片片地落下。

高粱开始发红，红得无比地深沉，被刘好以后一摞摞地摆在田间野地，也不见有人去偷。谷仓里的余粮未尽，新谷又存。农人不能如文人骚客似的表白自己的喜悦，只好把一切都写在脸上，回家以后夸夸孩子，抱抱老婆。到了晚上，暑气几乎褪尽，人们得以轻易安眠。偌大的野外郊地里，便只有高粱在无声地说着——是个好年。

可城里，轰隆声正起。

沉睡中，好像有什么声音从极远处打破黑暗而来，四周是温暖无比的。

黑暗也会如此温暖吗？

沽衣掀开被子，跳下床，向着传来人声的接待厅跑去。路过中部的车辆停放处的时候，他瞥见很多人聚集在侧门处。上百张愤怒而陌生的面孔。

"琳琳，怎么了？"沽衣刚到前庭，便倒吸了一口冷气。近千人拥挤在这小小的接待厅，甚至还有难以计数的人围在外面的街道。在他与人群之间，是十几个伙计与车博士，还有洪琳。

"我也不知道啊，早上开门没多久，我就看到很多人从外面气势汹汹地进来了。他们说我们的车子爆炸了，炸死了很多人。他们都是家属。他们是兴师问罪来了！"因为人声嘈杂，洪琳面对沽衣也要吼得很大声才行。"我已经让人去通知爹爹了！再过一炷香时分就没事了！"

"一炷香？那就要抓紧时间了，也不知道国师的计策能否有效。不行的话……"沽衣耳朵一动，竟从那海涛一般的嘈杂声中听出了极为模糊的一句自言自语。这一刹那，不知缘何，沽衣忽地觉着心里一片冰凉。

"百家车行！你害我老母，今日我便烧了你的门面！"人群中一个大汉喊道，抄起一把椅子直往一个伙计的头上招呼。那伙计身材瘦小，挨了这么一下，竟直挺挺地向后栽倒。

人群中的声音微不可察地小了瞬息，便爆发出更大的洪涛。由起先的那名大汉，到之后的几人，几十人，数百人的疯狂打砸，再到连街上的人都开始往里挤，只用了数秒钟。

沽衣赶忙去扶起倒地的伙计，却被那大汉一脚踹中肚子，倒飞了三四米，整个儿砸在墙上。一时间眼冒金星，是动弹不得的了。十多名伙计抵挡了几息便被愤怒的人群撂倒。洪琳只来得及奔到沽衣面前。

"画中乾坤！"

沽衣依稀看见庭角一片金光开始弥散，可漫出两米方圆，尚未及己身的时候，却是如被火烧融了似的迅速回缩。像是被另外一个宝物克制住了似的。

洪琳蹲下身来，正准备扶起沽衣到后院去躲避时，一个身着青布衣的散发男子却扑将上来，左手扯过洪琳的发髻，一拳擂在她的背上。洪琳痛哼一声，衣服又马上被几个人抓住。那些人把洪琳拖开沽衣身边，便是一阵拳打脚踢。沽衣眼睁睁地看着洪琳痛苦地缩成一团，洁白的长袍脏污不堪，自己却躺在地上无能为力。

那一刻，沽衣觉得时间都静止了。

洪琳！你们住手！住手！

杀了所有人，逃出去……逃出荼熙！

"怪，怪物啊！"随着一声惨叫。许多人把目光投向了厅堂正中靠里处。

一个皮肤发灰干枯，没有一丝毛发的人形生物手提一个青衫的男子，正仰天大吼，露出满口尖利的獠牙。沙哑的吼声从他大张的嘴里一浪浪地被抛出，穿透屋顶，破散到整个荼熙。

那怪物，即是沽衣，停下咆哮，抬手间轻易将青衫男子的头颅拧下，身体微微一矮便消失不见。一道残影晃过，沽衣一瞬便出现在人群中。他顺手抄过一人来，扯下一条腿，拔出了大腿骨，竟绰着这血淋淋的骨头作棍棒使，出手间便打倒了数人。

"成了！撤！"

"糟，是胡！居然是胡！小五小七，带上小姐快走！把此事禀告大人！"

沽衣又是一声嘶吼，似是觉得不过瘾，抛开手中骨头，挑起数米高，抓住了打穿二楼地板，正欲逃脱的大汉，将其扯下狠狠掼在地上，又一拳砸下。肉拳竟捣入人腹中。

大汉一声怒吼，抬手祭出一根通体晶莹的石棒。这看似武夫的大汉竟是一修行人。沽衣却一把抄过石棒。灰色皮肤下的暗紫色静脉暴起。他大吼一声，竟硬生生掰断了这石棒。

所有人都被这变故所惊吓，都张皇失措地互相推搡着想要挤出接待厅。沽衣早已失了神智，只想着杀光所有人再杀出荼熙，哪会放过这些人。

待得沽衣扔下手中的残肢，而眼前已无一人站立时，地上已多了六百多具尸体。沽衣低沉地笑了笑，冲出车行，直奔城门。

"呃……"沽衣低吟了一声，便马上一撑地面，从地面上跃起，压低身子。待得看清此处是一山洞，并没有任何人的时候，他才垂下眼帘，走到山洞最深处靠着岩壁坐下。沽衣低头看着自己的手，指甲坚锐，骨节暴起，皮肤干枯灰败。

"我杀人了，还杀了好多……"沽衣闭上眼，把头靠在岩壁上。他清楚地记得百家车行接待厅里的场景，那修罗场一般的。

"到处都是破碎的身体，恐惧不甘的灵魂，鲜血挟着怨气到大街上……"沽衣痛苦地咬住了下嘴唇，下唇瞬间被尖尖的牙齿扎破，却没有流出来多少血液。

"他们都是一个个人啊，他们是生命，有欢笑有泪水，都被我发泄式地杀了。"沽衣双手抱着脑袋，本就已脱落的头发被一碰就成片往下掉。

不知怎么地，沽衣想到十二岁那年临走前的那个晚上，母亲的手似乎也是像现在自己的这种样子。

"娘，原来你不是人吗？我们的样子好像书里提过的胡啊……"

《异族通概》卷一记：胡者，东域异民也，其族人千百。尽体无毛发，皮肤灰干，力量惊人，秘术傍身，生性好杀。二千七百二十一年夏，荆师假意献符，杀却胡王。宁军随后灭其族，卒万计，伤者不计其数。

沽衣坐了很久，低着头，一动不动，身体沉静得好像死去了一般。过了半晌，他猛然跳起，对着岩壁拳打脚踢了起来。一时间山洞里碎石四溅。待得沽衣停下手，已是多出了一条深十余米的山洞。沽衣看着自己的手，深吸了一口气，大步走出山洞，来到阳光下。

"能何，命也。我若是胡，便不再强求以前的生活和自我，而以胡的方式行事吧。原来我以前的生活都是泡影吗，这种感觉可真是不好……不过，强大的胡，若是想杀人，当世又有几个人能挡得住？现人皆知修行与习武道破落不似以往，想来这世间也没有几人能擒杀我了吧……"沽衣握紧了右拳，"安陵王！"

"不过，要先找洪琳，要交代一番啊……"沽衣忽地却笑了，沙哑的声音带了一丝温柔。

不远的山岭上，朝阳正在升起。

沽衣醒来的时候是剧变第二天，天亮时分。他便一直游荡到天全黑了以后，才向着不很远的茶熙走去，现在的胡身比以前的人身好了不知道多少，看似枯瘦的身子下隐藏着常人难以想象的力量。只可惜没有人教与他神通，否则他怕是能重现千年前胡族实力的千百分之一了。

沾衣现在的手爪坚硬锐利无比，可以随意刺入城墙。沾衣便轻易爬上了光滑的城墙，绕开了几名守城士兵的视线，甚至凭借一种莫名的敏感直觉，躲过了一个护城阵法。他小心翼翼地在屋顶上潜行，一路到了朝中户部尚书的府邸。这里也正是洪琳所说的，她和父亲的居所。

府邸很大，房屋假山流水鳞次栉比，这却是让沾衣犯了难，毕竟他并不知洪琳现居何处，便只好趁人不备抓了一名正往洗衣房去的侍女。那侍女起先抵死不说，可当沾衣用指甲缓缓划开她的皮肤，威胁她若是不说，便剥皮抽筋时，那侍女却是哭泣着指出了。沾衣暗叹了一口气，不知是因为看到了洪琳身边人的背叛，还是因为自己这样行事的风格。他撕下了侍女身上的一大块布，堵上她的嘴，又缚上手脚，最后一掌切在她的脖子上，将其击晕，扔在一盆景后面。

"琳琳。"沾衣隐藏在屋外的一座假山之后，轻轻呼唤了一声。

随即，便看到那栋宅子中有一人奔出，白衣素素，乌发半挽，形容憔悴，不是洪琳又是谁。

"沾衣！"洪琳喊道，声音却被压得低低的。

"琳琳，我在这儿。"沾衣看见洪琳奔来，赶忙喝了一句，"别过来。"

洪琳却是一脸愕然，道："怎……怎么了。沾衣，太好了！那天爹爹告诉我，你变成了胡，杀了好多人。我还以为是你遭遇了什么意外，爹爹怕我伤心才会编造谎言瞒着我。"

"只是我真的变成了胡啊……"沾衣低声喃喃自语，"还杀了茶熙里数百子民……"

沾衣沉默了几秒，站在阴影里看看双肩不断耸动的洪琳，才道："琳琳，认识你很开心。现下我获得了足够的力量，报完仇后，我想去除恶扬善，行侠义之道，日后怕是再难相见了。也好，人非故人，何须相见。琳琳，别了。"

这时的洪琳方如梦初醒，惊呼一声："不要走！"便冲向沾衣先前所在的位置，可前前后后找遍了整座假山也不见沽衣的人影。

她越跑越慢，脚步也深深浅浅，终于是跌坐在地上，啼哭起来，以往柔和的声音此时却显得那么难过，如同小孩子失去了父母一般。声音里的无助，怕是能使石人落泪，"沽衣你不要走。我没娘了就只剩你了，你就这么走了我该如何找你，我不想自己一个人，你不要走！你这个笨蛋，就算你是胡又怎么样，我还想和你一起生活啊……你不要走，不要走……"

"小姐！"打瞌睡的侍女被惊醒了，忙拍醒了另几个，一溜儿地跑出来，把哭泣不止的洪琳扶回屋里。

沽衣坐在洪琳屋子的屋顶上，洪琳哭泣时，他便一直看着，丑陋的脸上没有丝毫表情，只双手紧握着，一阵阵的抖动。直到看见几个侍女把洪琳扶进屋中，又是扇风，又是安慰，还专门使人去了食膳房里准备了莲子羹，他才慢慢放松方才紧绷的身子，把目光投向远方仍微微生光的夜幕。

心里分明悲伤无比，自己的眼睛却一滴泪水也流不出来，那呆板的面容好像无论如何也不会改变似的。他声音不大的自言自语："琳琳，不是我狠心离开你……只是这是我的宿命，真如娘她十年前抱着我说的那样，能何，命也。"

天愈发黑暗，当这种暗浓到了极点时，沽衣才站起身来，长长地出了一口气。

"别了，我的朋友，我……希望你一辈子幸福快乐。"

"那么……我也该走了。"

"墨城。"

"安陵王，为十年前的仇，你该死！"

沽衣复仇心切，自是不愿意坐人力车，出了茶熙便沿着大小道路拔足奔跑，速度不知比人力车快了多少，几乎超脱了地行的范畴，隐隐到了与飞禽媲美的程度。

似火骄阳下，空荡荡的道路上，一辆车不快地正在驶着。穿着白色单衣的车夫握着人力车手柄，步履沉重地小跑着，汗浆顺着额际滚滚而下。

"哎哟，不行了。累死了。"奔了一会儿，车夫歇下脚，放了车把，不住擦着汗，"老李，你来跑会儿。"

"啊？就不行了啊。"一个坐在车缘的中年人说道。他想了想，对车里叫道："夫人，我们俩实在是跑不动了，不如歇息会儿。现下也是正午了，不如让我们去树荫里歇息歇息，也好吃几口东西。"

车里传来一个妇人不大的声音："好的，你们且去歇息会儿，我们只需要十天后到达墨城，时间上倒也不很吃紧。"

两个车夫相视一笑，拿起放在车缘一个凹槽里的馒头，正打算带到阴凉处吃掉，却听得有个声音传来："二位且慢。"

一个相貌平平的男子带着几个手持利刃的年轻男子走上道来拦了路："二位有粮，还望给兄弟们一口饭吃。"

两个车夫相视一眼，心中倒不很惊恐。不过两人都见惯了这种场面，倒也没有出现惊慌的表情，只对着车里低语几句。当今世道，劫道也无非是谋财而已，如果按着规矩来，大家也都相安无事。

车帘被掀起一角，一只芊芊玉手探出，把一个小袋子交给车夫。

车夫接了袋子，掂了掂，便抛给那男子："不知这些可够？"

男子接过袋子，也同是掂了掂，脸上露出满意的表情："这些却是够了。相信你们也知道我们的势力，不会用假货糊弄我们。那么就这样吧，到墨城的路上都不会有人为难你们了。你们随意，就此别过。"

就在男子转身准备离开的时候，一个灰色的人影从树林间蹿出，一拳重重地砸在那个男子的身上。那个男子哼都没哼一声就高高地飞起。待得摔到地上的时候众人才看清，那个男子的胸口已经凹下去了一大块，七窍流血，看是不活了。

那个灰色人影稍稍一顿，又冲向那些手持兵刃的男子。他但凡一拳或是一腿便可杀死一个，不到一息的工夫，除了他和那两个车夫，便再没有一个站着的人了。

"杀人……"那个丑陋的半裸灰色人形生物杀完人以后就站在那里，也不理瑟瑟发抖的两个车夫，只看着自己的手自言自语着，"那么，我也可以清醒地去复仇，而不用担心下不去手了。"

"老李，我们快走！"待那个灰色人形生物离开后，两个车夫才放松了一点，两人对视一眼，都从对方的眼睛里看到了恐惧。

"快走！也许……还来得及不会被杀！"

三日后，夜。安陵王府外。

下着微凉的雨，天空和远处的景物变得有些朦胧。沾衣站在外墙不远处的一丛灌木后，整个人都躲在阴影里。他握紧了拳头，心跳得有些快。

不一会儿，他长长出了一口气，在一列巡逻兵走过拐角后他便一路飞奔，在墙前跳起。双手触到墙头的一瞬，左手忽地拍出，硬生生拍碎了空中的一个无形屏障。搭上墙的右手用力一撑，便翻过了高墙。刚越过高墙，却发现每隔数十米便有一个守卫，沾衣一惊，还未离开墙面的手猛地一推，身体便如离弦之箭般冲去一群假山中。

甫一落地，沾衣便听见四面八方传来洪钟大作声，众守卫大喊"敌袭！""有刺客！"无数脚步声向自己所在之处聚集而来，暗道，"不好，莫非是方才的'凝空'上有手脚？"当下也顾不上想许多，只向着大殿处猛冲而去。其速度之快，一路上的寻常守卫连攻击及身都做不到，偶有几个身手好的，也被沾衣一掌拍飞。

直到从后方奔入大殿中，迎面撞上了被人搀扶的安陵王，沾衣才停下来，可还未来得及动作，便听到一声大喝："受死！"

沾衣顿时感觉整个空间都凝固了，身在其中几乎动弹不得。

"不好！空间锁定了？不对，是时间减慢，或者说加快在场所有人的思维活跃性，以此产生我的速度被限制的错觉……"沾衣看到天上本来被风吹得急行的云朵也一同停了。"用的是……中古七宝之一的由心日晷，糟，这么说来，倾埙也一并……"

这由心日晷被鲁师造出来的时候，为天下人所耻笑，因其只是加快思维速度，相当于增加三百倍的时间流速，在实战中可谓是没有丝毫用处。毕竟在由心日晷造出来的场里面的人都是一样的，只是在遇到一些紧急事件思量对策的时候有些用处。

但是鲁师又造出了一件器具，也正是这器具和由心日晷搭配，才能各自在上古七宝中占一席。

果然如沽衣所料，身周所有人都带了一块高级的护心佩。沽衣踢开屏风，果然有名修行人，隐藏其后。他左手持一金子铸就的圆盘，圆盘中心有一根立起的突刺。盘上刻有无数繁复花纹。右手托一乌黑乐器，形似鸡蛋，却是比鸡蛋大了许多，上有小孔。也不见那人凑口去吹，那倾埙便自己作响。沽衣一闻其声便痛苦无比，似是头颅不住往里紧缩，双目似要脱出眼眶，随即而来的还有一种强烈得可怕的酸胀感与眩晕感。

沽衣强忍痛苦一俯身，又跳起来一拳砸向那修行人，拳头甫一触碰那人的头，那人瞬间便消失不见。沽衣一落地便腿扫向身后，竟是一腿击断了一根立柱，毫不停顿地扫在那人身上。

那圆盘甫一落地，时间流速瞬间恢复正常。沽衣身上的沉重感也消失无踪。

这一切本该是电光石火间完成，对于沽衣却像是过了小半个时辰一般，那击缶的声音使他难过得几乎要死去。

沽衣没有去管震惊的安陵王和倒在地上的修行人，而是左手握住了那滚落在地的倾埙，用右手疯狂地砸击，瞬间竟砸下了几十拳。尽管那埙散出了金光来抵挡沽衣的拳头，甚至自己还发出了一道音企图阻止沽衣，但是根本停止不了沽衣的发泄般的攻击。那金光随着沽衣的拳砸而飞快地变得稀薄。到了金光将近破碎时，那埙竟然轻轻颤抖起来，不住哀鸣，似是在求饶一般。可沽衣仍是轰破了金光，一拳把埙砸得粉碎。沽衣转头看着安陵王，一步步向他走去。沽衣那枯瘦狭目，窄鼻无唇的本体样子，尤其是他在行走过程中顺势把那攻击他的修行人拦胸踢成两段后，极是吓人。

那安陵王看着沽衣，似是想说些什么，却被狂怒的沽衣一巴掌拍碎脑袋，栽在地上。

"大人！大人请带我一起走吧！我有要事相告！"

沽衣准备离开时，却听背后有人叫他，回过头，见得是一家丁跪伏在地上。那人甚至看都不敢看他，口中喊道："求大人带小人一并走吧。"

沾衣皱了皱眉，微一思忖便提了他后背处的衣服，翻出外墙，消失在了无边夜幕里……

"哦？是这样的么？你们都是被欺压的良民，现下形成了一个组织，希望可以涤荡世间一切污浊？"沾衣祭奠完父亲，便随着那家丁来到了墨城外不远处的一座山，进了在山腰一隐秘处的宅子。

他的面前站着数十个或布衣，或绸缎的形色各异的人。这些人都一脸期盼地看着他。

"你们要我加入你们？你们提供目标与情报，我去刺杀那些欺压百姓的官商？"

"既然是这样，那么为了世人，我便竭尽全力助你们！"

"林师。"

万里之外的皇城中心，一栋朴实无华的院落里，长满青苔的瓦檐下，两个人正安静地站立着，檐外便是淅淅沥沥的小雨。院子中央有一口朱红色的古老水缸，缸中水面波澜点点。青石铺就的院落地板被打湿得不染纤尘。老枣树在摇动。

一个黄袍中年人在檐下很靠外的地方，看着灰蒙蒙的天，叹了口气，头也不转地说："林师，十几日前西边有报：安陵王死了。"

站在他身侧靠后的布衣老者默然了一会儿："我弟子也死了。"手上提着一个小炉子，炉里忽明忽暗的炭火正在无声无息地烘烤着放在炉子上的一个深黄色小圆盆。

"南方有数十名敏感官员被杀，现在已经暗流涌动，随时可能失去控制。林师，你的'慢'到底何时才能温养完毕！"黄袍中年人转过身，双目似有光芒闪动，一股王者霸气四散开来。

那布衣老者只默默站着，似一无底深渊，承下了黄袍中年人所有气势而不起波澜。

"唉，修行气衰啊……"中年人一声轻叹。

——"都在意料之中，她儿子做得比我想象的还要好。获得力量后的冲动，杀人后内心的逃避，发现自己不是人类后的疯狂。还有我们的引导……你便杀得更凶一点吧。"南方题国。

两月后。

——"是吗……'愒'终于温养好了，定要一举擒下那胡。那么，传那洪尚书之女进宫且住几日吧。"

——"是吗，要我去皇城。纵知他们不会将洪琳如何……可我赌不起啊。哈哈，杀了这许多作恶多端之徒，救下无数黎民百姓，也可道是死而无憾了。也罢，便去皇城搏一搏。修行气衰，这举国之力，怕还未必能奈我何！"

——"囚洪琳，传沽衣么……"

"终于等到这一天了，传兴国将军，要发兵了。我大题的江山，岂可为乱臣贼子所据！"

6 十年恩怨 冬下风里云悠悠

沽衣到达茶熙的时候，已是腊月初了。城里下着不大的雪，街上行人比起平日里少了很多。

沽衣居住在茶熙已经近十年了。可如现在一般浑身笼罩在巨大黑色斗篷里在街上行走，还是头一回。

"老板，包两个肉包子。"沽衣走到离家不远的那个包子铺，掷出一小块海晶，对老板说道。

"好。"老板扯了一个由植物纤维裁就的袋子，熟练地夹了两个肉包子装好。

沾衣伸手去接的时候，老板看见沾衣的手，抖了一下。沾衣也没在意，接过包子，便一路且吃且行。

"就算舌头变得如此麻木，吃在嘴里也还是熟悉的味道啊……"

待沾衣走到皇城城墙下时，两个包子已经吃完。他把袋子随手一丢，又扯下斗篷，抬头看向天空。

天上没有云，太阳也不很亮。风不大，夹着雪吹到身上凉飕飕的，沾衣突然觉得有些恍惚。

街上不多的行人爆发出尖叫，四散逃开。沾衣无奈而落寞地笑了笑。

曾经，自己也是他们中的一员啊，可要是现在再想回到过去，却是不可能了。现在的自己站在这里，竟然是站在自己第二故乡的对立面，与所有人为敌。

他摇摇头，忽地跃向城墙，一拳轰出。那墙却是极厚，似是还有阵法保护，这拳只打出了一臂深，一人宽的豁口。沾衣也不在意，左右手交替着一阵猛击。城墙顷刻间便被开出一个大洞。

"琳琳，先前不愿影响你的生活，不料却害了你。这次尽管危险，我也一定要带你走！"

"是的圣上。原先这城墙便是为了抵抗军队而建的，所以防御不及诸城门，那妖人定会从城墙处破入。我等也不能靠士兵防御每一处城墙，这样不说是否可以防住，也容易将那妖人惊走。我们最大的优势就是国师练就的'慑'和国师请来的'人剑'前辈。不若就在皇城中心设伏，他不知洪小姐所在之处，定会先来中心处寻陛下……到时再请国师，将军及'人剑'前辈出手，自可轻易擒杀那妖人。"

当朝皇帝高坐在殿堂之上，看着一片狼藉的大殿。十数日前还在与他献策的宰相，现在已经变成了一堆碎肉。

沾衣知道龙椅上所坐的，届已不惑之年的男人便是当朝天子，却丝毫不惧地与其对视，甚至大吼道："洪琳在哪里？把她交出来，我就和她走！以后再也不杀人了！"

"可是朕为什么要相信你？"

"你必须相信！因为如果你不告诉我，下一秒你就会死！"

可那皇帝却没说什么，只闭上了眼，似是在考虑沽衣所说的话，数秒后睁开双目，说出的话却让沽衣一惊："林师你终于来了，让朕好等。"

沽衣想也不想便跳将起来，在半空中转了身，躲避可能来到的攻击。果然，在大殿门口，一个布衣老者无声无息地出现了。老者也没什么动作，只默默站立着。沽衣心中戾气四溢，直冲向那老者。

不料这一拳却没砸中人，那布衣老者如水中倒影一般直接碎裂开来，消失不见。

沽衣看向殿堂之上，见那老者正站在皇帝身边，脸上毫无表情。正欲开口说些什么的时候，却感身后有人，又迅速地转回身来，见一身着黑色劲装的中年男子正盯着他。那男子一对虎目熠熠生辉，身子笔直如枪。中年男子与老者一道，隐隐将沽衣围在了殿堂正中。

沽衣也不在意，自知此次是深入埋伏，怕是再来百十人他也不稀奇。他一拳打向那人胸膛。那人却轻松按着他的手臂，身如游云一般"流"到了沽衣身后。沽衣反手向后拍去，那人转身一拳对上了沽衣的手掌。却被反震之力顶得连连后退。

"佩戴了神符吗？果然力量速度都加成了很多呢。可是，还不够。"站在原地的沽衣狞笑着转身，纵身便向那人扑去。

身在半空，沽衣眼角忽地看到一抹金光从老者所在之处向他飞来。可是明明看到了，脑子里却是一片空白，生不起几分躲闪的念头，任凭这金光没入了自己的身体。

那一瞬间，沽衣便似失去了全部的力气，身子不受控制地向前扑倒。

那人却不惊讶，紧盯着扑倒的沽衣，在沽衣头将要碰撞到地面之时抬脚踢向他的头。沽衣便被踢得旋转着飞出两米有余，躺在地上，气血翻腾，眼冒金星，紧接着四肢又是一痛，被拆了关节。这下，任沽衣有多大力量也无法使出了。

沽衣在昏迷中，本能地感到极度危险，竟自己立刻醒来，一睁眼便看到一道青虹袭来。沽衣四肢关节都被卸下，无从借力，情急之下腰胯猛然发力，身子一挪，硬生生地躲过了这道青虹。可还未等沾衣产生劫后余生的庆幸，后颈便是一凉，随即脖颈间剧痛袭来，整个身子瞬间没了感觉。

"要死了吗？这一生……要死了吗？"

隐约间，他听见一人在向另一人道谢，许多人的大笑，依稀还有洪琳的哭泣声……他想把头转向传来哭泣声的那个方向，可他做不到。

好像是过了很久，天上的云都慢了下来。在沾衣都快要睡着的时候，洪琳清丽的面庞进入了他的视线。沾衣看着洪琳白嫩的脸蛋上缀着许多晶莹的泪珠，笑了。沾衣把目光越过那曾经朝夕相伴的面容，而投向其后那片碧净的天空。

清风拂拂，白云悠悠。

7　土暖溪流　草长莺飞

我是一个出生在北方墨城的小男孩，这座城市与一年一度的天雷相伴，也只能和那天雷相伴。因为人世间总会有生老病死，哪怕是建造了这座城市的墨师也没能活到今天。除了那永不衰弱的天雷，没有谁能一直陪伴我。我也知道自己会在未来的某天死去，但我不害怕。

因为我以为我能和父母坐在一起微笑，可以笑很久很久。

可是在噩梦没有醒来的清晨，我仍得背上行囊独自上路。

我没有朋友，如我本就是不擅欢笑的，我的生命好像一张灰色毛皮大衣，沉重得没有光泽。

可上天似是不愿我孤独，终是让一个娴静美好的女子来到我的身边。和她春天相识，秋天离别。和她在一起不说开心，闲适倒是恰如其分。想来，那段和她在一起的日子是我这一生最值得怀念的过往。

再后来，杀人，发现自己不是人，见她最后一面，复仇，加入那个组织四处除恶。我多少次在那些所谓贪官的尸体上大笑，看着西边落日把风起云涌的天际照得血红。再到明知必死也要前往皇宫，这一切如同一个纷乱冗长的梦。我又想起娘说的那句："但绰屠刀，天下尽敌。"

现在躺在这，让身体和过去日子里，脚下的青石板，头上的蓝天化作一体，也没什么不好的。

"你还记得初春，那些暖雾，白石栏杆，青石路吗？想回去吗？"一个声音响起。

"茶熙吗……我是想回去的啊，哪怕是让我一生报仇无望，放弃一身修为，我也是想要回去的。"

"洪琳啊，我的朋友。愿余生安家于汝心。"

沾衣的视线完全模糊之前，看到了一个倚着石栏，神采飞扬的身影。

"夏花芬芳，白衣扬扬。暗藏倩影，安在我心房。"

似有歌声从极远处传来。

初稿于2012年7月16日
二稿于2012年7月28日
三稿于2014年8月6日